LE MUR,
LE KABYLE ET LE MARIN

Dans la même collection, Chemins Nocturnes

Du même auteur

Fakirs
(Prix Michel Lebrun – Le Mans 2009)
(Prix Sang d'encre – Vienne 2009)
(Prix des lecteurs de la collection Points)

Dominique Sylvain
Baka !
Sœurs de sang
Travestis
Techno bobo
Strad
(Prix Michel Lebrun – Le Mans 2001)
Vox
(Prix Sang d'encre – Vienne 2000)
Cobra
Passage du Désir
(Prix des Lectrices ELLE 2005)
La Fille du samouraï
Manta Corridor
L'Absence de l'ogre
La Nuit de Geronimo
Guerre sale

Fred Vargas
Ceux qui vont mourir te saluent
Debout les morts
(Prix Mystère de la Critique 1996 – Prix du Polar de la ville du Mans 1995)
(International golden Dagger 2006 : Angleterre)
L'Homme aux cercles bleus
(Prix du festival de Saint-Nazaire 1992)
Un peu plus loin sur la droite
Sans feu ni lieu
L'Homme à l'envers
(Grand Prix du roman noir de Cognac 2000 – Prix Mystère de la Critique 2000)
Pars vite et reviens tard
(Prix des libraires 2002 – Prix des Lectrices ELLE 2002)
(Prix du meilleur polar francophone 2002 – Deutscher Krimipreis 2004 : Allemagne)
Sous les vents de Neptune
(International golden Dagger 2007 : Angleterre)
Dans les bois éternels
Un lieu incertain

Fred Vargas / Baudoin
Les Quatre Fleuves
(Prix ALPH-ART du meilleur scénario, Angoulême 2001)
Coule la Seine

ANTONIN VARENNE

LE MUR,
LE KABYLE ET LE MARIN

VIVIANE HAMY

D'après une conception graphique de Pierre Dusser

ISBN 978-2-87858-344-1
ISSN 1251-6961

À cet Algérien et à ce jeune Français
au milieu des manifestations ;
à leur idée un peu folle de trouver parmi tous les CRS
celui qu'ils cherchaient, une arme dans la poche.
À ce jour, le CRS n'en a rien su.

I

1

Avril 2008

Des jours que j'ai ce mec en face de moi.

Cette salle, elle était différente, mais je la connais. Pas la première fois que je combats ici.

Quatrième round.

Le ring est dur. Les vieux bourrins préfèrent les terrains lourds.

Kravine a dopé son mec. Deux reprises et je le cueille.

Des bras, le salaud. Des bras mais pas de ventre. J'vais rentrer dedans. La dope va le lâcher. Il lui restera ses vingt ans. Qu'est-ce qu'on sait à vingt ans ?

Concentre-toi.

Une belle gueule, ce Noir. Des ressorts à la place des mollets, des épaules de tueur et une belle allonge. Un match de merde, ouais.

Trop de rebond. Quatre-vingt-onze kilos. L'avantage est pour lui sur ce futon. Vingt ans de moins. Quarante balais, George.

Bougerai pas avant qu'il soit naze. Fait pour encaisser. George, il encaisse comme un mur. Le Mur. C'est comme ça qu'on m'appelle. Ou George le Flic. J'aime pas qu'on m'appelle comme ça.

Concentre-toi.
J'me fatigue moins à prendre les coups qu'à les éviter.
Combien de temps encore tu vas encaisser? Faudra bien que les comptes s'équilibrent.
Pense pas à ça! Boxe.
Il essaie de placer son pied gauche, me tourner par l'extérieur. J'ai pas d'extérieur. Quatre murs. Des crochets de première. Il vient d'une île, me souviens pas laquelle. Une machine à tuer. Il me regarde dans les yeux.
Kravine a choisi la salle.
Paolo s'est arrangé avec lui. « Un combat pour toi, George. » Match de merde.
Encore une réputation. Kravine veut que son nouveau se fasse les dents dessus. Tout le monde dit que je suis fini. Kravine se méfie quand même. La dope, le ring, la salle pleine de mecs qui sont pas venus pour moi. Changement d'affiche à la dernière minute. Un vieux truc. J'ai pas de public.
J'en ai jamais eu.
Un combat de merde pour toi, George.
Encore envie de monter sur le ring. De plus en plus.
Mal aux bras. Manque de souffle. Et l'autre qui respire comme une loco.
La peau blanche. Pas vu le soleil depuis belle lurette… Et lui, noir, jeune, des dents à bouffer des os… À quoi tu penses, George! Contre, nom de Dieu, contre. Reste pas sans rien faire.
Un tronc d'arbre, t'es un tronc d'arbre. C'était quoi? Un direct. Pas vu venir. Il m'a transpercé. Je l'ai pris dans le front. Sauvé. Sonné. Ça bourdonne dans mes oreilles, tout est flou. Un autre enchaînement et j'étais foutu.
Mais j'ai vu sa grimace.
Refais le net. S'est passé quelque chose, George, là, maintenant.
Il a mal au poignet droit.

Il a changé sa garde, finis la mixte et ses coups fourrés. Il a remonté ses gants, il perd du jus. Il se méfie des coups. Ça que j'attendais : ses gants trop hauts.

Son foie est pour moi.

Les poignets fragiles. Son point faible, George, la fissure par où tout fout le camp. Rossi, l'épave qui lui sert d'entraîneur, est trop con pour lui dire de faire gaffe à sa garde ; il lui gueule de taper plus fort... C'est pas le problème, il cogne déjà comme une massue, son mec. Kravine le sait aussi. J'entends sa voix de crécelle, au premier rang, qui hurle à son poulain de pas changer sa garde. Mais ça n'a rien à voir non plus. C'est le moral, fils, le moral qui craque avec les doigts.

Encore deux reprises à jouer au sac.

Les bras, ça va. Ça partira quand il faudra.

Je lui laisse ma tête. Elle tiendra. Il croit que je peux plus bouger. Il s'acharne sur ma gueule, le sang coule dans ma bouche.

Corps à corps. Casse-toi en deux, mets ta tête dans sa poitrine. Là. Il m'arrache les oreilles avec ses gants, des coups dans les reins quand l'arbitre voit pas. Les ficelles de Kravine, je les connais toutes.

Je le repousse, il est plus léger. Il mouline. Il se répète. La dope qui s'envole... Trente secondes avant la fin du quatrième. Kravine l'a briefé. Le sixième round. George, toujours au sixième.

Je pisse le sang, les arcades en charpie. Mais je serai là pour le cinquième. George le Mur. Je serai là.

Il s'énerve. Il veut m'avoir avant le six. Avance. Pousse-le, là, avec tes coudes, dans les côtes. Respire. Cogne. Pousse. T'es bien, avance. Bouge tes jambes. La tête dans les épaules. Il comprend pas ce que tu veux. Là. Il est paumé. Un crochet du droit, mou, un piège à mouches. Me prend pour un vieux punching-ball. Il pare. Là. Maintenant. Uppercut du gauche, dans son contre, les pieds vissés au sol, le dos droit, la hanche qui suit. Parfait.

Il a rien vu venir. Je l'ai cueilli au menton. Une seconde avant le gong.

Il a l'air surpris. Son cerveau a dû sacrément taper dans sa caboche.

Passé à un doigt du *down*. Il le sait.

Toi aussi tu sais…

T'as déconné, George.

Le moral, pas avant… Il a vingt ans, George. Tu l'as sonné, mais t'as perdu des forces, juste avant sa minute de repos.

T'écroule pas sur le tabouret, surtout lui montre pas. Les mains de Paolo sur mon visage. Début de crampes dans les mollets.

Il me regarde dans son coin. Il a les nerfs, avec ses pieds qui arrêtent pas de bouger. Il va faire n'importe quoi, il veut me tuer. En une minute, il va récupérer ; dix fois plus vite que moi.

Paolo me fait la leçon, me tartine de vaseline, me balance son jus d'adrénaline sur ces saloperies d'arcades plus bonnes à rien. Il me dit de pas faire le con.

– Arrête de jouer au cador, George ! Attends qu'il soit vidé, sinon il va te rentrer dans le lard !

Je regarde le jeune Noir, à l'autre bout de la diagonale. Deux ou trois victoires et il sera prêt. Bientôt pro. Un vieux machin sur le chemin…

– Tu m'entends, George !

Le public dans la salle, les gens parlent, ils se foutent de ce qui se passe sur le ring. Paolo se rend pas compte, j'en bave comme j'en ai jamais bavé.

– Quoi ?

– Il est pas au point mais il est pas encore lessivé, fais pas le malin. Continue à lui faire les poignets. Cherche son ventre. Deux reprises, bouge pas avant !

Ma gueule défoncée, c'est la stratégie de mon entraîneur.

Bien sûr qu'il me rappelle mes vingt ans.

Y a quoi dans son coin ? La jeunesse, l'envie de gagner pour des raisons qu'il connaît pas encore ; une petite copine, besoin de sortir du trou dans lequel il a grandi ; Carlier, bon soigneur, lui vaporise le visage, le tartine de vaseline et de camphre, qui lui masse les poignets. Je vois ça, Carlier, je te vois qui t'inquiètes pour les mimines de ton boxeur... Au premier rang avec sa poule sapée rose et or, Kravine, le gérant de la boîte. Combien il a gâché de carrières, Kravine ? T'as intérêt à te tirer de ses pattes, gamin... Mais ça se voit à ta belle gueule que tu sais te défendre.

Ouais, y a du monde dans ton coin.

En face... Paolo, vingt ans de boxe et trente ans de galère, sourdingue, le foie pourri, un œil foutu ; Paolo le Portugais, terreur plume en son temps, entraîneur pour la forme, surtout soigneur, un vrai chirurgien mais pas foutu de faire un bandage correct. Trop de coups sur la cafetière, le Paolo ; content de l'avoir de mon côté. Paolo, et puis quoi ? Merde, c'est pas le moment de penser à ça. Le boulot, l'appartement, les filles, l'entraînement... Ta gueule, George ! Pense pas à ça. Avec ton boulot que personne peut encadrer, ouais. Et lui, là-bas. S'il arrêtait la boxe, il pourrait être mannequin. Ma gueule de sac, brigadier depuis quinze ans, qui s'obstine à courir ses cinq bornes tous les matins, histoire d'avoir un...

– Oh ! George ! C'est pas vrai, à quoi tu penses ?

– Quoi ? Qu'est-ce tu dis ?

– Bouge !

Merde, la cloche. Le cul en plomb. Rien entendu.

Encore envie de monter sur le ring.

Ce salaud de Paolo a pas rincé mon protège-dents. Du sang plein la bouche. Il sait que je déteste, pour me mettre en rogne.

Cinquième round.

Retour au centre.

On s'observe.

Le jeunot est plus prudent. En colère, mais pas con. Il danse plus comme une folle et il fait gaffe à ses placements. Ça va pas être du gâteau. Faudra que j'en place deux ou trois avant le sixième. Paolo se rend pas compte. Si je le ralentis pas maintenant, il va m'avoir. J'ai les jambes...

Qu'est-ce qui s'est passé ? J'ai un genou à terre. Et un gant.

C'est quoi cette voix ?...

L'arbitre. Il a commencé à compter. Déjà trois... Prendre toutes les secondes. Putain j'en ai besoin.

Respire George.

Cinq... Six...

La tête qui tourne.

Sept...

L'autre qui m'attend.

Huit...

Debout.

L'arbitre me regarde dans les yeux, sa voix est bizarre. Il inspecte ma gueule de Picasso, ce qu'il voit a pas l'air de lui plaire. Je lui dis que ça va, j'essaie de le fixer même si j'y vois que dalle. Il fait la grimace.

Pas un K.-O. technique.

Pas maintenant. Merde, pas maintenant.

Je sautille, ça tangue.

L'arbitre me regarde faire le malin, il est pas dupe.

Il me dit un truc que je comprends pas tout de suite.

– Tu vas l'avoir ton K.-O., si c'est ça que tu veux.

Pourquoi il a dit ça ? Pourquoi il a jeté un coup d'œil au premier rang ?

Des lumières blanches dans les yeux.

L'arbitre me laisse continuer, certain que je vais me faire rétamer. Kravine l'a dans sa poche... Qu'est-ce que je fous là ?

J'ai la trouille.

La première fois. Ses gants sont en fer, je vais crever. J'ai la trouille... La cloche. Ça va recommencer. Que...

Ta garde !

La tempête. Il pleut des gnons.

Tout est arrangé. Ils ont programmé ma mort, tous. Qu'est-ce que je dois faire ?

Je suis debout. T'es debout, George.

T'es encore là.

C'est la boxe.

Les gants du Noir sont pas truqués. Ta gueule est à toi, c'est elle qui reçoit, tes jambes sont à toi et elles te portent, les gants sont toujours au bout de tes bras, ils bougent, ils sont à toi.

Je sens plus les coups.

Mais je sais qu'ils existent. Les coups sont pas truqués. Il frappe pour de vrai, j'encaisse pour de vrai. Pas truqué. La boxe. Ma vie.

Garde au menton, planque-toi derrière. Personne me fera descendre de ce ring.

J'ai la trouille.

Je vais buter Kravine.

Un tourbillon noir. Il est partout. Où est le ring ?

Perds pas le fil, George ! Tes yeux, bon Dieu. Garde les yeux ouverts. T'as l'expérience et il est furieux. Il prend son élan comme à l'entraînement. Regarde, nom de Dieu. Il est à bout de souffle à force de mouliner.

Respire.

T'as plus peur, t'as la haine, t'as l'expérience.

T'as pas trop morflé.

Laisse-le te pousser. Vas-y. Recule. Les cordes sont pas loin derrière. Tu récupères, ta garde tient le coup. Appuie-toi sur lui. Va te planquer dans ses bras. Là. Tu le débectes, tu pues la sueur et l'âge, George. Tu lui colles à la peau. Il t'insulte, il essaie de te bouffer l'oreille.

L'arbitre regarde même plus.

Reviens lui chialer sur l'épaule. Ton poids sur lui.

Laisse-le te pousser.

T'as encore tes bras. Il s'est épuisé, t'as tenu bon, George, t'es toujours debout.

Kravine gueule à son poulain de se barrer de là, plus fort que Rossi qui a fini par se réveiller.

Les narines dilatées comme un trotteur, regonflé à bloc.

Il me connaît Kravine, il connaît la boxe même s'il chie dessus. Ils gueulent à leur protégé de dégager, mais le jeunot entend plus rien. Il est à la cour d'école, ses coups ressemblent plus à rien. Paolo doit se marrer de toutes ses vieilles gencives déchaussées.

Tombe dans les bras du grand Noir, t'es une vieille loque. Laisse-le croire, laisse-les gueuler.

Il me repousse de rage.

Maintenant.

Rebondis sur les cordes. Ta dernière chance.

De l'aïkido mon pote ; c'est tes vingt ans qui vont te revenir dans la gueule.

Bras au-dessus de la tête, il a oublié la boxe, plus aucune synchronisation.

Quatre-vingt-onze kilos dans un seul gant. Catapultés dans son plexus, à l'expiration. J'aurais pu le tuer. Pas eu la force.

Il a viré au gris, les pieds en canard, les yeux grands ouverts.

J'arrive à fléchir les jambes. Des petits pas. Pousse-le, George, fais-lui traverser ce ring dans l'autre sens.

Bouge, nom de Dieu, le lâche pas sinon t'es foutu.

Putain, que mes gants sont lourds. Tiens le coup. Direct, jab, jab, c'est mou, mais ça suffit. Je vais l'avoir. Regarde Paolo, regardez, je vais l'avoir ! Gaffe, il sait boxer en reculant, serre-lui la vis, le laisse pas se reprendre. Il balance ce qui lui reste. Des tonnes de forces, mais il sait plus s'en servir. S'il trouve une allonge, t'es mort. Là, tu l'as, bouscule-le, nom de Dieu. J'ai plus de forces. Au flanc, il va lâcher. Trop de questions sur sa gueule ; il arrive plus à penser. J'ai plus de forces.

Jab, crochet, crochet. C'est plus des coups, c'est de l'intox.

Le foie, les côtes, le cœur.

La précision, c'est ta seule chance.

Plus de force, seulement des kilos.

Des crampes aux épaules, les mains brûlantes, du sang plein les yeux. C'est la fin, pour lui ou pour moi. Y aura pas de purgatoire.

Le gamin encaisse, le poteau le tient debout. Il tombe pas, il lâche pas, nom de Dieu ! La volonté, vingt ans dans les guiboles. J'ai plus rien !

Je veux pas perdre. J'y arrive plus. Qu'est-ce qu'il attend pour me tuer ? Te fous pas de ma gueule, finis-moi, bordel, j'ai plus de forces ! Qu'est-ce que t'attends !

Il... C'est fini. Il abandonne. Ses bras tombent. Je vois sa tête, là, devant moi, je vois plus ses gants. Qu'est-ce que je fais ?

Boxe, George. Boxe, nom de Dieu, si c'est la dernière chose que tu dois faire avant de crever !

Une fois, deux fois, crochet aux tempes.

Le menton, décolle-lui la cervelle. Uppercut, le bras qui tremble, mes dernières forces, minable, suffisant, *in extremis*...

J'y crois pas.

Vingt ans qui s'écroulent entre mes jambes.

Presque envie de les rattraper.

Je tiens à peine debout. Je vais dormir dix ans.

Il est tombé assis. Le compte.

Six. Sept. Il ouvre les yeux. Il est pas mort, ses yeux me balancent encore des coups. J'ai la trouille. Reste assis gamin, te relève pas. S'il te plaît… te relève pas. Laisse-moi ce match. Huit. Il attrape les cordes. T'en auras d'autres, laisse-moi celui-là. Il dérape. Neuf. L'arbitre lui laisse des secondes d'une demi-heure. Le gamin secoue la tête. Je le fixe, comme si mes yeux pouvaient peser sur ses épaules. Il décolle un genou, il est magnifique, il se redresse. Il dérape, il retombe. L'arbitre peut pas attendre plus longtemps. Dis-le bordel !

Dix.

Terminé…

Une seconde.

Une seconde et il se relevait.

Je le quitte pas des yeux. Plus d'air, à moitié asphyxié.

Le public applaudit, je vois plus la salle.

Je reste debout devant le môme.

Carlier lui enlève son protège-dents, lui dit de respirer par le nez. Le gamin me toise. Ça y est, il ferme les yeux, se laisse vaporiser de la flotte sur la tronche.

Vieux bourrin plein d'écume, sa défaite me fait peur.

Je voudrais le remercier.

T'as gagné. Essaie de sourire, George, t'es heureux. T'as gagné.

Il ouvre les yeux. C'est passé. Il reprend ses esprits, il réfléchit. Il me sourit.

Pas la force de faire mon tour de ring.

George, toujours au sixième. Sauf quand on me laisse ma chance au cinquième…

Te mens pas.

C'est lui qu'a gagné, assis sur son tabouret à reprendre déjà des forces.

Paolo me jette mon peignoir sur les épaules. J'ai froid. Je sue comme un bœuf et j'ai froid.

Un beau match en fin de compte.

Kravine peut pas tout salir.

Paolo sourit, le vieux salaud est content. C'est lui qui lève mes gants. Je vais m'écrouler.

Le grand Noir est debout, il vient au milieu du ring en sautillant, je pose un gant sur son épaule de tueur et je lui dis :

– T'as perdu, gamin, mais je mettrai plus de temps que toi à m'en remettre.

Il colle sa bouche à mon oreille déchirée.

– Merci pour la leçon, Papi. À la prochaine.

Il sourit.

Un bon boxeur.

⁂

Le public quittait le Sporting de Juvisy en colonnes lasses. Hommes de tous les âges, quelques femmes, des poivrots, d'anciens boxeurs, des jeunes des clubs du coin. Le match des lourds terminé, la salle se vidait. Petits paris, l'enthousiasme évanoui d'un soir de semaine. Restait l'odeur de sueur, mélangée au liquide javellisé qu'un employé de mairie étalait sur le ring, essorant sa serpillière dans un seau.

Dans la rue, les traînards commentaient le dernier combat.

George le Mur – trente-huit victoires dont vingt-trois par K.-O., huit défaites par décision –, George Crozat, vainqueur par K.-O. à la cinquième reprise contre André Gabin, onze victoires dont sept K.-O., deux défaites ; une par K.-O. Dans une salle désertée, le Mur avait infligé à Gabin son premier knock-out ; un effort désespéré passé inaperçu.

Les disjoncteurs claquaient dans le vide. Un seul vestiaire était encore éclairé au fond du bâtiment.

Crozat, enroulé dans son peignoir bleu marine, était assis sur la table de massage. Ses pieds nus pendaient dans le vide et sa main droite désenflait dans un seau de glaçons. Paolo coupait aux ciseaux les derniers bandages de sa main gauche. Dans la pénombre carrelée du vestiaire, les vieux pugilistes avaient l'air de morceaux de cire en train de fondre. Depuis la fin du compte, chaque geste avait la lenteur des habitudes, et les précautions d'une nostalgie cassante.

– T'es vraiment nul pour les bandages. La prochaine fois, je dis aux types de la commission de te virer.

Paolo s'ébroua, prêt à jouer le jeu.

– *Caralho !* J'ai pas vu à quel moment y t'ont posé problème, mes bandages. À la tête de Gabin, je me suis dit qu'ils étaient bien comme ça, non ? Ça lui déformait la gueule comme y fallait.

George ouvrit et ferma sa main que la glace ankylosait.

– Ouais, ça ira pour cette fois.

Le Portugais frappa la cuisse du Mur avec un clin d'œil, habitude qu'il n'avait pas perdue depuis que son œil gauche était mort. Le Portugais arracha d'un coup sec la dernière bandelette.

– Va prendre ta douche, je vais chercher le chèque.

George baissa les yeux sur le seau.

– Combien c'était ?

– Le tarif habituel, quatre cents. On peut pas gonfler les frais plus que ça, tu le sais.

– Et combien tu prends, vieux salopard ?

– Comme toujours, la totalité.

George ne souriait toujours pas.

– Paolo…

Paolo enfouit sa trogne embarrassée dans le sac de soins.

– Il a vingt ans, George, et il était défoncé. T'as gagné deux fois plus qu'il a perdu. Va prendre ta douche ; avec ma part de misère, je te paie à bouffer. On va fêter ça.

George se laissa glisser de la table, mais ses jambes lâchèrent. Il s'appuya à l'épaule de son entraîneur.

L'eau chaude coula sur sa nuque, puis lentement il ouvrit l'eau froide. La douche écossaise n'était pas recommandée après un combat, un coup à s'exploser le cœur. Mais George en avait besoin, pour calmer les idées qui tournaient dans sa tête.

Il était venu pour gagner. Il avait gagné et c'était pire que d'avoir perdu.

Raccrocher les gants.

Fini la boxe ? Plus rien que son boulot. Et la thune ? Plus de boxe, plus de filles. Il cracha une salive épaisse, mêlée de sang, qu'il regarda s'enrouler autour du siphon.

Il pouvait trouver quelques amateurs à entraîner. Bosser avec Paolo. Un club dans une banlieue, initier des jeunes. Ou bien au Ring du 14e, où s'entraînaient les autres flics ; Marco lui trouverait bien une place là-bas… Bosser la journée avec les collègues, et dans la salle le soir aussi.

Non merci.

Continuer à boxer ? Des matchs de troisième zone… S'acharner jusqu'à perdre un œil, se faire ratatiner la cervelle par des débutants.

Il sortit de la douche en essuyant ses cheveux taillés en brosse, avança prudemment sur le carrelage glissant. La porte du vestiaire claqua.

– Je sais pas si on va dîner, Paolo, j'suis vanné, tu veux pas me…

Il serra les poings, où des verres se brisaient.

– Salut, le Flic. Beau match.

Kravine, une cigarette plantée dans le coin de la bouche.

George baissa les yeux et noua la serviette autour de sa taille.

– Qu'est-ce que tu veux ?

– Te féliciter. Tu le mérites, sincère.

– Tu te déplaces jamais sincèrement, ni gratuitement. Qu'est-ce que tu veux ?

George enfila un caleçon et un tee-shirt pendant que Kravine, mains dans le dos, tournait autour de la table de massage.

Kravine avait boxé dans sa jeunesse, pas longtemps. Un vicieux, un mi-lourd jamais capable de trouver un style, d'ajouter la technique à ses poings ; il avait laissé tomber les combats pour se rabattre sur l'entraînement, avant de devenir promoteur.

La boxe était pleine de types comme lui. Elle devait en avoir besoin d'une manière ou d'une autre. Il promettait le succès et l'argent, la victoire sans parler des défaites, s'arrangeait pour que ses mecs y goûtent assez pour y croire. Avant de se faire détruire parce qu'ils n'étaient pas assez entraînés. Matchs truqués, dope, classements bidon, investissements sans risques, carrières à la trappe. Pas du sport. De l'argent. Kravine allait de plus en plus loin pour trouver des pigeons. Les culs-terreux de province ne suffisaient plus aux requins dans son genre. Jusqu'en Afrique, pour trouver des combattants prêts pour une poignée de main et de billets à se faire voler leur talent.

George en savait quelque chose, même s'il était de Montrouge.

Kravine était de ces types qui viennent te plaindre après t'avoir mis dans la merde.

Le Mur se laissa tomber sur un banc du vestiaire. Un rictus tordit son visage couturé ; il s'imaginait Robert Kravine dans un bidonville africain, époussetant son trois-pièces les pieds dans la merde de chèvre.

– T'as un coup d'œil qui s'invente pas, tu l'as toujours

eu. Un beau combat, George, vraiment. T'es passé à côté d'une grande carrière, on le sait tous ; t'étais fait pour les championnats…

– Tu sais très bien ce qui s'est passé, joue pas au con avec moi.

Kravine fit quelques pas, tourna le dos à George.

– Comme je disais, un beau combat. Mais tu sais que t'en as plus beaucoup dans les gants.

George se rhabillait lentement. Pour ne pas montrer à quel point il avait mal, plié en deux, en enfilant ses chaussettes. Se tirer d'ici, ne rien entendre, avaler trois Nurofen et dormir.

– Crache le morceau.

– J'ai une proposition. Je vais pas y aller par quatre chemins, tu connais la musique. Je te prends dans mon équipe. Tu fais le sparring pour mes gars, tu donnes quelques conseils, tu bosses avec Rossi et je te mets un billet de deux cents dans la poche chaque semaine.

– Et la suite ?

– Sacré George ! T'as la vista, je l'ai toujours dit. Je te trouve aussi des combats de temps en temps. Maintenant, pour monter sur le ring, on te proposera que de la merde pour pas un rond. Moi je te trouve des combats pas dégueux. Tu peux tenir encore un an, même deux avec la forme que t'as. Je garantis un palmarès avec des victoires de temps en temps, pour te maintenir à flot, du cinquante cinquante, quoi. Tu ramasses les billets des matchs en plus, et quand je te demande, tu boxes contre les mecs que je te dis. Tu quittes pas tout de suite le circuit et tu peux continuer à te payer tes filles… Je te connais, va. Dans deux ans, je te garde comme entraîneur, avec des types qui valent le coup d'être coachés. Qu'est-ce que t'en dis ?

George hésita à se lever de son banc. Ses paupières

tuméfiées s'entrouvrirent, sans qu'il puisse regarder Kravine en face.

– Tu manques pas d'air, espèce de faux cul.

Paolo entra dans le vestiaire un chèque à la main.

– Ça y est ! J'ai notre paye, champ... Qu'est-ce qu'y fout là, lui ?

Kravine regarda sa montre.

– Salut, le Portugais.

– Sal... Qu'est-ce qu'y fout là ?

– Juste venu vous féliciter. Faut que j'aille voir André maintenant, que je lui remonte le moral après la tannée que ce vieux George lui a mise. Tu réfléchis, le Flic, t'as mon numéro.

Paolo froissa le chèque dans sa paluche arthritique, et s'écarta pour le laisser sortir.

– Va te faire foutre, toi et tes combines de rat.

Kravine se retourna.

– À la prochaine.

Le front dans les mains, George ne décollait pas du banc.

– Va chercher la tire, Paolo, je te retrouve à l'entrée.

– Qu'est-ce qu'y voulait ?

– La bagnole, magne-toi.

– Tu veux pas un coup de main pour...

– Paolo !

– C'est bon, j'y vais. T'énerve pas.

George ne pensait qu'à une chose, se faire masser la couenne par une pute, raconter son match, gagner encore une nuit. Ce soir, il avait fait trois cents euros. Demain... demain quoi ?

On négociait ses restes. Tant qu'ils valaient quelque chose.

Une vacherie. Sans doute ce qu'on lui offrirait de mieux.

Boxeur aux ordres d'un promoteur véreux, pour gonfler les victoires de ses poulains. De quoi continuer à se faire du fric, en se couchant quand il faut.

Il aurait dû lui éclater la gueule.

Accepter, en fin de carrière, le deal d'un type qui avait ruiné ses débuts... Parce que personne d'autre n'allait venir le trouver, au fond du trou dans lequel il allait s'enfoncer.

Kravine savait ce qu'il faisait.

Prendre la thune ? Pas faire le con et sortir propre de ses pattes ? En sachant qu'il y avait pire que de finir estropié : la honte de terminer avec une sale réputation. Les saletés du ring finissaient toujours par se répandre au-dehors. Les sportifs dopés faisaient des flics sans promotion. George savait déjà ça. Deux ans à se refaire une santé morale auprès de la commission, ses meilleures années foutues, des doutes jamais éteints, une carrière pro aux chiottes. Sur son front, toujours l'étiquette que les cicatrices n'avaient pas effacée. Pourri.

Indélébile.

Paolo l'avait tiré d'affaire en débarquant.

Il allait accepter. Peut-être pas tout de suite, mais il allait accepter.

Pour boxer.

George n'était pas con au point de croire que quelqu'un d'autre le forçait à choisir.

La porte s'ouvrit, il rugit :

– Qu'est-ce qu'y a ? T'as oublié les clefs ?

– De quoi tu causes, le Mur ?

La nuit était pleine de saloperies, à croire qu'elles s'étaient toutes donné rendez-vous dans son vestiaire.

La tignasse frisée, le tee-shirt moulant sur les bras gonflés à l'hélium, la peau bronzée du Pakistanais. Boxeur pour la drague, videur dans un club de Passy. Personne n'en voulait comme sparring tellement il était nul, malgré l'envie générale de lui fermer sa grande gueule.

– Qu'est-ce que tu veux?

George savait aussi qu'il pointait à la maison poulaga. Pas un hasard s'il venait se faire les bras au 14, où beaucoup de flics s'entraînaient.

– Ben comme tout le monde, féliciter le champion!

Paki sautillait aux quatre coins du vestiaire, répétant des enchaînements qu'il n'était pas foutu d'imiter, même à vide.

– OK, je suis pas là pour parler technique, le Mur. En fait, j'ai un truc à te demander.

La coke et les amphètes lui sortaient par les oreilles.

– C'est un service, mais pas pour moi, tu vois. Un service pour un pote, enfin c'est un client de la boîte, un type que je connais. Un truc dans tes cordes, champion! Je pourrais le faire, mais bon, y a un souci, alors je peux pas.

– Arrête de bouger comme ça, tu me donnes mal au crâne. C'est quoi cette histoire de service?

– Bon, je sais que t'es flic, George, mais je sais que t'es pas non plus un... (Il réfléchit, s'arrêta de bouger; le mot lui échappait.) Ouais, bref, pas un flic comme les autres, quoi! Tu l'as bien amoché, le bamboula! Tu lui en as mis plein la gueule! Ouais, t'es cool, mec! Tu le prendras pas mal, OK, ce que j'vais t'dire?

– Accouche, je rentre me pieuter.

Le Pakistanais se calma un peu, sautillant sur place.

– Bon, ce client donc, il a un problème. Ça te dirait de t'faire facile un billet de cinq cents?

George leva un sourcil imberbe, barré de pansements.

– Je peux rien faire pour les PV.

– C'est pas un problème de PV. Ce mec, il a pas de PV.

George passa la sangle de son sac sur son épaule.

– Alors je peux rien pour lui.

– Tu te trompes, George. Un gars comme toi peut des tas de choses. En fait, c'est un problème de cul, tu vois?

Plus le Pakistanais essayait d'avoir l'air rusé, plus

Crozat était convaincu qu'il le prenait pour un con. La fatigue lui plombait la tête, des acouphènes lui déformaient l'audition.

– Achève, Paki, j'ai pas que ça à foutre.

– Ce type, il a un problème avec un mec.

George sourit bêtement.

– Il est pédé ?

Le Pakistanais se figea, la gueule enfarinée. Il articula lentement :

– Non, George. Il a une femme. C'est ça son problème.

Comment pouvait-on se plaindre d'une femme, pensa George sans réaliser qu'il n'en avait pas.

– Avec qui il a un problème alors ? Tu me fatigues, je comprends rien à tes histoires. Je me casse.

– OK, bouge pas ! Sa femme couche avec un autre mec. Cinq cents euros pour lui mettre une dérouillée. Au mec. Son amant, quoi. C'est clair comme ça ?

George inclina sa tête de vieux ballon effiloché. Ses moignons d'oreilles tournèrent au rouge, ses sourcils rafistolés en vitesse recommencèrent à saigner.

– Quoi ?

– T'as dit que tu le prendrais pas mal !

– J'ai rien dit du tout. Tu me prends pour un barbouze ?

– Oublie, c'était une connerie !

Avant que George ait pu le choper par le tee-shirt, le Pakistanais disparut du vestiaire.

Paolo attendait au volant de sa vieille Citroën.

– T'en as mis du temps.

Les amortisseurs de l'AX grincèrent.

– Brûle les feux, faut que je dorme, nom de Dieu.

2

Mai 1957

La France tourne aux trois-huit et arme le béton du plein emploi. Un rêve est en marche, d'une juste rétribution de l'effort national. Les fruits de la Reconstruction. Droit au travail, à la reconnaissance, de vivre dans un logement décent ou de ne pas crever de faim. En 1957, chacun travaille à ses ambitions.

L'effort, la fierté, l'avenir, tout est national. Le pétrole algérien, le Sahara français et les essais nucléaires. La France a besoin de ses dernières colonies, de leurs terres, de leurs sous-sols et de leurs hommes pour construire et avancer. La contradiction d'un empire colonial, dans une nouvelle ère de modernité, n'a pas encore frappé les esprits. L'Algérie est à feu et à sang depuis trois ans. En février 1957, le service national est rallongé à trente mois, la classe 55 rappelée.

En avril, deux cent mille appelés sont sous les drapeaux. Et deux cent mille engagés, dont une bonne partie revenue d'Indochine les oreilles basses. Le nom de De Gaulle réapparaît dans les discussions et les journaux. La censure et la propagande ne suffisent plus. Il y a des morts, des bombes, il y a Palestro, la bataille d'Alger et les premiers rapports accablants. Tortures. Exécutions sommaires. La guerre sans nom est déjà sale.

Le grand rêve national est mort debout, pourri de l'intérieur par un cancer politique. La IVe République agonise, on appelle à une nouvelle constitution. Les chefs politiques du FLN sont en Égypte, en Tunisie, en Allemagne et en France, l'impôt révolutionnaire est levé auprès des musulmans immigrés, les collecteurs arment les fellaghas depuis les banlieues ouvrières, messalistes et frontistes s'affrontent dans les rues de la capitale ; des bombes explosent dans des cafés maures, des hommes sont abattus en pleine rue, des policiers aussi. Des Algériens disparaissent, la police envahit les rues, les usines et les ghettos.

Dans les bidonvilles, les certitudes s'envolent. Les communautés se rétractent et s'épient. Chacun est sommé de tenir sa place sans faire de vagues. Des terroristes, de l'autre côté de la Méditerranée, font entendre leur voix. Aux exhalaisons des usines se mêlent d'autres fumées plus lointaines de villes en flammes. D'autres combats, pour une autre rétribution. Indépendance.

La bataille d'Alger fait rage et la *guerre psychologique* des paras de Massu exporte ses méthodes à la métropole. Les arrestations se multiplient, et les cris en lettres blanches sur les murs des usines et des rues. « Indépendance. FLN. Paix en Algérie. »

⁂

Baptiste Provost regarde en bas la grande cour de l'usine Aluvac. Les portes de la fonderie et des ateliers sont ouvertes. Le soleil fait grimper la température. Un millier d'ouvriers ruisselants attendent la fin d'une journée qui se traîne.

Il ouvre la fenêtre, un courant d'air tiède soulève des papiers sur les tables à dessin. La rumeur de l'usine monte jusqu'à lui, ronronnements de moteurs, souffle des fourneaux.

De l'autre côté, dans la rue Pereire, deux voitures de patrouille et trois cars attendent devant les grilles du grand portail. Derrière les vitres, les flics patientent sous la tôle et le soleil. Provost frémit. La présence de la police lui rappelle l'Occupation, le STO, une autre usine sous surveillance. Il lève les yeux sur les deux grandes cheminées, suit du regard la fumée noire qui s'étiole au-dessus de Nanterre, en direction de Puteaux, des bidonvilles de la Folie et plus loin, à l'horizon, vers les piliers ferraillés du CNIT.

Baptiste sursaute.

Ce vagissement nocturne qui terrorisait Paris.

La sirène électrique, muezzin des trois-huit, vient de lancer son appel au repos.

Les bleus noircis envahissent la cour blanche. Français d'un côté, avec quelques Italiens et Espagnols. Algériens de l'autre ; disséminés parmi eux quelques Tunisiens et Marocains. La fin de journée, habituellement bruyante, est silencieuse.

Il reconnaît des ouvriers, et regarde sa main. Dix ans chez Aluvac. Il se revoit, de retour d'Allemagne, heureux de travailler, libre de faire des projets ; comme les autres. Aujourd'hui la discorde a refermé les visages.

Une vingtaine d'hommes font la navette entre les groupes. Les policiers descendent des cars et se déploient en deux lignes parallèles barrant la rue. Les grilles restent fermées.

Doit-il rejoindre ceux de la CGT, qui tentent de réunir Français et Algériens ? Les Algériens qui ne bougent pas, objets de cet affrontement répété depuis trois semaines.

À quel moment les flics avaient-ils débarqué ? Avaient-ils toujours été là, cachés ?

La préfecture de police a établi des listes. Surveillance

et arrestations. Dans les tiroirs de la direction, les mêmes listes. Syndicalistes, sympathisants…

Avec son ennui pour sens de l'histoire, Provost essaie de comprendre tout le monde et s'y perd. Seules comptent l'entente et la paix. Elles ont déserté Aluvac, la banlieue et la France, qui regarde ses jeunes partir sans savoir s'il faut applaudir ou protester. Combien ont quitté la fonderie avec la promesse dérisoire de retrouver leur emploi au retour ? Idée insidieuse qu'une guerre ne changera rien, que tout retrouvera sa place, comme si rien n'était arrivé.

La guerre ne forme pas la jeunesse, elle la viole.

Il baisse la tête et se tourne vers Verini, affalé sur sa chaise, mains dans les poches. Verini a vingt ans.

Sa tête carrée enfoncée dans les épaules, il rumine depuis ce matin. Sa rancœur muette alimente la tristesse de Provost.

Dans la cour, le directeur du personnel avance à la rencontre des syndicalistes. Les palabres sans issue recommencent.

Le mois dernier, une grève des fondeurs a été le prétexte d'une installation sans fin de la police aux portes de l'usine. Le mouvement social a fait long feu, les flics ne sont plus là que pour les Arabes. Chaque soir, à la débauche, une dizaine d'entre eux sont emmenés pour des vérifications d'identité, qui tournent à l'interrogatoire des nuits entières. La police tente de reconstruire l'organigramme du FLN en France. Aluvac n'échappe pas à la règle. Seuls quelques enragés de la CGT, au nom du combat ouvrier, essaient de s'interposer.

Cigarette à la bouche, Verini se lève et le rejoint à la fenêtre.

Les grilles ont été ouvertes, et les types du syndicat s'alignent face aux flics. Provost se tourne vers son collègue.

– Qu'est-ce qu'il a dit ?

Le jeune homme fixe quelqu'un parmi la vingtaine de militants, serre les mâchoires, ses sourcils bruns descendent sur ses yeux verts.

– Connard.

Des slogans montent : « Solidarité avec les camarades algériens ! Libérez l'usine ! »

– Il a dit : « Pas d'engagés dans la famille. »

Verini souffle la fumée de sa cigarette :

– Faux cul !

Provost regarde l'homme brun, en bas, en train de lever le poing.

– Parle pas de lui comme ça.

Verini hausse les épaules.

– C'est un con.

Les Français avancent vers le portail. Les camarades de la CGT les haranguent. Ils passent entre les rangs de flics, qui ne les inquiètent pas. La direction fait pression tant qu'elle peut. Arrangement avec la préfecture : les Français qui restent en dehors ne doivent pas être inquiétés, l'usine doit tourner. S'en tenir aux Algériens.

– Il a ses raisons.

– Les consignes du Parti ? Pacifiste de merde !

Verini enfile son blouson de toile et s'éloigne.

Des officiers en civil désignent des visages dans la foule. Les policiers se jettent sur des Algériens silencieux, bousculant les syndicalistes qui tentent de faire barrage. Ils traînent les Arabes jusqu'à des Tubes Citroën aux vitres grillagées, une dizaine encore. Les camions démarrent.

– Qu'est-ce que tu vas faire ?

Verini sort en claquant la porte du service technique.

Provost, effondré sur sa chaise, se souvient de l'adolescent costaud, débarqué trois ans plus tôt dans son bureau, les mains noires. Certificat d'études, trois ans aux ateliers. Transféré au service technique après qu'un contremaître l'eut repéré sortant de la bibliothèque. Provost s'était chargé de son apprentissage à la table à dessin, constatant, malgré ses progrès, qu'il n'avait rien à faire ici. Trop à l'étroit, réfractaire à la hiérarchie, trop curieux. Pascal Verini apportait des bouquins au bureau.

– Tu lis beaucoup ?

– Non, de temps en temps.

– C'est quoi celui-là ?

– Alain Gerbault.

Provost avait regardé le titre du livre, *Seul à travers l'Atlantique*.

– Tu l'as trouvé où ?

– Ici, à la bibliothèque. C'est la mère Licoux qui me l'a donné.

Licoux était la veuve d'un résistant FTP fusillé par la milice. Elle entretenait une bibliothèque famélique, alibi progressiste de la direction, en chinant des livres d'occasion partout où elle pouvait, réservant les fonds d'Aluvac à l'achat d'ouvrages onéreux. Elle encourageait les ouvriers curieux. Lorsqu'elle en coinçait un qui s'intéressait aux livres, elle ne le lâchait plus. Verini empruntait des bouquins trois fois par mois. La mère Licoux avait trouvé ce qui l'intéressait. Les récits de voyages et d'aventures. London, Melville, Gerbault. Il lisait tout.

Trois années pendant lesquelles Provost, de vingt-six ans son aîné, l'avait pris en affection.

1954, Verini a dix-sept ans. Il apprend le dessin industriel, appliqué, content d'avoir quitté les ateliers et surtout de ne plus bosser sur la même chaîne que son père. Baptiste commence à lui parler : « Reste pas ici, Pascal, va-t'en. T'es jeune, tu peux faire ce que tu veux, reste pas dans ce turbin. » L'Algérie n'est qu'une rumeur à Aluvac. 1955, dix-huit ans, Verini s'ennuie et griffonne des nouvelles pendant les heures de bureau. « Voyage ! Lâche tes bouquins, lâche cette usine. Tire-toi, Pascal, t'as la vie devant toi. » Les réservistes volontaires et les premiers appelés partent pour Alger.

Janvier 1956. Dix-neuf ans. Fort de Vincennes. Les trois jours. Classe 56, Verini est apte au service, appelé en juin 1957. Le temps commence à se détraquer, les encouragements de Provost deviennent désespérés.

Mai 1957. Provost est anéanti sur sa chaise, les policiers sont partis, les derniers ouvriers aussi, l'usine est vide et il ne bouge pas. La lumière est toujours blanche et la journée ne veut pas finir. Il voulait partir d'ici. Quarante-six ans, ses enfants, une guerre, dessinateur industriel chez Aluvac depuis 1947. Verini part dans un mois. La guerre était finie, elle ne devait pas recommencer. Verini aurait pu s'en sortir. Un gamin qui aime lire chez les prolos, qui rêve de voyages. C'est un sur mille, un sur un million qui arrive à se tirer. Provost sait la force qu'il faut pour s'arracher aux rues de Nanterre, lui qui ne l'a pas eue. Sortir d'une classe, d'un monde que la moindre défection menace dans sa chair.

Verini va voyager. Un bateau pour Alger. Provost sent monter sa colère, sans plus d'issue que la révolte d'un Verini.

***

Raoul Battaza était un pote de la communale du mont Valérien. Rital de la deuxième génération comme lui. Pascal l'avait rencontré dix jours plus tôt, fêtant son départ dans un bistrot. Il payait des tournées, rigolait dans son uniforme de l'armée. Pascal avait bu un coup et demandé pourquoi il était si content d'aller se faire trouer la peau : « Mon pote, personne fera des trous dans cet uniforme, parce que c'est un uniforme de la marine et y a pas de bateaux dans les djebels ! L'Algérie, j'en verrai que les côtes, si on passe pas trop loin ! » Engagement volontaire par devancement d'appel. Battaza avait signé pour deux ans. On lui avait laissé le choix des armes. Pascal avait autant fêté ce départ que la nouvelle. Il pouvait s'en tirer. Naviguer, même sur un rafiot de l'armée, ça n'avait rien à voir avec la guerre. Il avait un mois pour devancer l'appel.

Mais Battaza avait vingt et un ans. Verini ne serait majeur qu'en novembre, cinq mois après son incorporation. Son père devait donner son accord pour la procédure d'EVDA.

La veille, il avait jeté les papiers au visage de son fils. Pas d'engagé dans la famille.

Consignes du PC, position pacifiste des cocos, à défaut d'un soutien plus clair au nationalisme algérien.

Connard.

Pascal traverse Nanterre sur sa Vespa. Il ne rentre pas rue de Garches, il va voir Christine.

Un pacifiste enragé qui condamne son fils à la guerre. Il crache des injures. Les graffitis défilent. La pacification, c'est lui qui va la faire. Est-ce qu'il doit crever pour donner raison à son père ? Il conchie l'usine, la banlieue et l'Algérie.

Déserter ? Dans *L'Humanité*, quelques infos sur les insoumis. Comment faire ? Où se cacher ? La Suisse est loin pour un fils de Nanterre. S'enfuir et partir d'ici, il s'en fout ; mais risquer la prison ou un départ pour Marseille menottes aux poignets ? Ses vingt ans lui échappent.

Il annonce le refus de son père à Christine. Elle pleure. Malgré ses réticences, il accepte de parler à Mercier. Tout plutôt que Marseille.

Madeleine, la mère de Christine, téléphone à Mercier. La discussion est tendue.

Mercier accepte enfin. Rendez-vous est pris pour demain.

Christine et Pascal se fréquentent depuis un an. Christine est amoureuse, et Pascal se demande s'il l'aime comme on l'attend de lui : dès le début et pour la vie.

La mère de Christine est divorcée ; elles se sont installées à Puteaux pour ne pas subir la vindicte morale de leur ancien quartier. Madeleine tient Pascal pour intelligent. Aucun principe politique ne l'empêche de s'inquiéter pour lui.

Elle fréquente Bernard Mercier, un veuf, capitaine de réserve dans l'armée de terre, ancien de l'Indochine revenu en 1954, qui s'est toujours méfié de Verini, un fils de communiste rétif, insubordonné.

Pour Madeleine, il accepte de pistonner Pascal, pas de le faire réformer, mais promet qu'il fera son service en France. Pascal sait à quoi s'en tenir. C'est une chance inespérée, mais le piston lui est jeté au visage comme une insulte. Il s'en fout désormais, seul le résultat compte.

L'Algérie restera une saloperie lointaine, trente mois dans une garnison proche de Paris. Il traverse la ville sur son scooter, le vent tire des larmes sur ses joues. Il trouvera un autre boulot, vivra à Paris, achètera une voiture. Dans trente mois, il fera ce qu'il voudra. Je suis libre, pense-t-il, et aux hommes libres rien n'arrive comme aux autres.

***

Camp de Frileuse, Yvelines
Août 1957

La vie civile est loin, l'armée une nouvelle famille. La guerre est sans cesse évoquée, effrayante. En quelques mois, il faut faire de jeunes appelés terrifiés des rouages dociles. Sur place, dans les djebels, personne n'en doute, les fortes têtes ne la ramèneront plus. Verini ronge son frein : la plus petite déviance est un risque que l'armée ne peut se permettre. Une voix s'élève et c'est la pensée de dizaines d'appelés qui s'exprime. Rabâchage, corvées dégradantes, infantilisation, violences verbales. Les instructeurs travaillent à la chaîne. Rendement, précipitation, temps découpé, quadrillé. En quelques semaines, les appelés doivent apprendre à ne plus être maîtres d'eux-mêmes. Verini se marre intérieurement, joue le jeu en sachant que tout ça n'est pas pour lui. Il n'y va pas, il reste ici. Il supporte les hurlements des adjudants sans broncher. Il fait ce qu'on lui demande parce qu'il n'a plus qu'un mois de classes à tenir. Mercier a tenu parole. Pendant son premier mois d'incorporation, il a suivi la formation FRAC – formation rationnelle accélérée du conducteur –, permis véhicules légers et poids lourds, et il a eu l'impression d'apprendre quelque chose d'utile. La bouffe est dégueulasse, il mange. Les appelés ont l'esprit bravache, entre colonie de vacances et internat ; ils jouent les durs. Il entend des choses surprenantes, le soir, autour des tables de belote. « On va casser du bougnoule. On leur laissera pas l'Algérie à ces bicots. » Il découvre que tout le monde ne lit pas *L'Huma*. Il apprend à se taire et se méfie de ses camarades, refuse de jouer aux cartes, s'isole. Vingt ans. On ne répète que ce que l'on a entendu, on ne pense pas. Les ordres, s'étonne-t-il, rentrent bien facilement dans des têtes de cet âge, qu'il croyait peut-être aussi dures que la sienne. Il faut tenir jusqu'à la fin des classes, rien de plus, supporter les aboiements du chef de groupe, l'adjudant Fauchon revenu d'Indo avec une joue balafrée et le vin mauvais. Encore un mois. Il évite d'en venir aux poings avec les crétins qui cherchent des noises, laisse passer des mots qui déclencheraient, à Nanterre, des bagarres immédiates. Rital. Coco. Bolchevik. Traître. Dégonflé.

Profil bas. Il attend une lettre de Christine et bientôt la planque.

En manœuvres depuis trois jours. Trente degrés. La tension monte, on voit de plus en plus d'appelés quitter le camp, barda et peur au ventre. Verini continue à s'en foutre, mais l'atmosphère est contagieuse et surchauffée. Les plus faibles sont reconnus, désignés, moqués, humiliés, les plus forts règnent, chapeautés par les sous-offs. La faim, le groupe changé en meute par les trois jours de manœuvres. Verini est épuisé, les cris de Fauchon lui vrillent les tympans. Debout, garde-à-vous, briefing après une nouvelle nuit sans sommeil. On les teste : quel jus sortira d'un jeune homme bien pressé : soumission ? abandon ? esprit combatif ? révolte ? La fatigue lui donne envie de rire.

Liaison radio, attaque des positions de l'artillerie jaune. Ils sont les bleus. Verini ricane, parle fort : « Quand on aura fini de se foutre sur la gueule avec les jaunes, on pourra se mettre au vert. » Fauchon lui dit de la boucler et de se mettre en route, termine son ordre par un : « Ferme-la, Rital de mes deux, et mets-toi en marche. » Le rire se change en colère.

– Va te faire foutre. Je marcherai pas.

Les autres sont muets. Menace d'un mois de trou s'il ne se met pas en route tout de suite. Il est trop tard.

– Tu peux m'en coller trente mois, ça m'arrangerait.

L'adjudant hurle. Verini balance le fusil Galand à ses pieds et part.

Il traverse le champ de tir et rentre aux baraquements ; le sang lui bat aux tempes. Il est en train de tout foutre en l'air, il ne restait qu'un mois à faire sans l'ouvrir. Qu'ils aillent tous se faire foutre. Il pense à la lettre de Christine, reçue la veille du départ en manœuvres.

Mercier n'avait pas lâché le morceau pour rien.

Le piston était une insulte, et un chantage. Naître à Nanterre, chez des Italiens cocos. Rien n'est gratuit. Mercier a sauvé Verini de l'Algérie à condition que sa belle-fille ne le revoie pas. Christine, désespérée, lui demande de ne plus lui écrire, de ne plus essayer de l'approcher ou de lui parler jusqu'à la fin de son service. Nous verrons ensuite.

Ensuite ? La suite, il venait de la cramer. Il ne sait pas s'il aime Christine comme il devrait, mais sait qu'il déteste Mercier.

Il s'allonge sur son lit, rigole, revoit la tête de Fauchon.

Insubordination, désobéissance, voie de faits, abandon d'arme. Tribunal militaire. Assimilé déserteur, jugé comme traître à la nation. Fin du piston. La peine de prison est commuée en sanction disciplinaire. Temps de guerre. Départ pour Marseille le 25 août. Embarquement pour Alger. Pascal serre les dents en écoutant le verdict des militaires, alignés devant lui dans une salle de justice improvisée.

La guerre. La mort. La peur. L'Algérie.

Verini n'écrit pas à Christine.

Le train quitte Paris.

La France n'est pas en guerre. Les journaux le disent. Il n'y a que les militaires qui sont en guerre. La France est au travail. Nos fils vont maintenir la paix en Algérie. Quelques bougnoules qui posent des bombes. Deux cent vingt mille appelés. Il n'y a pas de guerre en 1957, la France est moderne. Où est parti Verini ?

3

Mai 2009

Les deux jours de congé suffirent à peine à le remettre d'aplomb. Crozat traînait au lit le matin, enfoncé dans le matelas trop mou, la joue collée à l'oreiller. De la fièvre, un sommeil agité dont il sortait groggy. Au réveil il avalait un litre de flotte et deux Nurofen 400 milligrammes. Il regardait le jour blanchir la piaule jusqu'à sept heures, puis se levait. Quelques étirements prudents. Dans le miroir embué il observait son visage marbré d'ecchymoses, la bouche gonflée aux coins tombants et au-dessus les yeux morts.

Une cafetière pleine d'arabica, un creux au ventre mais pas d'appétit. Il goba deux œufs, assis à la table de la cuisine. Un filet de blanc coula de ses lèvres insensibles, jusque sur le vieux peignoir de boxe qui lui servait de robe de chambre. Il avait mal partout mais la douleur, cette vieille compagne, ne l'avait jamais dérangé.

Pendant des heures, immobile, sirotant du café froid, il reprenait le compte des secondes qui avaient décidé de l'issue du match. Six. Merci pour la leçon Papi. Sept. T'es passé à côté d'une grande carrière, on le sait tous. Huit. Tu ramasses les billets des matchs. Neuf. Cinq cents euros pour lui mettre une dérouillée. Dix. Tu me prends pour un barbouze ?... Six. Sept. Huit. Merci Papi. Neuf. Dix. Une dérouillée.

Il n'avait pas été aux filles.

Il bougea ses doigts, son corps semblait avoir l'autonomie d'une machine.

Besoin de se secouer. Sa thérapie, le sport et l'effort, pour recoller à lui-même, chasser les visages de Kravine et du Pakistanais, repousser l'inéluctable.

George enfila un jogging, posa une casquette de baseball sur son crâne et sortit. Direction le Ring 14. À seize heures, la salle était généralement vide. Les vingt minutes de marche détendirent ses jambes, mais chaque coup de talon sur le sol résonnait dans sa tête. Il essaya quelques foulées avant d'arriver au club, renonça. Il manqua d'air après dix mètres de course, ralentit pour ne pas entrer essoufflé.

Marco était au bureau, son nez écrasé planté dans un paquet de paperasses et un cendrier plein. Pièce enfumée, posters de boxeurs dédicacés, coupes et médailles, tirages noir et blanc sous verre, décor typique, nostalgique et poussiéreux. Un petit monde d'anecdotes, héroïque et craquant comme un vieux disque, qui rappelait que l'on n'est jamais boxeur que dans sa jeunesse.

– Salut, Marco.

Le patron du 14 releva la tête. Une paire de lunettes modèle Sécurité sociale tomba de son nez, sur lequel plus rien ne pouvait tenir.

– Ben mon salaud, y t'a pas raté. Pas manchot, le Gabin. Paraît que tu lui as secoué les dents comme y faut ?

George attrapa la visière de sa casquette à deux doigts, l'enfonça un peu plus.

– Je l'ai eu, sur le fil.

Les paupières flasques de Marco lui faisaient un regard

de vieillard, ou de basset un peu débile. Sa bouche se tordait vers le haut d'un côté, vers le bas de l'autre.

George serra les dents. Il connaissait cette grimace, qui vous envoyait direct sur un mur de gymnase rejoindre les autres photos.

– Ouais, Paolo m'a dit que c'était un beau match.

George se tourna vers la salle.

– Je vais…

– Fais comme chez toi, le Mur, va te dérouiller.

Dérouiller ?

Marco se racla la gorge.

– Kravine est passé hier soir. Il te cherchait.

George s'arrêta dans l'encadrement de la porte.

– Ouais ?

– Il va revenir, c'est ce qu'il a dit. Tu veux que je lui passe un message ?

George grogna un « non » et s'éloigna.

Les sacs étaient trop durs, les poids trop lourds, sa transpiration acide et son souffle court. Depuis le bureau, Marco lui jetait des coups d'œil, le regardait s'escrimer avec son corps courbaturé.

Le Mur s'agitait par obstination, guettait la porte de la salle, regrettait de plus en plus d'être venu. Il pensait au commissariat, à tout ce qu'il n'avait pas eu le courage d'entreprendre ; à George Crozat, ce tas de muscles pathétique qui allait bientôt avoir ce qu'il méritait : que dalle. Le marché de Kravine. Il se cachait des regards, dans la salle déserte où résonnait le sifflement de ses chaussures. L'envie de rire, de se foutre une dernière fois de son sort avant de le jeter aux poubelles. Mais la gueule de Kravine lui revenait, son sourire blanchi ; sa colère retrouvait un instant un adversaire. Il lançait son bras plus loin et plus fort, se bouffait les lèvres de douleur et s'écroulait à nouveau, expulsé de son propre corps : un vieux type en train de boxer l'ombre de ce qu'il avait été. Putain, George, mais qu'est-ce qu'y t'arrive ? Lâche pas, George, accroche-toi. Bouge-moi ces pieds, George, bouge-les juste un peu.

Vers dix-sept heures, lorsqu'il vit un groupe de boxeurs pousser les portes, il alla s'enfermer dans une cabine de douche, l'eau à fond, en ressortit après que les autres furent changés et partis. En sortant du vestiaire, tête baissée, il percuta un type qui entrait. George s'excusa, le rouge au front.

Puis il se reprit. Se tenir droit, au moins devant ce baltringue.

Le Pakistanais, sur des charbons ardents.

– Merde alors, justement le mec que je cherchais ! Comment va, le Flic ? Putain, t'as une sacrée gueule. On croirait pas que t'as gagné !

– Fais pas chier.

George le poussa, mais le Pakistanais posa une main sur son épaule.

– Hé, champion ! T'en va pas si vite.

George se retourna, le videur lissa ses cheveux tirés en catogan.

– T'as repensé à ma proposition ? T'énerve pas, hein ? Juste je te dis que c'est toujours valable, si ça t'intéresse, quoi.

Le Mur baissa la tête, serra les poings et parla sans réfléchir :

– Faut voir.

Le Pakistanais baissa d'un ton et se pencha à son oreille.

– C'est cool, mec, cinq cents billets, ça tient toujours. J'en parle au mec, alors, OK ? Deal ?

– Mmm.

– C'est dans tes cordes, Champ'. Je l'avais dit à mon pote : « J'ai le mec qu'y faut ! »

George leva la main, attrapa au col le roi de la gonflette et le regarda dans les yeux une seconde.

– Écoute bien, tu parles plus de moi, compris ? Tu refiles pas mon adresse à tous les connards qui traînent dans ta boîte.

Sa visière touchait le front du videur, dressé sur la pointe des pieds.

– Cool, mec, c'est cool, pas de problème. C'est juste un type qu'a un problème avec sa femme ! Un mec que je connais, y a pas d'embrouille. Juste une fois, promis !

– Tu tapines pour qui dans la maison ?

Paki déglutit et leva ses mains ouvertes.

– Oh, George, tu sais bien que je peux pas parler de ça, même à toi !

– J'te préviens, si jamais ça revient aux oreilles de quelqu'un au commissariat, si j'ai des problèmes à cause de ça, je te fais la peau. Je te défigure. C'est clair ?... Comment on fait ? Comment ça se passe ?

George lâcha prise, Paki tira sur son tee-shirt.

– Te bile pas, le Flic, tu me fais confiance, non ? Le mec habite Paris, faut que tu fasses ça dans les jours qui viennent, pas d'importance. T'es un pro, Champ', mais je te l'dis quand même : lui pète pas le cœur, juste une leçon, OK ? Demain je te file les infos. Ici, même heure ?

– Pas question. 3 rue Copreaux, dans ma boîte aux lettres, l'adresse et l'argent tout de suite. Après ça... après ça je veux plus entendre parler de toi.

– Ça marche pour m...

– Alors les filles, on se crêpe le chignon ?

George sursauta, le Pakistanais dégaina un sourire tordu.

Roman. Aussi grand mais plus gras que George, une demi-tête de plus que le videur.

– On peut passer, ouais ?

Un lourd, pas sportif pour un rond, qui venait au Ring entretenir la corne qu'il avait aux poings, attrapée en tapant sur tout ce qui bougeait dans la rue. George le connaissait de vue et de réputation. Roman était au Grand Banditisme, lieutenant. Roman connaissait George, pas comme flic, plutôt comme boxeur.

– Qu'est-ce qui t'est arrivé, Crozat, t'as percuté un train ?

– Pas du tout, mec, George a rétamé un bamboula samedi soir, sacré match !

Le Pakistanais recommençait à sauter sur place.

– Je t'ai parlé, Paki ?

Un morceau, Roman, au service de tout ce qui payait. Un pourri ou un super flic, selon l'idée qu'on se faisait du travail. Une vieille tradition policière, de celle qui œuvre dans les sous-sols pendant les guerres, prend du galon aux libérations et finit dans les petits carnets des ministres. Roman n'avait peur de rien et traitait tout le monde en ennemi.

Entre lui et George le courant ne passait pas, mais il y avait comme une reconnaissance commune de leur catégorie ; et la pensée sous-jacente qui l'accompagne toujours : savoir lequel des deux étendrait l'autre, s'il fallait en arriver là.

– C'est vrai ça, t'as gagné, Crozat ?

George grogna un « ouais » et se tira du vestiaire, touchant sa casquette du bout des doigts en guise d'au revoir, ou de salut à Roman.

Il fallait qu'il parte d'ici, qu'il rentre chez lui se plonger la tête dans un bac à glaçons jusqu'à se geler la cervelle. Pour ne pas penser qu'il était maintenant dans la même branche que Roman, qu'apparemment Paki pointait chez lui et qu'il ne lui faudrait pas plus d'une seconde pour cracher le morceau.

En nage, il rasa le mur de la salle qui s'était remplie. En plus de quatre gusses déjà à l'entraînement, une dizaine d'autres étaient arrivés, en uniforme ou costard de bureau, sacs aux pieds, en train de taper le bout de gras avec

Marco. George glissait vers la sortie. Merleau, un collègue brigadier du 14e, poussa un cri :

– Oh ! Le Mur ! T'en va pas comme ça. Ton match, bordel, tu vas nous raconter ton match !

Six, sept, huit, tenir debout. Neuf, dix, sourire pour la photo.

*
**

George ajusta son col devant le miroir de l'entrée. Il détestait, quand il enfilait son uniforme, cette impression de monter sur un ring avec des gants truqués. Sans parler de son arme. Ce matin était pire que les autres. Comme s'il planquait son corps de boxeur sous l'uniforme pour la dernière fois.

Bergolio fit une apparition un peu avant midi, en entrant sans frapper dans le bureau où Crozat, depuis quatre heures, triait la même vingtaine de mains courantes. Le commissaire lui accordait des boulots administratifs après ses combats, pas par bonté d'âme – Bergolio n'était pas un fan –, mais pour qu'il ne fasse pas peur aux vieilles dans les rues.

– Bonjour, Crozat. Pas trop dure la reprise ?

Bergolio rigola seul. George n'avait pas compris la blague, perturbé qu'il était de voir le commissaire faire un détour pour le saluer.

– Ça va. J'ai eu le temps de me reposer.

– Deux jours, c'est pas beaucoup. Depuis combien de temps vous n'avez pas pris de vraies vacances ?

– Des vacances ?

– Une ou deux semaines, la mer, la montagne, un peu de campagne. Du dépaysement, pas juste des jours de repos.

Qu'est-ce qu'il lui voulait, Bergolio ? C'était quoi ces questions ?

– Ben ça fait un moment… que j'ai pas pris de vacances.

– Demain vous retournez en patrouille. Vous n'êtes pas fait pour le travail administratif, il vous faut des trucs plus physiques. Pas vrai ?

Bergolio l'observa, mains dans les poches, un petit sourire en coin, et repartit comme il était arrivé.

George piqua une suée. Aussi loin qu'il pouvait s'en rappeler, c'était la plus longue conversation qu'il avait eue avec son chef. Une flèche dans le front. Le Pakistanais, Roman, Bergolio. Qu'est-ce que c'était que cette histoire de congés ? Travail administratif ? Il demeura perplexe jusqu'au réfectoire.

Au milieu de ses collègues qui trouvaient sa gueule amusante, il réfléchissait.

Qu'est-ce qu'on lui voulait ?

Il tentait de se calmer en mâchant lentement son steak. Si Paki avait craché le morceau, pourquoi Roman aurait raconté ça à Bergolio ? Pourquoi son chef aurait eu l'air de s'en foutre ?

Les vannes sifflaient au ref' et le long des couloirs, mais il ne les entendait plus. Il se contentait de sourire bêtement, pour éviter d'avoir à répondre. George le Mur, fait pour encaisser, un benêt de quatre-vingt-onze kilos. Il s'en moquait, il avait trouvé un moyen d'envoyer Kravine se faire voir, en tout cas pour un temps, en attendant la suite. Il s'excitait malgré ses appréhensions, sans savoir comment dégoter chaque mois un Don Juan à dérouiller et un mari prêt à lâcher cinq cents billets ; le Pakistanais serait sans doute rapidement à court.

Mais il y avait d'autres débouchés.

Roman.

L'idée lui plaisait, assis à la table du bureau, brassant de l'air et des projets, évitant de penser au ring, à son envie d'enfiler les gants et de regarder un type droit dans les yeux pendant quelques minutes.

Il empila des formulaires tout l'après-midi et tenta quelques blagues avec les collègues. Mais sa voix lui paraissait bizarre et personne ne rit. Peut-être devrait-il proposer un apéro, un de ces jours après le boulot, maintenant qu'il n'avait plus à se préoccuper de son régime. Il pourrait raconter ses matchs, les mecs ici aimaient bien la boxe. Il aurait des choses à leur dire. Parler des filles qu'il allait voir, sans préciser que c'étaient des putes. Quelle différence ça faisait ? Si on lui demandait comment il levait des nanas, comment il payait les restos et les sorties, il ferait un clin d'œil en disant : « Je me débrouille, t'inquiète. »

Quand il trouva le courrier dans sa boîte aux lettres, rue Copreaux, la réalité le rattrapa plus vite qu'il n'avait cru.

Il déchira l'enveloppe vierge dans son appartement. Sur un bristol on avait écrit à la main : « Alain Dulac, 2, place du Maroc, 75019. » Une photo et cinq billets neufs de cent euros accompagnaient la note.

George prit les billets dans ses doigts, les frotta l'un contre l'autre, inspecta les cryptogrammes. Les biftons n'étaient pas des faux. Une jolie chaîne de l'amitié, pensa-t-il, ahuri que l'argent fût arrivé si vite jusque chez lui.

Le mec qui s'était fait piquer sa femme devait avoir une sale gueule, parce que Dulac ne cassait pas des briques. Une tête à payer. Pour lui et les autres.

Cinq cents euros. Mieux que les défraiements gonflés des matchs amateurs. Sans coups dans les dents.

Pas de message dans l'enveloppe pour Alain Dulac. Rien que son adresse et une dérouillée.

Le type devait savoir pourquoi il prendrait des coups. Une logique silencieuse qui convenait à George.

La tête du Casanova le chagrinait, pourtant. Un frêle, du genre intello. Même pas le frisson d'un coup à parer. Il devait peser trente kilos de moins que lui. Une moralité pas trop gênante, réduite à une différence de poids.

Il se coucha pourtant sans être serein, éprouvant une aigreur qu'il ne s'expliquait pas. Quelque chose le tracassait. Il s'assoupit, enfoncé dans son lit, les yeux mi-clos accrochés au .38 Taurus qui pendait dans son holster, sur le dossier d'une chaise au pied de son lit. Une image lui trottait dans la tête, qu'il n'arrivait pas à chasser. André Gabin, tout en muscles, le regard fixe et dansant sur le ring. Il se souvenait de son nom maintenant, certain qu'il ne l'oublierait plus.

L'image du boxeur se dissout finalement en une pensée inachevée, qui explosa en petits morceaux de rêves.

*
**

Les premières heures qu'il passa à surveiller l'immeuble de Dulac, il se prit pour un enquêteur. Son jogging et sa casquette lui semblaient une couverture suffisante, bien que dans son souvenir le coin de Stalingrad eût été plus populaire. Des années qu'il n'était pas venu ici ; à l'époque il n'y avait pas ces cinémas et ces bars le long du bassin de la Villette.

Les terrasses étaient pleines de monde. Des groupes de jeunes gens et des couples, assis à même les pavés, laissaient leurs pieds pendre au-dessus de l'eau. Des quartiers rajeunissaient et devenaient à la mode, tandis que d'autres vieillissaient sans qu'il s'en aperçoive, comme le sien. Son jogging en Nylon lui parut de plus en plus grotesque à mesure qu'il attendait. Dans sa nouvelle vie, il faudrait qu'il pense à s'habiller autrement.

Au bout de trois heures à poireauter place du Maroc, un rond-point sans arbre ni banc, il se dit qu'une voiture aurait été préférable pour planquer. Il n'en avait jamais eu, ne conduisait que des patrouilles. Il rallongea la liste de ce qu'il devrait acheter, et se mit à repérer les modèles de bagnoles qui lui plaisaient. Avec les extras que le

Pakistanais lui trouverait et un petit crédit, il pourrait s'offrir une bonne occasion.

Quand il reconnut Dulac, il marchait dans sa direction, accompagné par un type, même quarantaine, même allure chétive et barbe de trois jours grisonnante. Vestes en velours, chaussures en cuir, des copies conformes à quelques détails près. Dulac portait une mallette noire, l'autre une fauve. Ils entrèrent 2, place du Maroc à vingt heures, en pleine discussion et marchant vite. L'ami de Dulac ressortit à vingt et une heures, George le repéra de justesse alors qu'il revenait à son poste d'observation un kebab à la main.

Il mangea son sandwich. Une demi-heure plus tard, à une fenêtre qui donnait sur la place, il aperçut Dulac qui tirait les rideaux de son salon, au troisième étage. En voyant sa silhouette, George ressentit à nouveau un malaise, la sensation que la réalité ne se mettrait pas à genoux toute seule devant ses projets. Il attendit jusqu'à vingt-trois heures, Dulac ne ressortit pas.

Il rentra chez lui.

Les délais importaient peu, selon Paki. Pas envie non plus de passer des soirées à poireauter dehors. Il avait mieux à faire.

Le quartier était animé, hors de question de faire ça dans la rue.

Il y retournerait après le boulot, attendrait que Dulac soit rentré pour sonner. Pas la peine de finasser, deux mandales suffiraient à l'étendre, vingt secondes et ce serait réglé. Il imaginait ça dans l'entrée de l'appartement, le tenant bien par le col pour ne pas faire trop de bruit.

***

Son visage redevenait rose, les séquelles du match s'estompaient et il faisait ses rondes avec Merleau. Son collègue lui foutait la paix. Il ne s'intéressait qu'aux nanas, jouait les cadors auprès des commerçantes et des passantes, qui écourtaient au maximum la conversation.

Contrôles d'identité, mamies bavardes, scooters sans casque, livreurs en double file, des heures à ne rien faire d'autre que marcher, la tonfa battant sur la cuisse, le flingue, les menottes et la lacrymo qui finissaient par peser sur les hanches. Le ref' à midi, les collègues, Merleau qui refaisait par le menu la liste des nanas qu'il avait fait chavirer le matin. Retour aux rues du 14e. Les passants incapables de se sentir tranquilles quand ils les croisaient, que Merleau écrasait du regard. Ceux qui tentaient de les regarder dans les yeux, *j'ai rien à me reprocher et je vous emmerde.* Des gens qui les saluaient, d'autres qui se forçaient à les ignorer, ceux qui les toisaient avec mépris.

Merleau était flic recto verso et en fin de journée, fatigué, devenait hargneux. Malheur aux petits cons qu'il alpaguait en fin de service, parce que Merleau n'était pas plus dupe que les collègues à qui il racontait ses histoires : les commerçants léchaient les bottes pour qu'on protège leur vitrine, les filles souriaient pour s'éviter une amende. George n'avait pas ouvert la bouche de la journée. Il était déjà place du Maroc, en train de sonner à la porte de Dulac.

Moins euphorique, il avait mal dormi. Casser la gueule à quelqu'un, en dehors du ring, n'était pas si simple. Surtout si on ne voulait pas se faire repérer, et d'un autre côté faire une bonne impression. Et puis ducon, si tu foires, t'iras pas bosser au commissariat…

– Qu'est-ce tu dis ?

– Hein ?… Rien, c'est l'heure de rentrer au commissariat.

– Tu crois que j'suis pas au courant ? T'as pas l'air dans ton assiette, George. Ça va ?

*
**

George sortit de l'immeuble de Dulac, cherchant sa route dans la nuit jaune. Merde, par où était-il arrivé ? Il tourna sur lui-même, cherchant dans quelle rue s'enfuir. Il prit à gauche et marcha le plus vite possible, croisa quelques piétons, tenté de se retourner à chaque voiture qui approchait dans son dos, le frôlant de ses phares. Il frottait son sweat-shirt à deux mains, se maudissant d'avoir choisi un vêtement trop clair sur lequel le sang avait fait des taches. Il finit par l'enlever et le noua autour de sa taille. Il suivit des petites rues plus sombres, allongea le pas, puis se mit à courir. Ses poumons décollaient ses côtes douloureuses. Il ralentit en s'apercevant qu'il avait pris la mauvaise direction et s'enfonçait dans le 19e en direction des Maréchaux. Il tourna à droite au jugé, marcha plus calmement, retrouva le canal de l'Ourcq qu'il traversa, reprit à droite vers les Buttes-Chaumont. Sale impression de revenir sur ses pas, de tourner autour de l'appartement de Dulac sans parvenir à s'en éloigner.

Il résista à l'envie d'y retourner.

Dulac avait-il appelé les flics, une ambulance ou un médecin ? La place du Maroc était-elle en ébullition ? Des sirènes, des gens aux fenêtres, les voisins de l'immeuble sur les paliers ? Ou Dulac s'était-il simplement traîné jusqu'à sa salle de bains pour se soigner ?

Ce mec n'avait pas l'habitude de se faire cogner. Est-ce qu'il avait alerté le quartier ou encaissé seul ? C'est ce qu'il aurait fait lui, mais Dulac devait avoir trop peur de crever. Ça aurait pu arriver. Beaucoup de coups, plus qu'il n'avait imaginé. C'est le silence qui l'avait le plus surpris, seulement le bruit de ses poings nus sur le visage.

En vérité, il y avait eu autre chose. Dulac avait prononcé quelques mots, souffle coupé, le nez et la bouche pleins de sang. Des mots qu'il ne lui avait pas laissé le temps de crier.

Qui êtes-vous ?

Arrêtez.
Arrêtez.
Et puis des balbutiements, des questions, que George ne pouvait ni n'avait eu le temps d'entendre, parce qu'il dévalait déjà l'escalier.
Des sirènes résonnaient dans la ville, peut-être que l'une d'elles allait place du Maroc.
Les enchaînements étaient venus naturellement, réflexes mécaniques. Une dizaine, une quinzaine de coups, retenus mais suffisants pour secouer Dulac. Avait-il frappé plus que nécessaire ? Quelques coups supplémentaires, pour être sûr que l'adversaire allait au tapis ?
Sauf que George l'avait tenu debout, redressé quand il s'était effondré, et recommencé.
À cause de l'agacement qu'il avait ressenti devant ce type sans épaules. Peut-être que ça avait commencé avec son regard, quand Dulac avait ouvert sa porte. Arrogant ? Ouais, c'était le souvenir qu'il en gardait : un regard arrogant. Ensuite, ça avait été ses pleurs, sa peur et son absence de réaction. Même pas essayé de se défendre, à ramper en demandant pourquoi. Le fier qui se transforme en mauviette à la première mandale. S'il avait fermé sa gueule et encaissé, peut-être qu'il aurait arrêté avant.
Trop de colère. George mit cela sur le compte de son inexpérience.
Il marcha vite, une heure pour arriver chez lui, et se concentra seulement sur le fric : son salaire, oublier au plus vite la tête lamentable de Dulac. Putain, on peut pas vivre quarante ans dans ce monde sans se douter qu'un jour ou l'autre ça vous tombera dessus. Finalement, ça devait être la naïveté de Dulac qui l'avait mis en rogne. Cette certitude d'être né avec un gilet pare-balles.
Il monta les trois étages sans ralentir, avec dans le nez l'odeur de la cage d'escalier de Dulac. Il referma la porte et s'assit à sa table, resta sans bouger une autre heure, à

essayer de faire le vide. Un mois de sauvé, Kravine repoussé de trois ou quatre semaines, et une belle fille, une fille, nom de Dieu, pour raconter sa dernière victoire avant de l'avoir oubliée.

***

George écouta la radio en buvant son café. Mauvais sommeil, incapable d'émerger d'un brouillard de conscience qui avait tout d'une gueule de bois. Rien aux infos, sur aucune des stations qu'il écouta en faisant le tour complet des ondes. Pas d'agression dans le 19e, le nom de Dulac n'était nulle part dans les journaux qu'il acheta. Silence le lendemain et les jours suivants. Une agression passée inaperçue, comme il y en avait eu des dizaines depuis. Peut-être une main courante ou une plainte contre X déposée au commissariat du 19e, mais il n'essaya pas d'en savoir plus. Dulac avait gardé ça entre eux.

Pendant une semaine, impossible de toucher à l'argent. Il n'alla pas porte de Champerret voir les filles. Passablement déprimé. Gabin revenait sans cesse dans ses rêves.

Dix jours après la place du Maroc, en rentrant du commissariat, il trouva dans sa boîte une nouvelle enveloppe blanche. Sur le bristol, deux mots : « Beau travail. » Puis une adresse, un autre nom, une autre photo et six billets de cent euros.

Il n'avait pas revu le Pakistanais. Une autre enveloppe était arrivée. George sourit.

4

Août 1957

Le sud au long du voyage s'est dilué dans le couchant, les roches de la Provence ont jauni, rougi, noirci. Les joues se sont décollées des vitres et les regards éteints. Dans les compartiments, des hommes somnolents, vaguement inquiets, se rassurent en regardant les autres, embarqués dans le même périple. La ressemblance les exempte de questionner leur sort.

Pas d'officiers beuglards, et la présence des civils dans le train, une sensation de liberté en voyant défiler les paysages, ont détendu l'atmosphère. Absurde. La guerre était plus loin de Frileuse ou des autres casernes qu'elle ne l'est maintenant, sous ce coucher de soleil éclatant à l'approche de Marseille.

Verini écoute, sur les porte-bagages au-dessus de leurs têtes, le cliquetis des casques accrochés aux bardas.

Le noir est venu, et avec lui un air tiède et parfumé qui s'engouffre par les fenêtres baissées. Verini a fumé des cigarettes dans le couloir et s'est empêché de hurler au loup avec les autres, aux arrêts en gare quand des filles passaient sur les quais. Il n'a pas agité la main pour répondre aux saluts qui encourageaient les petits gars.

Ces gens qui souriaient. Pas très nombreux mais tout de même, des témoignages d'enthousiasme. Verini avait eu envie de les insulter, d'en attraper un, de le coller à sa place et de prendre la sienne sur le quai, de ricaner en regardant le train repartir. Et les autres, qui avaient renvoyé des saluts, des sourires et des cris. Bande de cons.

Le deuxième classe Verini a de l'avance : pour lui l'Algérie est déjà une sanction disciplinaire. Quelle nouvelle saloperie on lui prépare ? Rien de bon là-bas. Au mieux une garnison peinarde dans une ville, loin des montagnes et des fellaghas. Alger peut-être : des filles en jupe, du soleil, des cafés, des plages et des scooters comme à Nanterre. La guerre doit être dans les campagnes, où se cachent les types du FLN, dans des bleds où il ne mettra jamais les pieds. Il se rassure : il va faire deux ans de corvées stupides en Algérie. Du temps perdu. Rien à faire là-bas que garder des rues ensoleillées. Un travail de chauffeur, peut-être, maintenant qu'il a ses permis ? Il s'accroche à ses doutes, les arrange sous les petits bruits métalliques des porte-bagages.

La nuit est complète, le train ralentit, traverse des villages, les lumières sont de plus en plus nombreuses. Une banlieue. Les têtes se redressent, l'excitation gagne, des Parisiens imitent l'accent marseillais, des cureurs d'étables ouvrent des yeux comme des billes. À nouveau on se colle aux vitres, tachées de profils gras et de traces de doigts.

Et la peur explose. Souffle coupé, le cœur qui tape des coups déréglés jusque dans son ventre. Il part. Il ne peut plus rien y faire.

Sur le quai de la gare Saint-Charles, des militaires les dirigent vers des camions qui attendent, moteurs allumés. On dirait une rafle nocturne. Les camions traversent la nuit chaude. Sous un coin de bâche, aperçus des trottoirs animés, des bars et des restaurants, aux terrasses des têtes qui suivent le convoi. Puis les bâtiments du port, la moiteur de la mer, des cris de mouettes, les odeurs d'huile et de mazout, la chaleur des moteurs. Les visages sont blêmes, on jette les bardas au sol et on saute des plateaux de camions. Ramasser les sacs, suivre les indications hurlées qui les poussent en avant dans des bruits de ridelles, de raclements de bottes dans des flaques huileuses ; les fragrances écœurantes d'un port de commerce, le grincement de câbles déplaçant des grappes de matériel militaire. Des spots éclairent les flancs d'un paquebot à la coque blanche : *Charlton Star*. Un navire de croisière réquisitionné pour le transport de troupes. Ils ont rejoint des centaines d'appelés. Combien sont-ils à embarquer ? Un agglutinement râlant, endormi et nerveux, d'uniformes beiges trébuchant, jouant des coudes et des épaules pour ne pas se faire marcher dessus. Passerelle. Des officiers vérifient leur livret individuel et leur remettent un ticket d'embarquement.

La cale sans hublot est chichement éclairée. Ils découvrent à même le sol en acier des centaines de transats alignés, sur lesquels ils jettent leurs affaires. Verini reste debout à côté d'un siège de plage blanc, à la proue du bateau, presque contre la coque. Il a cherché un impossible retrait, mais il est englouti, cerné et désorienté.

Finalement une information circule, un bout d'os à ronger. La soupe sera servie sur le pont, une fois l'embarquement achevé. Verini réalise qu'il a faim, qu'il n'a presque rien mangé depuis Paris et qu'il a des besoins, qu'il ne pourra pas se retenir de vivre pendant deux ans.

Des vagues d'hommes remplissent la cale puante et surchauffée. La peinture marine et son parfum de chimie oxydée, de corrosion salée, prennent à la gorge. Il repense à son coup de téléphone à la gare de Lyon. La voix de sa sœur : « Dis aux parents que je pars en Algérie. Que je donnerai des nouvelles. » Avant de monter dans le train il a téléphoné, pris de remords. Dans cette cale bondée, il comprend qu'il avait peur d'être oublié, de n'avoir personne à qui donner des nouvelles et personne pour en prendre de lui. Il se répète dix fois l'adresse de ses parents, tel un message secret qu'il avalerait avant qu'on ne l'arrache de sa mémoire.

Des portes claquent, des leviers cognent, la corne de brume du *Charlton Star* annonce l'appareillage. Des appelés poussent des hourras. Un groupe quelque part, deux ou trois gars, entame *L'Internationale*, bientôt sifflée. La vibration sourde des machines au ralenti s'amplifie et la coque se met à trembler. Pendant une seconde la rumeur se tait, des centaines de têtes se lèvent vers les ampoules qui tremblent. Le paquebot manœuvre, s'éloigne du quai dans un mouvement invisible.

Ils sont autorisés à sortir, une cohue sans nom et déjà des hommes sont malades, le teint vert et la main sur la bouche. Lorsqu'ils arrivent sur le pont on les compte, cochant des cases sur des documents à colonnes.

Combien de temps écoulé depuis l'arrivée en gare de Marseille ? Deux, trois heures ? Verini n'a même pas eu le temps de penser à Fauchon, à son coup de gueule, au tribunal, à Christine et à Mercier. Il s'appuie au bastingage. Aluvac est un monde lointain, un présent relégué au passé. Le quai s'éloigne.

Ils partent pour deux ans en Algérie.

Des milliers d'yeux tendus vers ce morceau inconnu de France qu'est le port. Les regards sont d'une telle fixité que c'est la côte qui se met en mouvement, autour de l'axe immobile du *Charlton Star*, de cet appétit pour les dernières images de la terre ferme.

Personne sur les quais. La ville, très vite, est une silhouette sur un ciel de nuit orangé, piquée de petites lumières jaunes. Puis une aura de minuscules étoiles, puis un point deviné que l'on continue à regarder.

On leur sert un bouillon léger dans lequel trempent des morceaux de viande et des petits points blancs. On renifle, on goûte. Du mouton et de la semoule. Premier repas algérien, descendu en cale au prix de numéros d'équilibriste, avalé sans envie, et vomi rapidement.

Ils n'ont pas quitté Marseille depuis deux heures que le *Charlton Star* se soulève, retombe et tangue. La cale est un maelström de transats glissant les uns contre les autres. La rumeur se répand. Gros temps. Verini n'imaginait pas une tempête possible en Méditerranée, en plein mois d'août. Le paquebot roule bord à bord. Les discussions se sont tues.

Les toilettes mises à leur disposition sont bouchées. Des flaques d'eau mêlée d'urine et de vomissures glissent sous les pieds. Des appelés ont des bosses au crâne, certains saignent. D'autres ont mis leur casque. Le froid et l'humidité passent à travers les uniformes. On défait les couvertures, on se roule dedans. Le sommeil est impossible. Verini n'est pas malade, peut-être que ses mâchoires trop serrées tiennent son estomac en place. La houle courte de la Méditerranée martèle l'acier, des coups de boutoir qui n'en finissent pas. La coque vibre, recule de quelques centimètres sous les chocs. Est-ce un ouragan, ou une tempête que le navire peut affronter sans crainte ? Ce paquebot paraissait indestructible, un immeuble amarré au quai, bringuebalé maintenant comme une barque de pêche. Les heures passent, les moteurs ne ralentissent pas, le *Charlton* continue à percuter les vagues.

Les appelés sont hagards, épuisés. Des officiers, pâles et peu rassurés, sont descendus pour avertir que ça n'allait pas durer. Des types hurlent qu'ils veulent sortir ; on tente de les calmer pour que la panique ne se répande pas.

Peu à peu le tangage est moins fort, encore agitée la mer est plus calme. On remet les transats en ordre, on se cale sur les sièges inconfortables à la recherche du sommeil, au moins de repos. Il est cinq heures du matin, le jour ne va pas tarder à se lever.

Est-on encore loin de l'Afrique ?

À six heures, la cale est ouverte et ils renoncent à dormir. On se précipite sur le pont. Le compte sera-t-il le même à Alger qu'à Marseille, des appelés se jettent-ils à la mer pendant la traversée ?

Stupeur. On n'est pas arrivé. On n'est nulle part.

Haute mer. Le soleil à l'est est encore bas. On redescend chercher vestes et couvertures pour se protéger du vent et de l'air marin. Les plus malades s'assoient, croisent les bras sur leur ventre et refusent le petit déjeuner servi dans des gamelles qui sentent encore la soupe au mouton. Des conversations s'ébauchent, des prénoms échangés, des présentations malhabiles. Dans l'aube, des amitiés nouées à la va-vite, pour ne pas être seul à guetter l'horizon.

Ce ne sont plus les mêmes hommes, la tempête a vidé les estomacs et les têtes. Abrutis, les appelés du contingent prennent la mesure de ce qui les attend, les illusions sont mortes d'un service militaire comme les autres.

Verini boit sa tasse de café appuyé au garde-corps, tourné vers le sud. Mais il ne veut pas regarder dans cette direction, et se retourne vers l'arrière du bateau, du côté de la France qui a disparu pendant la nuit. Là-bas non plus il ne veut pas voir. Il dessine une carte approximative de la Méditerranée dans sa tête et traverse le pont pour s'installer face à l'ouest, tourné vers un horizon dont il n'y a rien à craindre ou à espérer. Invisible, là-bas, il doit y avoir le détroit de Gibraltar, et au-delà l'Atlantique. Il fume, propose une cigarette à un type à côté de lui, se présente.

– Pascal.

Il réalise qu'il n'a parlé à personne depuis Marseille.

– Christian.

Il ne sait pas quoi dire.

– Tu viens d'où ?
– Compiègne. Et toi ?
– Nanterre.
– J'ai un cousin à Nanterre, chez Simca.
Ils regardent la mer, la discussion s'y perd. Le décor crée un malaise, la banalité de l'échange le rend absurde. Verini regrette, se dit qu'il a gâché sa première rencontre avec la mer en offrant une cigarette à un prolo de Compiègne. Christian tire nerveusement sur sa cigarette.
– Tu sais où tu vas, ton affectation ?
Verini balance son mégot par-dessus bord.
– Non.
– Moi non plus.
Verini s'éloigne, longe les coursives. Un matelot lui dit qu'il est interdit d'aller plus loin. Ils ont à peu près le même âge. Ils échangent un regard. Verini n'insiste pas, hésite à engager la conversation, change d'avis. Pire encore de parler avec quelqu'un qui ne va pas débarquer.
À midi, il fait meilleur sur le pont.
Un nouveau repas est servi.
Des cris montent de l'avant du *Charlton Star*.
On se précipite. Ce ne sont pas les côtes, mais un autre paquebot qui fait route vers la France. Les deux bâtiments se croisent à un mile de distance. Des coups de corne de brume en guise de salut. Transport de troupes ? Des libérables qui poussent des cris ? Est-ce que l'on repart d'Algérie avec l'envie de crier sa joie ? Certainement. Il poussera une gueulante à son retour, Verini se le promet.
Sur les ponts supérieurs, les officiers font des apparitions. Ils ne doivent pas en savoir beaucoup plus que les appelés sur ce qui les attend. Mais l'important, dit leur allure martiale, l'important est que ce bateau avance dans la bonne direction ; et c'est là-bas qu'ils regardent, avec l'humilité fière de ceux qui savent que la gloire est un sacrifice. Des reliques de temps révolus, de vieux mythes

de héros sabre au clair, écrivant des confins de l'empire des lettres graves à de lointaines épouses, serrant sur leur cœur percé les portraits en médaillon d'enfants bien coiffés. Leur aristocratie le débecte. Verini comprend. Il va maintenir la paix dans une grande ferme ensoleillée, où un siècle d'officiers à moustaches et de petits commerçants a élu domicile. Il donne raison à son connard de père et crache dans la mer.

Le soleil est moins haut, l'après-midi a passé.

Des cris montent de l'avant du *Charlton Star*. Verini ne bouge pas.

La côte est une ligne sombre à l'horizon qui s'éclaircit à mesure qu'ils en approchent. L'équipage s'active, la frénésie s'empare du bateau. Ils redescendent en cale, plient leurs couvertures et bouclent leurs sacs. La fausse intimité construite en quelques heures de traversée vole en éclats. Chacun dans ses bottes, à cogner du talon nerveusement, les cœurs et les estomacs qui tressautent au son de la corne de brume. Les machines ralentissent soudain dans un grand tremblement de ferraille. La cale du *Charlton Star* devient une nef puante où deux mille hommes se recueillent, invoquant des bonnes étoiles déjà mises à mal par cette traversée de mauvais augure. Verini se souvient de Frileuse, surpris d'avoir retenu tout ce qu'il a entendu et vu. Le pacifiste a la trouille de débarquer sans arme. Que se passera-t-il quand les passerelles s'abaisseront ? Vont-ils mettre les pieds dans une ville en été, joyeusement orientale, propre et vivante, ou sur un champ de bataille sous les mortiers et les tirs ?

Il tend l'oreille, son casque sur la tête, les pouces passés dans les sangles de son sac à dos.

Lumière et chaleur ; son uniforme se tache de transpiration et il lève le bras pour protéger ses yeux caves de cet éclair blanc. Le casque le démange et il regarde autour de lui, pour savoir ce qui va lui tomber dessus. Les bâtiments de la gare maritime, les collines de la ville et ses immeubles. Pas de fumées noires, de maisons en ruine, pas de tirs ni d'explosions. Puis il remarque le béton du quai sous ses pieds, les équipements portuaires, les véhicules, les visages, cherchant ce qu'ils ont de différent ou de commun avec la France. Des Arabes déchargent le *Charlton Star*, le vident de ses caisses, chargent des camions, des remorques ou des chariots. Ils portent des sandales, des pantalons bouffants, la tête protégée du soleil par des turbans ou des casquettes. Sur les quais, ils sont plus nombreux que les Français. Ils travaillent silencieusement, indifférents aux centaines de jeunes soldats qui sortent des cales du navire. Il s'attendait à une cohabitation empoisonnée entre Français et Arabes tant la description de ce pays, à Nanterre et chez ses parents, était celle d'une colonie barbare, d'un pays réduit en esclavage, exploité jusqu'au trognon par des colons violents. Il n'imaginait même pas voir des Arabes et des Français côte à côte. Puis il élabore sa première pensée algérienne. La hiérarchie, immédiatement visible, entre ouvriers musulmans et Français aux postes de commande, et le silence entre ces hommes, ne lui paraissent pas très différents de ce qu'il connaît à Aluvac.

À la gare maritime d'Alger, pas de guerre.

Le débarquement est lent, pénible sous le soleil, mais une brise marine adoucit les trente degrés, le sèche de l'humidité de la cale et en chasse les odeurs. Les appelés entrent en file indienne dans un bâtiment, livret individuel à la main. Une fois de plus il a perdu les quelques visages connus du bateau, remplacés par d'autres, tendus, yeux plissés et concentrés. Chaque contact provoque des sursauts, des pardons crispés.

Devant un bureau, Verini tend son livret. Un officier consulte une liste de noms sans fin. Pascal panique lorsqu'il trouve le sien, fait un signe à un subalterne et articule une abréviation : CCI. Le sous-officier lui fait traverser le bâtiment. Il monte à bord d'un camion GMC bâché où six autres appelés attendent, assis sur les bancs en bois. Personne ne parle. Cinq bidasses les rejoignent. Le soir approche, une portière claque, le moteur démarre et la bâche retombe. Ils ne voient rien d'Alger. Ils passent un contrôle, aperçoivent une barrière rouge et blanc qui se referme derrière eux ; le camion stoppe. Un militaire leur ordonne de descendre et de le suivre dans une cour carrée : un poste de garde, des Jeep kaki garées devant un bâtiment de quatre étages en béton, aux allures administratives. Au-dessus du porche, un drapeau français. Un comptoir, un officier silencieux. Remise de leurs livrets, direction un dortoir d'une cinquantaine de places, pour eux seuls.

Ils attendent assis sur leur lit, on vient les chercher ; Verini ne reconnaît pas les grades, ne connaît pas ces uniformes. Ils rejoignent une cantine vide. Un self-service, sans personne derrière le comptoir de bouffe. Ils se servent de la semoule et des légumes en sauce. Le parfum des épices dans ce décor en Inox a quelque chose d'inquiétant, d'appétissant et d'empoisonné.

Grégaires mais sans envie, ils s'assoient à la même table sous les néons blancs. Ils se regardent, et les présentations commencent. Quelques paysans, les autres de Grenoble, Bordeaux, Nantes et leurs banlieues, un chti de la région de Lille.

Le repas terminé, ils remontent au dortoir ; fatigués, ils restent debout aux fenêtres et observent de l'autre côté de la barrière rouge et blanc un morceau de rue éclairée. La chaleur pèse toujours malgré la nuit. Verini parle avec François, le chti. Avec d'autres appelés, il a participé à une manifestation à Lille au moment de prendre le train.

Une ruade qui s'est soldée par une peignée avec les flics, des jours de taule et une sanction disciplinaire.

– La punition, ajoute Pascal.

– Merde, tu l'as dit. Une punition en plus de la première, cette connerie d'Algérie, je te le dis, mon pote.

François est à la CGT.

Sur la douzaine d'appelés couchés dans le dortoir, la moitié est sous le coup d'une sanction. L'autre est un échantillon de ce que la France a de plus rural, docile et paumé.

À six heures du matin on leur gueule de se lever.

Petit déjeuner au réfectoire.

Un officier, béret noir glissé sous une épaulette, vient les chercher et les conduit jusqu'à une salle obscurcie par des rideaux.

Un écran est accroché sur un tableau noir. Un type en civil, sous le cône jaune d'une lampe d'architecte, s'affaire sur un projecteur.

– Installez-vous, dit l'officier avant de quitter la salle, suivi par le projectionniste.

Les bobines tournent, la mire, des lettres blanches sur un fond noir. *Aspects véritables de la rébellion algérienne.* Puis un autre texte. *Gorges de Palestro, mai 1956.*

La tête étrangement renversée d'un homme au visage déformé, son menton beaucoup trop haut, prognathe. Sa gorge tranchée, ouverte sur des tissus de chair étirés, a laissé le visage s'incliner en un angle impossible. La caméra fait le tour du cadavre allongé sur une table d'autopsie, sans aucun commentaire. Les douze appelés sont muets.

Pendant deux semaines les mêmes projections silencieuses, chaque jour, jusqu'à ce que les cauchemars commencent, que la peur s'installe, le dégoût et la haine. Cadavres torturés, brûlés, dépecés, amputés, lapidés, ventres ouverts remplis de cailloux, sexes et couilles dans la bouche ; des dépouilles de soldats français, d'hommes, d'enfants et de femmes arabes aux seins tranchés. Des familles entières égorgées, les postures impossibles des corps déshabillés dont on a arraché la vie, roulés dans la poussière.

Deux militaires en faction gardent la porte de la salle ; deux séances par jour d'une heure chacune. Verini et François ne regardent plus, se tiennent debout devant les fenêtres, écartent les rideaux et observent dehors les Jeep qui entrent et sortent de la cour. D'autres sont anesthésiés ; silencieux devant les images, ils clignent des yeux, marmonnent des « bon Dieu », « nom de Dieu », « putain de bougnoules ». Écœurés, ils s'assoient chaque jour à la même place, sur la même chaise que la veille, et regardent. Les photos d'attentats, de boutiques et de cafés détruits, les visages ensanglantés, les mêmes atrocités, encore et encore.

Après une séance, un officier du CCI, initiales du Centre de coordination interarmées, est venu leur expliquer ce qu'ils ont vu, ce qu'est le FLN. Deux heures à décrire le combat nationaliste : une révolte de terroristes sanguinaires s'attaquant aussi bien aux Français, civils et militaires, qu'à leurs propres frères. Une poignée d'hommes qui tentent de retourner de force la population musulmane contre la France. Mais les musulmans d'Algérie veulent rester français, le FLN les manipule, le FLN est un monstre que nous aurons bientôt abattu. Soldats, vous avez affaire à des égorgeurs, des tueurs d'enfants qui, avec le soutien du Parti communiste algérien et par leur travail de propagande, font passer leurs actes terroristes pour une lutte politique, de liberté et d'indépendance. L'Algérie ne serait rien sans la France, elle lui doit tout ce qu'elle a de moderne et de bon. Le FLN est tout ce que l'Algérie a de barbare, d'arriéré et d'inculte. Pensez à cela quand vous vous battrez contre les fellaghas, soldats, quand vous les aurez au bout de vos fusils : si vous leur en laissez l'occasion, ils vous tueront sans remords.

Verini en est malade. Après le premier choc, il a essayé de comprendre. Est-ce que tout le monde voyait ces images avant de rejoindre son affectation? Est-ce que c'était ça la punition? Un traitement de faveur, le droit de savoir ou de l'intox? Qu'est-ce que les mirlos voulaient faire avec ça? Les rendre dingues?

Douze hommes d'une vingtaine d'années traumatisés et murés dans le silence. Tout ce qu'on leur donne à partager, c'est l'horreur, la peur et la haine. Verini a beau prendre de la distance, les images ont marqué son imagination. Il ne parle à personne. Comment peut-on coup... comment on peut faire ça, pourquoi on me ferait ça à moi?...

On ne les autorise pas à quitter la caserne, ils ne voient rien d'Alger et croupissent dans leur jus, du dortoir à la cantine, de la cantine à la salle de projection. L'Algérie est là, dehors, et avant d'y avoir mis les pieds, on leur fait croire qu'ils vont pénétrer dans un univers de terreur et de violence aveugle. Rien pour contredire cette vision, et la plupart s'y accrochent comme à la vérité.

Deux semaines ont passé, Verini, François et trois autres reçoivent l'ordre de faire leur paquetage et d'être près dans une heure.

Nauséeux, lessivés, amaigris, prisonniers des images et des ordres, ils quittent le CCI.

À la gare d'Alger, ils sont à nouveau séparés. Sur le quai Verini dit au revoir à François, et le chti lance une bordée d'injures en montant dans un train à destination de Constantine.

Selon sa feuille de route, Verini doit attendre un train pour Orléansville, sur la ligne Alger-Oran. La gare bondée, la présence mélangée des Algériens et des Français lui procurent la même impression étrange que son arrivée au port. Deux mondes qui glissent l'un à côté de l'autre, parallèles, sans même s'effleurer. Les Arabes et les Français ne se touchent pas, ne se parlent pas, s'évitent. Les jeunes Algériens baissent les yeux quand ils croisent une jeune Française. Les Blancs et les Arabes ne montent pas dans les mêmes wagons. Quelques Algériens bien habillés, plus riches ou éduqués, exceptions notables, créent une sorte de trouble hybride.

Une fournaise. Partout des patrouilles armées de pistolets-mitrailleurs, des flics en uniforme bleu et képi. Verini ne comprend toujours pas où est la guerre. Un monde de chapeaux et de vêtements clairs, de vieux assis par terre, de vendeurs d'oranges, de gamins, de femmes élégantes, jupes droites, gilets légers, bras nus, et derrière, comme à l'usine, le silence. Les événements d'Algérie durent depuis trois ans, les pouvoirs spéciaux ont été votés, l'armée a pris en main la sécurité du pays, des dizaines d'attentats ont eu lieu dans la capitale, la casbah est ceinturée, les terroristes traqués, les parachutistes maîtres de la ville.

Il monte dans son train, avec sa feuille de route destinée au commandement de la 9e DI d'Orléansville.

À la sortie d'Alger, devant la locomotive, on ajoute un wagon où sont installés des bidasses et une mitrailleuse ; et encore devant, deux autres voitures chargées de sacs de sable.

Verini dort un peu. Les images. Il se réveille en sursaut. Il n'ose pas s'avouer qu'il est rassuré de ne voir que des Blancs et des militaires autour de lui.

Orléansville. La gare est surveillée par des militaires en nombre, des planches de bois obstruent les fenêtres.

Vérification du livret individuel et de la feuille de route. Embarquement dans un camion. Des rues calmes, des commerces, des cafés, un cinéma, des Arabes, des Français, des militaires qui se promènent.

À la sortie de la ville, la logistique est impressionnante.

Bâtiments, tentes, véhicules, hélicoptères. Quantité de militaires à la dégaine plus détendue, chemises d'uniforme ouvertes, débardeurs, courroies de PM jetées sur l'épaule. On lui montre sa chambrée dans un dortoir. Il jette son barda et se pose à nouveau la question : est-ce que c'est ici que je m'arrête? Que je vais vivre durant deux ans?

Un réfectoire, des habitudes, des groupes. Une communauté. Pascal Verini prend peur. À Frileuse il n'y pensait pas, sur le bateau non plus. Ici, c'est la première chose qu'il remarque : il va vivre en communauté. L'humeur est bonne. Les appelés se présentent, demandent d'où il vient. Toujours les mêmes têtes, les mêmes histoires, les mêmes blagues de cantine, rengaines et complaintes. L'ennui sur les visages, et le besoin de se changer les idées. L'arrivée d'un nouveau est un petit événement.

Non, il ne sait pas où il est affecté, non, on ne lui a rien dit. Il arrive d'Alger. Il ne parle pas des films. Est-ce qu'ils les ont vus? Il économise ses mots. Il dit CCI. J'étais deux semaines au CCI à Alger. C'est tout ce qu'il sait. Quelques têtes tombent dans les assiettes, un silence passe. Ouais, on nous dit jamais rien. Tu m'étonnes! Jamais rien. T'en fais pas, c'est pareil pour tout le monde, tu vas t'habituer. T'es là depuis combien de temps? Six mois. Un an. La quille dans quatre semaines, mon pote! Ici c'est la planque, tu verras, y a moyen de pas trop en faire. Pas trop d'opé. Ouais, on sort pas souvent.

Il essaie de respirer, de se détendre, de se faire à l'idée.

Allongé sur son lit en ferraille, un capitaine d'une trentaine d'années, uniforme de service, s'approche de lui. Verini est paumé, la discipline a l'air coulante par ici, il se lève quand même et se met au garde-à-vous. Le capitaine ne lui rend pas son salut.

– Deuxième classe Verini? Vous partez avec le ravitaillement de demain midi, DOP secteur Rabelais, commando de chasse.

DOP ? Secteur Rabelais ? Commando de chasse… Il ne comprend rien, sinon qu'il ne sera pas dans une planque. Commando ? Marcher dans la montagne, combats. Deux ans. Il y a dans cette succession de nom, de sigle et de mots le résumé de la saloperie qui l'attendait. Elle est là, son affectation, après trois semaines de voyage.

À midi, devant l'intendance, un Français aidé par un Arabe charge des bouteillons de nourriture dans un GMC poussiéreux.

Le Français a un accent du Sud qu'il ne reconnaît pas.

– C'est toi, Vareni ?

Plus grand que Pascal, débraillé, irrévérencieux et amical.

– Verini.

– Ben moi, c'est le taxi. Sylvain Casta.

Pour plus de précision il ajoute :

– Je suis de Bastia.

Il tend la main.

– Pascal.

– Lui, c'est Ahmed, il comprend le plus important, mais il est pas doué en français.

Ahmed a une vieille casquette de l'armée française sur la tête, qui ressemble à celle des armées de Rommel. Pascal lui donne dans les quarante-cinq ans. L'Algérien s'affaire sur les bouteillons, qu'il roule sur une planche jusque dans le camion. Il salue Pascal d'un coup de visière sans que son visage change d'expression.

Pascal pose son barda dans le camion et demande s'il peut filer un coup de main. Casta se tourne vers l'Arabe :

– Ahmed ! Qu'est-ce qu'y nous manque ?

– Les bouftiks et li bière !

Des bordereaux à signer. Le Corse a l'air de connaître le responsable du magasin, ils plaisantent ; Casta négocie une bouteille de whisky en douce, quelques billets de la main à la main. Pascal apporte deux caisses de bières au camion, revient vers Casta.

– C'est quoi les « bouftiks »?

– Les biftecks.

Ils quittent Orléansville en empruntant un grand pont qui enjambe une rivière, un fleuve plutôt, large d'une centaine de mètres et dont le lit en ce mois d'août n'est que partiellement irrigué. Une route goudronnée sur quelques kilomètres, qui suit le fleuve, puis ils prennent sur la droite une piste défoncée. Casta commence à rouler vite, fait des embardées pour éviter les trous, la moindre tache sur la piste, et même quand il n'y a rien à éviter. Il ne rigole pas. Son pistolet-mitrailleur repose sur ses jambes, ballotté par les chaos. Ahmed ne regarde pas la route, ses yeux fouillent le bout des virages, les rochers qui surplombent la piste, les fossés et les petites crêtes au long du parcours. Verini s'accroche à la poignée de la porte, baisse sa vitre pour prévenir s'il voit un trou ou un rocher. Ahmed se tourne vers Casta sans rien dire.

– Ferme ça, bordel!

Verini remonte sa vitre et ne se demande plus pourquoi le pare-brise est tellement sale qu'on voit à peine au travers, sauf devant les yeux du conducteur, où un rond a été essuyé. Tireurs embusqués? Il n'ose pas poser de question : à partir de maintenant toutes les réponses sont des emmerdes supplémentaires.

La piste grimpe, serpente, s'écarte du fleuve puis se rétrécit, longe une paroi rocheuse, et de l'autre côté un petit ravin qui plonge vers la vallée. En bas, à quelques centaines de mètres d'intervalle, Verini aperçoit la carcasse d'un camion identique au leur et celle d'une Jeep.

La tension monte. Ce passage de la piste fout la trouille aux deux autres. Il serre les fesses, regarde partout sans savoir ce qu'il doit redouter. Casta est à la limite de les envoyer au tas, continue à faire des embardées.

La piste s'élargit au bout de deux kilomètres. Le Corse se rassoit dans son siège et se détend un peu. Ahmed sourit à Pascal :

– Casta, c'est li milleur Fagio di li comodo !

Après le défilé ils prennent un chemin moins abîmé, montant à droite le long d'une petite colline. Sur ce sommet modeste il aperçoit des constructions claires, une Ferme.

– Tu peux baisser ta vitre.

Pascal s'exécute, sort la tête de la cabine. Il découvre la vallée, verte sur ses deux rives, au milieu des saillies arides du relief. Pour la première fois il contemple le paysage, ocre jaune et beige, impressionné par le dégagement, la vue lointaine, la transparence de l'air d'une qualité particulière. Loin au sud, des montagnes pointues qui ne parviennent pas à refermer l'horizon, ouvert par un ciel bleu blanc sans fin. Derrière la Ferme, au nord, d'autres montagnes plus proches et abruptes, qui cette fois arrêtent le regard. Les bâtiments de la Ferme, adossés à un massif montagneux, donnent sur la vallée, entourés de vergers aux lignes régulières.

À part les orangers qu'il reconnaît à leurs fruits, il n'identifie pas les arbres, sans doute des oliviers, et d'autres dont il n'a aucune idée.

Un appelé debout, dos à un oranger, fusil-mitrailleur sur le ventre, monte la garde en haut du chemin. Il fait un signe de la main. Casta répond d'un bref hochement de tête.

Le DOP du secteur Rabelais est une ferme isolée : deux corps de bâtiments qui se font face, séparés par un chemin en terre de trois ou quatre mètres de large. D'un côté une grande maison blanche à un étage, mélange d'architecture méridionale et de ferme viticole française, rectangulaire et propre, quelques dépendances et garages, le tout entouré d'un mur en pierre enduit de torchis de deux mètres de haut. L'entrée de la cour, gardée par un deuxième classe, est fermée par un portail en fer renforcé par des barres et du grillage serré. En face de la maison, un autre mur d'enceinte carré entoure deux granges de tailles différentes. C'est là que Casta conduit le GMC.

– C'est quoi un DOP ? demande Verini.

– Ça vient de sortir. Y a trois mois ça avait même pas de nom, ici. Maintenant, c'est un détachement opérationnel de protection.

Pascal sourit pour la première fois depuis presque trois semaines. Sa punition, c'est d'avoir été envoyé dans l'endroit le plus chiant d'Algérie.

– Protection ? Qu'est-ce qu'y a à protéger ici ? Les oranges !

Ahmed et Casta ne sourient pas. Ils fixent devant eux la cour et les granges. Deux appelés en tenues débraillées, des Algériens portant des bouts d'uniforme. Verini déglutit, ravale son sourire et la trouille lui vrille le ventre. C'est quoi cet endroit ?

Ils déchargent les bouteillons à la porte de la grange principale, deux Arabes silencieux les roulent à l'intérieur. Une vingtaine de lits contre les murs, un poêle à bois au milieu, un conduit en inox courant à l'horizontale sur une dizaine de mètres, puis montant à quatre-vingt-dix degrés vers le toit ; à la tête des lits, des meubles bricolés, des calendriers accrochés au mur.

Les deux autres militaires qu'il a aperçus surveillent quatre Algériens, qui creusent des trous au pied des murs délimitant l'entrée de la cour. Contre la petite grange sont appuyés des poteaux métalliques de trois mètres et des rouleaux de grillage. Les deux surveillants fument à l'ombre. Les Arabes pellettent et piochent à un rythme peinard, personne n'a l'air de vouloir les faire accélérer. Apparemment ils travaillent à la construction d'une porte.

Casta lui fait visiter la grange, lui propose de choisir le lit vacant qu'il préfère. Verini tourne en rond. C'est là qu'il s'installe. Le voyage est terminé, les vingt-quatre mois qu'il lui reste à tirer commencent maintenant. Il pose son barda au pied d'un lit au matelas roulé.

– Si tu as faim demande à Ahmed, il prépare un frichti.

– On est combien ici ?

– Au commando, on est quatorze. En ce moment y a une dizaine d'aides de camp, des Arabes, qui dorment dans l'autre grange. Avec nous, y a un caporal-chef, Colona, un Corse lui aussi.

Casta fait un clin d'œil :

– Il est pas chiant, un ancien de l'Indo. Il dort avec nous.

Sylvain montre du doigt, au fond de la grange, un petit quartier délimité par des cordes tendues auxquelles sont suspendues des couvertures marron.

– Dans la maison, y a le lieutenant Perret, qui commande le détachement. On dépend d'Orléansville, plus ou moins, du PC de commandement de la 9e DI. En fait du CCI, mais on s'en fout, c'est des histoires de mirlos et nous on est des troufions, basta ! Donc, ici, c'est le secteur Rabelais, et pour que tu comprennes de quoi on te parle, on est dans la zone ouest algérois, ZOA, dont la 9e DI a la charge. Y a six secteurs sur Orléansville, qui vont jusqu'à la mer, de l'autre côté du col de Tazamout et du djebel, à Ténès et El Marsa, le secteur du 22e d'infanterie. À la maison y a aussi un radio, Martin, qui loge avec nous. Y a un type de la police d'Orléansville et deux gendarmes du coin, pas toujours les mêmes. Et y a Rubio, l'interprète.

– Des flics ? Qu'est-ce qu'ils font dans cette baraque ?

– Les autres vont bientôt rentrer, ils sont en patrouille avec Colona. Tape-toi un roupillon, casse la graine. Tu commenceras les gardes que demain, on fait pas de bizutage ici. Colona te mettra au parfum et te filera ton équipement.

Pascal installe son lit, défait ses affaires. Est-ce qu'il pourra trouver des livres ici ?

Ahmed apporte sur un plateau de la bouffe et une bouteille de bière. Il dépose ça sur le lit d'à côté, fait une petite courbette et s'éloigne. Pascal le remercie. Doit-il considérer Ahmed et les autres Algériens comme des soldats, des serviteurs ou des prisonniers ? Doit-il avoir peur d'être seul avec lui ?

Il mange. Son meilleur repas depuis Paris : il a faim.

Il marche dans la cour, stupidement aux aguets. Il n'a pas de chapeau de brousse comme les autres, et son calot ne le protège pas du soleil. Son uniforme neuf le fait ressembler à un fils de bonne famille.

Il s'approche des appelés qui surveillent le travail des Arabes.

Deux blondinets costauds, aux joues duveteuses rougies par le soleil : ils roulent les « r ». Henri et Paul. Ils ne sont pas frangins, ne viennent pas du même coin, mais tendent les mêmes mains durcies aux manches de fourches. Henri est de Vendée et Paul de Touraine.

Installé à l'ombre d'une bâche, Casta débite des barres de fer avec une scie à métaux : un établi, quelques outils et un poste à souder. Il fabrique les cadres des portes qui doivent fermer la cour, explique qu'il bosse dans un garage à Bastia, qu'il bricole quoi. Verini enlève sa veste, reste en débardeur et lui file un coup de main.

– T'es pas manchot.

– L'usine.

La chaleur tombe un peu avec l'après-midi qui se termine. Casta appelle Ahmed pour qu'il leur apporte de la bière.

– On peut picoler quand on veut ici ?
– Quand Colona est là, faut bien lui demander. Mais si t'es pas de garde, ouais, ça dérange personne.
– Ils sont combien en patrouille ?
– Sont partis à six avec Colona.
– Qui est-ce qui monte la g…
La guerre.
Dans son ventre, ses oreilles et ses jambes qui faiblissent. Pascal se tourne lentement vers la maison blanche. Derrière le portail le garde ne bouge pas, les deux fermiers blonds ne bougent pas, les Arabes continuent à creuser. Casta baisse la tête, s'arrête une seconde de tracer ses découpes sur la ferraille.
La guerre. Une fois encore.
Un hurlement plus long que le premier. Un homme, pas un animal. Un cri de douleur et d'impuissance. Qui lui soulève l'estomac, traverse la cour de la maison méridionale jusqu'au milieu des orangers.
La guerre que tout le monde fait semblant d'ignorer.
Il l'a trouvée.
Il ne veut pas la faire. À qui doit-il le dire ?
Il cligne des yeux, observe Casta qui s'est remis à souder, et se demande depuis combien de temps le Corse est là, pour ainsi baisser la tête en tremblant.

5

Paris, juin 2009

Un ressort grinça plus fort, accompagnant le dernier ahanement de George, accroché aux hanches grasses. Une demi-minute pour retenir son souffle et prolonger l'instant, yeux fermés, puis le visage de la femme au-dessus de lui.

Des gouttes de sueur perlaient des aisselles de la pute, glissant sur le côté de ses gros seins noirs, tombant froides sur la poitrine blanche du boxeur. Elle s'essuya du revers de la main, passa ses doigts dans sa chevelure et étira son dos fatigué.

Petite mort inconfortable dans les odeurs de transpiration.

Elle souleva une jambe en s'appuyant sur le ventre de George. Il observa leurs deux sexes se séparer, son membre rétracté retomber sur sa cuisse. Elle retira la capote du bout des ongles. Le plastique claqua.

– C'était bon ché'i.

Qu'allait-il faire de toutes ces heures ?

Le luxe de la chambre ne s'étendait pas à une cuisine équipée, pas même à un minibar. Rien que le lit plein de creux et de bosses. Il avait envie d'un café.

Ils étaient nus depuis dix minutes. Des préliminaires laborieux, poignées de chair malaxée pendant qu'elle le déshabillait, débitant des mots doux sur un ton de photocopieuse. Trois caresses de ses ongles vernis le temps d'enfiler le préservatif, du sexe sans surprise, ses encouragements et un orgasme mal simulé. Dix minutes. Moins longtemps que les négociations avant de monter.

George avait perdu les pédales dès le début, dans l'escalier, en suivant les grosses fesses. Prendre des coups quinze reprises durant il savait faire, mais pas résister à une caresse. Il aurait dû prendre son temps. Dix minutes, les yeux rivés à un plafond craquelé, à se demander pourquoi il n'avait pas réussi à faire un peu durer le plaisir.

Quel âge avait-elle ?

Quarante ans ? Un peu plus ?

Elle passa dans la salle de bains, George tira le drap sur ses jambes et son sexe qui l'avait trahi.

Il pouvait peut-être renégocier ? Récupérer la moitié des quatre cents euros, laisser le prix d'une double passe et rentrer ? Ça pouvait l'intéresser. Sûr. Mais que ferait-il du reste de la nuit ? Et puis, il avait payé l'hôtel, cent billets supplémentaires envolés.

Merde. George lâcha un juron tandis que la fille passait sous la douche. Dans la précipitation puis l'assouvissement, l'illusion s'était déchirée. Quatre-vingt-onze kilos enfoncés dans le lit tel un marbre de sarcophage, parmi les fleurs d'un papier peint usé par vingt ans de soupirs. Errant dans ce rêve moribond, il soustrayait des billets de cent, le nez saturé des parfums moisis de la pièce.

La fille ressortit de la salle de bains, fit le tour du plumard avec une démarche de reine paresseuse. Elle avait enfilé une nuisette défraîchie et une culotte propre moins sophistiquée que la première, une dentelle que les gros doigts de George n'avaient pas eu le temps d'effleurer. Elle s'était démaquillée, ses cheveux détachés pointaient autour de sa tête. Une main sur la hanche, les reins cambrés et ses seins énormes propulsés en avant, elle articula :

– Tu commandes à manger, ché'i ?

Ses paupières s'appesantissaient sur ses yeux ronds. Exténuée.

George avait insisté, offert un bon prix pour qu'elle accepte une nuit entière, malgré la journée qu'elle venait de se faire.

Une rombière prête à se mettre au lit.

Pourtant, la culotte en coton mit le feu aux poudres. George fixait le slip, plus sexy que toutes les jarretelles du monde, avec au fond des yeux le souvenir d'une cousine de seize ans à moitié nue, aperçue pendant des vacances d'été qu'il traversait affamé et sans espoir, puceau de vingt ans. La cotonnade taille quarante-huit dégageait la magie d'un accessoire attrapé au hasard, dans un tiroir plein d'autres culottes aux élastiques détendus, choisi pour une journée sans tapin. Malgré le mensonge, le mauvais goût et les siphons défectueux, à aucun prix George ne souhaitait plus quitter la chambre.

– Manger ?

La reine de la savane à quatre cents la nuit pointa un ongle rouge vers le téléphone.

Sur la table de nuit, George trouva la carte d'un service de pizzas livrées à domicile, une adresse située quelques numéros plus haut dans la rue de l'hôtel. Il décrocha le combiné, et demanda s'il pouvait commander. Une fille débita au lance-flammes une liste de noms. La pute, assise sur la chaise au bout du lit, en train de se limer les griffes, précisa sans le regarder :

– La quat'e saisons avec le supplément f'omage et un qua't Vittel.

– Une quatre saisons supplément fromage et…

La fille au bout du fil prononça « un quart Vittel » en

même temps que George, puis lui demanda ce qu'il voulait.

– … Vous avez des salades ?… Une salade verte… Non, juste verte.

Il observa la gagneuse qui tournait à l'eau minérale. Il avait envie de parler, sans savoir de quoi. Aussitôt elle se leva, remonta un oreiller contre le mur et s'assit à côté de lui, jambes en tailleur.

– Tu veux pa'ler, Doudou ?

Le regard de George glissa vers son entrejambe, aperçut le tissu bleu clair du slip tendu sur la peau noire.

– 'Aconte moi tout, ché'i, ap'ès je m'occupe'ai de toi.

Il détourna les yeux. Cette fille avait dû en entendre des vertes et des pourris, mais la moitié des putes étaient des balances et même à l'autre bout de Paris, mieux valait fermer sa gueule. Ou alors, ne pas donner de noms. Les mots affluaient par paquets, emmêlés et roulants. Il se mordit les joues, fixa la culotte bleue, rougit et piocha une phrase :

– Je suis flic.

Elle releva la tête, la lime interrompue dans son va-et-vient sadique, ses grands yeux marron écarquillés.

– Aux mœu's ? piailla-t-elle en dérapant sur une note aiguë.

Il se redressa, fixa le papier peint, bouffi de honte.

– Non ! Policier municipal, pas flic, pas vraiment, juste au commissariat, je suis pas… C'est pas ce que j'ai voulu dire, en fait… en fait je suis boxeur.

– Ché'i ! feula-t-elle, tu vas pas me fai'e des ennuis, hein ?

– Quoi ? Non ! Je vais pas faire… je vais rien te faire du tout, bordel !

Il voulut lui saisir le bras. Elle sauta hors du lit avant qu'il puisse l'atteindre.

– Je te fais le p'ix maison, ché'i, et la p'ochaine fois,

ta'if cinquante pou'cent, mais tu m'a'êtes pas, ché'i, s'il te plaît !

– Putain, mais merde ! Je veux pas t'arrêter ! Je veux juste passer la nuit avec toi ! Je veux pas un prix, je veux passer la nuit dans ce putain de lit avec toi, et que je parle, et que tu t'occupes de moi et rien de plus ! Je suis pas flic ! Je suis qu'un pauvre con qui sait rien faire d'autre que taper sur les gens et je veux que tu t'occupes de moi !

Il vociférait à genoux sur les draps, la bitte recroquevillée à l'air, tous ses muscles se combinant en une pyramide de nerfs tendus jusqu'à sa gorge. La doudou Vittel battait des cils, estimant ses chances. Elle articula d'une voix mal assurée, en même temps qu'elle glissait vers la porte :

– Pa'le-moi, ché'i, pa'le-moi, 'aconte-moi tout, je t'écoute, tu es un g'and boxeu', un g'and gue'ier, raconte-moi ce qui t'a'ive…

Trois coups résonnèrent. La fille cligna des yeux vers la sortie. George la fixait. Une voix monta dans le couloir :

– Pizza !

Il baissa la tête :

– Je veux juste rester avec vous, juste cette nuit.

– Ché'i, t'es pas d'ôle, tu m'as foutu la t'ouille là !

– Si vous voulez, je pars.

Le livreur tambourina à nouveau. Elle passa prudemment à côté du lit et ouvrit.

Dans le couloir une asperge acnéique, vêtue d'un uniforme rouge et bleu, tendait un carton auréolé de graisse et un sac plastique dans lequel pesait une bouteille. Il jeta un œil dans la piaule, aperçut la montagne de muscles à genoux sur le pieu, cul à l'air, et leva les sourcils.

– Ça va, Mireille ? Tu veux que j'appelle Romolo ?

Elle regarda George pétrifié, puis le livreur parfumé à la friteuse.

– Tout va bien, Doudou Beau Gosse, y a pas de

p'oblème. Pas la peine de dé'anger 'Omolo. Tu mets ça su' ma note, Doudou, tu es gentil.

– T'es sûre ?

– Dis 'ien à 'Omolo.

Doudou Beau Gosse lui tendit la bouffe, se tourna de nouveau vers le lit, puis s'éloigna.

– Ché'i, tu vas me p'omett'e de pas fai'e de bêtises, et tu me dis maintenant que tu vas pas m'amener au poste, d'acco'd ?

George tomba sur ses fesses et fit oui de la tête.

– Je te fais confiance, là, et sinon ché'i, si tu t'éne'ves enco'e, y a 'Omolo qu'est pas loin et même toi mon g'and tu fe'as pas le poids. D'acco'd ? Pa'ce que 'Omolo, les flics il s'en fout. Comp'is ?

George acquiesça, même si ça ne le dérangeait pas, au besoin, de mettre une tremblante au mac.

– Bon, alo's tu vas t'installer confo'table dans ce g'and lit, et on va dépenser ton a'gent bien comme il faut : tu vas me di'e tout ce que tu as sur le cœu', tu vas tout me 'aconter.

Elle remonta les oreillers, posa délicatement ses mains sur les épaules de George et l'installa comme un malade. Elle s'assit près de lui, du côté de la porte, puis souffla un grand coup :

– Vas-y, maintenant tu pa'les.

– Vous vous appelez Mireille ?

– Oui, mon ché'i, 'aconte à Mi'eille.

Elle surveillait son client du coin de l'œil, peut-être moins dangereux que demeuré.

– Y a deux semaines j'ai eu un match. Un match de merde, contre un jeune boxeur qui venait d'une île. Je sais plus laquelle, mais lui je me souviens de son nom : André Gabin. C'était un beau boxeur. Un athlète à l'allonge magnifique et des épaules de tueur…

Sur un rythme de course de fond, la voix de George avait peuplé la chambre des fantômes qui s'affrontaient sous son crâne depuis quatre semaines. Boxeur, boxeur fini, flic, flic véreux. Kravine, Gabin, Paolo, le Pakistanais, et l'ombre inquiétante d'un requin entre deux eaux, Roman, double nématique et fascinant.

Il bougea ses doigts engourdis posés sur une cuisse soyeuse. Il s'apprêtait à expliquer comment il avait trouvé la deuxième enveloppe, à parler du deuxième type à qui il avait cassé les dents hier soir, mais un ronflement l'interrompit.

Allongée sur le dos, Mireille dormait comme une bûche, sa grande bouche ouverte et une main dans le carton à pizza, tendue vers une dernière part refroidie.

Il vira du lit les restes de bouffe, remonta le drap sur la fille et se blottit contre elle. Il approcha sa main millimètre par millimètre, sans plus penser qu'il avait payé quatre cents billets pour raconter sa vie à une pute, qui, à ce prix, pouvait le laisser faire ce qu'il voulait.

Il s'endormit à son tour, sa main de boxeur posée en coquillage sur le sexe rond et chaud, juste à sa pogne, sous la culotte en coton.

***

Le Mur déboucla son ceinturon, le posa sur la table de la cuisine et colla le combiné à son oreille.

– C'est Paolo. Ben alors, t'étais où, bordel ? Des jours que j'essaie de te joindre !

George tourna autour du pot, finit par expliquer au Portugais qu'il avait du mal à se remettre du combat contre Gabin. Sourd ou se foutant de la réponse, Paolo continua à brailler :

– Ouais, ben tu pourrais au moins répondre au téléphone. Tu crois quand même pas que je vais aller chez les condés pour prendre de tes nouvelles, non?

– Qu'est-ce que tu veux?

– Quoi, qu'est-ce que je veux! J'suis ton entraîneur, OK? Et puis ton soigneur et aussi ton manager, non? vu que t'as pas les moyens de faire autrement. Eh ben figure-toi, gros malin, que je t'appelle pour te parler de boxe! George? Tu m'écoutes?

– Difficile de pas t'entendre.

– J'ai un match. T'es chez toi?

– Pas maintenant, je rentre du boulot, je suis vanné.

– Tu bouges pas, j'arrive.

Paolo était passé au 14, avait vu Marco et ils avaient parlé : George était au fond du trou, il venait plus à l'entraînement, il broyait du noir. Ensemble, ils s'étaient monté le bourrichon. Et les deux vieilles têtes de cuir avaient eu une idée brillante, de celles qu'ont les boxeurs quand ça va pas : « On va lui trouver un match! Y a que ça qui lui fera du bien! » George en était presque certain. Paolo était en route, et accroche-toi pour lui faire lâcher le steak qu'il a entre les dents.

– Un mois et demi! Déconne pas, George, c'est largement suffisant pour te remettre en forme! Oublie Gabin, c'est fini. Et puis t'as gagné, merde! Va pas en faire un truc psychologique à la con. T'as gagné, t'es fatigué, OK, j'ai entendu. Mais un mois et demi! On va te transformer en moissonneuse-batteuse en six semaines!

– On? J'en étais sûr! Marco est dans le coup. Tu sais la gueule qu'il a fait, Marco, quand je suis retourné à la salle? Hein? Faut que j'te fasse un dessin? Putain, Paolo, t'y es passé aussi, alors tu comprends. Tu le sais qu'y faut que je raccroche, comme Marco a raccroché, comme toi t'as raccroché…

– J'ai pas raccroché! Ces enfoirés de toubibs m'ont mis sur le carreau!

Aïe.

Quel con. George plissa les yeux, résigné à entendre la suite.

– Putain, me regarde pas avec ces yeux de comme si tu t'ennuyais à m'écouter ! Ouais ! Tu le sais que j'ai pas eu de pot de tomber sur une saloperie de chirurgien qu'on aurait jamais dû lui laisser un couteau pour couper le beurre, à cette enflure. Ouais ! Fais pas le malin avec ta tronche de théière. Tout le monde le sait : j'ai eu la malchance ! J'ai pas décroché, j'en avais plein les poings et les jambes pour encore dix ans ! *Caralho*, j'étais bon pour les pros et après ça, dans le circuit tout le monde sait qu'y avait personne sur ma route pour le titre des plumes ! Le titre, mon gros ! Les championnats, ceux qui passent à la télé à l'heure des infos ! Tout le monde le sait et même toi. Alors arrête de faire cette gueule de mec qu'est au-dessus de tout et qui crache dans la soupe. J'étais un bon boxeur, tu le sais, alors me fais pas ce coup de salaud de pas m'écouter quand je te dis que j'ai pas eu de chance ! Et même si la boxe, bordel, au bout de trente ans je le sais mieux que tout le monde, c'est pas un endroit où la chance est jamais de ton côté, eh ben merde, moi je le dis pour pas qu'on confonde : j'ai pas raccroché, on m'a volé ma carrière ! Et moi, c'était pas en prenant de la dope et en me faisant couillonner par un Kravine ! Sur le ring ! Je l'ai perdu sur le ring avec mon œil. Pas devant une commission ! Connard !...

George leva les mains en signe de reddition.

– Paolo, s'il te plaît.

Le Portugais extirpa un bol d'un amas de vaisselle et se servit du café froid. Un sifflement de mépris s'échappa de ses lèvres mortes. Il en faisait des tonnes, mais il avait raison : on ne plaisantait pas avec le passé d'un homme comme lui. Surtout quand le Portugais se démenait pour lui arranger un match. Une largesse d'aristocrate entre boxeurs décatis.

Il passa la main sur son visage, étirant ses yeux rougis. Sa paume crissa sur sa barbe naissante.

– Tu sais bien ce que j'en pense de cette histoire, arrête de me charrier. J'ai dit ce que je voulais pas dire, je ripe Paolo, je suis naze. Me fais pas le coup maintenant. Je te dis juste que je peux pas prendre ce match. Pas tout de suite.

Paolo arrêta de charger son café en sucre, leva son œil jaune et fit grincer la cuillère contre la porcelaine.

– C'est un bon match. Prends-le, t'en as besoin.

– C'est trop tôt.

– Le Mur, c'est le contraire : si tu le fais pas, ça sera trop tard.

George se leva de sa chaise, déboutonna sa chemise d'uniforme et la jeta sur la table à côté de son arme. Il se rinça le visage à l'évier et s'essuya avec un torchon de cuisine.

– C'est déjà trop tard, Paolo, tu le sais comme moi et je vais pas me raconter d'histoires.

Il fit voler ses chaussures et enleva son pantalon d'uniforme. En slip et débardeur il gagna le frigo, en tira deux bières qu'il décapsula. Paolo avala le fond de café froid et versa la Löwenbraü dans le bol. Avec ses lèvres sans nerfs il se foutait de la bière partout. Son œil mort, à peine entrouvert, restait braqué sur George pendant que l'autre plongeait dans la porcelaine.

Bon Dieu, qu'ils étaient laids.

Le Portugais reposa le bol de bière et le serra dans ses mains comme une boisson chaude.

– George, j'oublie ce que t'as dit si tu me racontes.

– Quoi ?

– Joue pas au con, j'ai qu'un œil mais j'y vois clair. Qu'est-ce qui se passe ?

– Je vois pas de quoi tu parles.

– Tu crois que je te connais pas ? J'ai vu assez de mecs

qui se remettaient pas d'un combat pour savoir que c'est pas ça le problème. Qu'est-ce qui t'arrive ?

George le regarda par en dessous, une moue renfrognée de môme qui refuse de parler. Paolo baissa d'un ton.

– Mon œil, y me dit que ce match t'en as encore plus besoin que tu crois. Si tu veux pas parler, ça te regarde. Si t'as fait une connerie, on est pas au catéchisme, je vais pas te faire la morale et tu vas te la manger comme un grand. Mais faut que tu me dises un truc, et je partirai pas d'ici tant que t'auras pas craché ton protège-dents : est-ce que ç'a à voir avec ce fils de traînée de Kravine ? Parce que si c'est ça, faut plus compter sur moi.

Il cracha sur le parquet :

– Tu sais que c'est une promesse, le Mur.

George avala vingt centilitres de bière industrielle.

– C'est pas Kravine.

– Parfait ! hurla Paolo. Donc c'est pas grave et tu vas me dire tout de suite ce que c'est, connard ! Tu vas pas rester là comme un sac de ciment en slip à faire ta tête de mule, et tu vas me dire ce que tu fabriques depuis trois semaines à pas courir tes bornes et taper dans le sac !

Quand les médecins avaient arrêté Paolo, il était déjà bon pour la casse. Mais il pouvait toujours mettre un homme K.-O. à coups d'obstination.

– Tu me laisses réfléchir un peu. Je dis pas non, je te dis que je me sens pas prêt.

– Réfléchir ? Depuis quand tu fais ça, toi ?

– Oh, Paolo.

– Fais pas ta mijaurée, le Mur, on est aussi con l'un que l'autre.

Il termina sa bière et se leva.

– Je repasse te voir dans deux jours. Et aère un peu ta piaule, Champion, il te faut de l'air pur pour tes poumons de loco.

George regarda la fenêtre, et dehors Paris.

– De l'air pur ? Faudrait aller sacrément loin pour en trouver !

Paolo émit un son de gorge, une sorte d'étouffement aigu, sourit à s'en décoller les oreilles et claqua la porte.

À cinq heures du matin George s'était arraché du lit sans penser à la fatigue, et tournait le coin des rues sans réfléchir. Rue d'Alésia, à droite sur Coty, longer le parc Montsouris, boulevard Jourdan puis Brune, vastes et déserts, avec l'herbe du tramway qui séparait les chaussées, encore humide de la nuit. L'éclairage public s'éteignit alors qu'il arrivait en petites foulées sur les boulevards. Le jour pointait dans son dos, il accéléra sa course en dépassant la porte de Brancion. Porte de Versailles, des camions s'engouffraient dans le parc des expositions, quelques voitures filaient vers le centre, premiers éclaireurs d'une colonne qui allait bientôt envahir la ville. Il suivit le flot et prit à droite, rue de Vaugirard. Il transpirait à grosses gouttes, avait mal à la tête. La bouffe et la bière de ces derniers jours giclaient de ses pores en sueur odorante.

Le deuxième homme habitait en banlieue, à Sartrouville, un enfer de transports en commun. Martin Brieux. Deux gosses, une femme et un putain de chien, un salon avec canapé en cuir blanc, lampes basses et étagères de livres. C'était un type d'habitudes, même train chaque soir, rentré chez lui tous les jours à la même heure. À la tombée de la nuit, dans la lumière jaune des pièces, George avait observé des scènes de vie de famille anodines, plutôt heureuses, trompeuses puisque lui savait que Brieux tapait dans une autre caisse que celle de sa femme, encore jolie pourtant. La cinquantaine, leurs enfants avaient des allures de lycéens à bonnes notes. Il avait laissé passer un week-end et y était retourné le lundi. Casquette et jogging, ceux qu'il avait sur le dos ce matin. Il avait trotté à la rencontre de Brieux, et l'avait plaqué contre une grille de jardin, dans une rue pavillonnaire à cent mètres de chez lui. Enfoncé dans des branches de thuyas qui débordaient sur le trottoir, il lui avait ravalé le portrait. Brieux n'avait rien dit, pas même posé de question, comme Dulac. En une minute il l'avait roué de coups, avec son seul poing gauche, et l'avait laissé tomber sur le trottoir avant de repartir en courant.

Cette agression aussi était passée inaperçue.

George courait, et son estomac secoué de rots ne voulait pas s'accorder à la course.

Au métro Convention il accéléra comme il le faisait toujours, mais ses jambes ne suivaient pas mieux que son souffle. Il ne ralentit pas. Atteindre l'épuisement, se vider de ses forces, au besoin tomber à genoux.

Avec Brieux il avait compris, ou à la deuxième enveloppe, peut-être même dès le début à Juvisy. Il s'était menti le plus longtemps possible, mais dans le train de retour de Sartrouville, il avait arrêté. Te mens pas, c'est pas des histoires de nanas.

Il arriva rue Copreaux en fin de sprint, titubant, pompant un air sans oxygène.

Pas une histoire de nana.

Il marcha deux minutes devant chez lui, genoux tremblants, avant de retrouver son souffle. Il cracha sa dernière salive pour se débarrasser du goût qu'il avait dans la bouche.

Paolo pouvait aller se faire voir. Finis la course à pied, les kilos de fonte, les entraînements et le régime pour ramasser des gnons. Tant que personne ne savait ce qu'il faisait de ses soirées, il n'avait pas à craindre de saloper sa réputation. Il n'avait pas honte de lui-même. Merde, il n'allait pas se faire ça. Si c'est pas des histoires de nanas, c'est des histoires de fric. M'en fous autant, se dit-il en montant les marches. Il ne savait pas pour qui il bossait vraiment ? Qu'est-ce que ça changeait ? Sur le ring, tout est clair. Mais en dehors, pas la peine d'essayer de comprendre. Tu te fais avoir. Rien que des coups bas, et en douce. T'es là avec tes poings serrés, aligné avec tes voisins comme un con, à poil dans une grande cour, et on t'explique qu'il faut leur taper dessus pour que ta vie soit comme t'as envie qu'elle soit. Ouais.

Moi, George Crozat, j'suis descendu du ring et je continue à taper sur des gens, parce que je veux me payer mon plaisir, mon truc, ma récompense pour avoir servi de punching-ball pendant quarante ans à tout ce qui a des yeux et parle dans cette putain de ville.

Mireille. Ouais.

S'il devait mal dormir le reste de ses jours pour avoir détruit son squelette sur le ring, rien à foutre, avec elle une fois de temps en temps, il roupillait comme un ange, le nez enfoncé dans son aisselle. Quand on n'en demandait pas plus que ça, ce monde de requins pouvait aller se faire voir.

Ses mauvaises pensées, avec sa sueur rance, il les abandonna sous l'eau froide de la douche, enfila son uniforme de flic et partit bosser sans se demander pourquoi. Aucune réponse à rien. Juste une chambre avec du papier peint à fleurs à l'autre bout de Paris, en attendant la maison de retraite au papier identique, à la différence qu'on y bandait plus.

Au commissariat central du 14e arrondissement, le brigadier Crozat surprit par son absence de sourire, sa démarche devenue raide, et n'inspira pas les blagues coutumières.

Les collègues savaient reconnaître un des leurs quand il était à bout.

⁂

Pas de nouvelle enveloppe. Finances à zéro. Trois semaines depuis Brieux. George avait continué à courir, était passé deux fois au 14 pour faire un peu de sac. Paolo le tannait pour qu'il se mette sérieusement à l'entraînement, il esquivait et traînait des pieds. Il avait revu Mireille deux fois, qui avait appliqué le tarif spécial et épuisé son pécule. Les enveloppes étaient vides, sa paie dans une semaine.

Le combat que Paolo et Marco lui avaient trouvé n'était pas bidon. Toni Esperanza, un espingouin qui malgré son nom de scène ringard était un bon pugiliste. Il avait fait un passage en pros, une carrière de gaucher qui n'avait pas très bien marché. George se foutait des fausses pattes, son style était assez neutre pour s'y adapter facilement. Toni était un gros cogneur de trente balais, revenu aux amateurs pour le plaisir de la boxe, qu'il pratiquait sérieusement et sans concessions. Ce n'était pas un tueur, mais il aimait gagner et savait comment s'y prendre. Un vrai match, pas du pipeau. Mais pas d'argent à la clef. Et surtout la trouille. Le temps passait et il n'avouait rien à Paolo. Moins il s'entraînait, plus il avait peur. Il laissait pourrir la situation, voulait une enveloppe blanche dans sa boîte, ne plus prétendre être boxeur.

Combattre en sachant que c'était la fin, comment faire ça? Paolo et Marco avaient trouvé un adversaire contre lequel il pouvait, le cas échéant, perdre sans honte. Joli geste, mais la perspective lui nouait le ventre. S'effondrer sur la ligne d'arrivée. Commencer mal et finir pire.

Hier à la salle, il avait poussé la porte et fait demi-tour. Kravine était là, à rôder autour des jeunes qui s'entraînaient. Il était reparti en courant.

George sortit du commissariat en desserrant son ceinturon. Il avait pris du poids, quatre-vingt-quinze kilos. Il n'adressait plus la parole à Merleau, qui avait demandé un changement d'équipe à Bergolio, qui n'en avait pas tenu compte.

Au croisement Alésia-rue des Plantes, une berline fit crisser ses pneus et stoppa sur la voie de bus, deux roues sur la piste cyclable. Merleau fonça, une main sur sa tonfa. La vitre passager descendit et la tête de Roman apparut.

Merleau se figea pour saluer, Roman l'ignora et pencha la tête pour s'adresser à George.

– Je me disais bien que c'était toi, Crozat. T'as une minute ?

George s'approcha à contrecœur de la voiture. Roman balança dans le caniveau un mégot noirci jusqu'au filtre.

– Eh ben ça y est, t'as retrouvé ta tête de play-boy depuis ton dernier match !

Il lâcha un bref éclat de rire. Le Mur s'inclina légèrement vers la voiture, apercevant le chauffeur, un type d'une trentaine d'années, mâchoires serrées, qu'il n'avait jamais vu.

– Un combat bientôt ? On m'a dit que tu te débrouillais bien.

George faillit répondre oui, mais comprit que Roman ne parlait pas de boxe.

– Faudra qu'on se prenne un verre un de ces quatre. Pour parler boxe. Ça me passionne, les mecs qui savent se servir de leurs poings.

Roman jeta un coup d'œil au brigadier Merleau, qui avait reculé de quelques pas et tendait l'oreille pour essayer d'entendre leur discussion.

– Un mec comme toi, c'est du gâchis de le voir faire des rondes. Tu crois pas qu'il est temps de prendre un peu d'avancement ?

Le chauffeur eut un petit sourire. De sa main gauche, sans quitter le bout de la rue des yeux, Roman lui fit un signe.

– À bientôt, Crozat.

La voiture redémarra et s'éloigna.

Merleau sauta sur George, tout excité.

– C'était Roman, ouais ? Du Grand Banditisme ? Tu le connais ? Qu'est-ce qu'y voulait ?

– Rien. Parler boxe.

Merleau ricana.

– Avec toi ?

Deux photos, deux noms, deux adresses. Mille deux cents euros en liquide, les mêmes billets neufs. Il n'avait plus à s'inquiéter de savoir pour qui le Pakistanais faisait les courses. Il bossait pour Roman depuis le début, et George se demanda s'il avait déposé l'enveloppe avant ou après l'avoir accosté dans la rue. Sous ses bras et dans son dos, le Mur sentit couler des gouttes de sueur.

Roman ne faisait pas dans les histoires de nanas, aucun doute là-dessus.

Il se força à penser la situation jusqu'au bout. Dans une autre catégorie, certes, Roman lui-même n'était qu'un porte-flingue. Et derrière Roman… Putain, George, tu veux pas savoir qui il y a. Les billets en éventail tremblaient dans sa main. Il déplia son plan de Paris, repéra les adresses, puis étudia les photos.

Les visages lui semblaient avoir des points communs. En apparence inoffensifs, les types avaient dans les yeux une même lueur de peur. Ou bien c'était lui qui croyait déjà la voir.

Il était embauché. Un boulot plus compliqué.

Sur le bristol une note supplémentaire : « Même jour. »

Le Mur sourit en pensant à Mireille.

6

Secteur Rabelais
Octobre 1957

Pendant trois semaines, ils ont construit des cellules. Une dizaine de cages en briques de deux mètres sur deux, dans la cour, en face du hangar abritant le matériel agricole à l'abandon. Des toits en tôle ondulée et des paillasses. Dans la cour des granges, à côté de celle du commando, ils ont construit une autre cellule, un peu plus grande, pour le caporal-chef Colona.

Verini a appris à maçonner pendant que des prisonniers hurlaient dans la cave. En quelques jours les paillasses se sont couvertes d'une crasse brune, de taches qui attirent les mouches.

En peu de temps Casta est devenu un ami indispensable. Contre l'absurdité et la violence de ce lieu, cette rencontre est le premier rempart solide qu'il a trouvé. Il y a aussi Philippe Chapel, fils d'un restaurateur parisien, qui vomit parfois quand d'autres ricanent. Tous les trois se comprennent et se serrent les coudes.

Au DOP les volontaires sont nombreux, tout le monde n'est pas obligé de participer. Quand Colona a demandé pour la première fois à Verini de descendre un prisonnier à la cave, il a refusé. Autant par peur que par principe, mais c'est ainsi qu'on l'a entendu. Dire « non » entraîne quand même des conséquences et coûte cher : retenues sur leur solde, jours de corvée au camp de la 9e DI à Orléansville – là-bas, au moins, ils dorment mieux la nuit –, et surtout des jours de trou, qui ne changent pas des journées ordinaires mais s'ajoutent à leur temps de service en Algérie.

La nuit, Pascal cache sa tête sous son oreiller pour dormir.

Au milieu de la trentaine d'hommes que compte le détachement, lui, Casta et Chapel sont les « Non ». Les cocos, les dégonflés. Mais leur petit groupe tient bon. Les autres s'appellent Paul, Henri, Roger, Christophe. Ils dorment bien, sont volontaires pour toutes les besognes, traversent le chemin qui sépare les granges de la maison et proposent leurs services.

Verini n'est pas loin de penser que ses véritables ennemis mangent à sa table, ceux qui racontent ce qu'ils font dans la cave devant les Algériens qui les servent. Des vieux qu'on a torturés et retournés, qui « travaillent » pour la France parce que dehors la mort les attend. Tout le monde a peur de sortir du DOP, même si tout le monde rêve de le quitter.

Verini s'habitue aux gardes, à la peur de la nuit, à être responsable de la sécurité d'un lieu et d'hommes qu'il hait. Il apprend aussi à dormir en sachant que celui qui assure sa sécurité est un homme qui ne l'aime pas.

Il a effectué ses premières sorties, les opérations. Marcher la nuit dans le djebel en colonnes silencieuses. Surveiller aux jumelles des chemins de mules et le passage de collecteurs, de femmes et d'enfants. Dormir à la belle étoile, un fusil serré entre ses mains. Fouiller des grottes et des maisons, assister au saccage d'habitations misérables où le peu qu'on trouve est piétiné. Apprendre à connaître le secteur du DOP : les cartes, les noms des cols et des passes, des mechtas et des points d'eau.

Il est devenu un chauffeur attitré, responsable principalement du ravitaillement de la Ferme. Casta lui a appris à conduire sur la piste, à acquérir les réflexes de base. Pascal emmène souvent Ahmed et lui apprend quelques mots de français. Ils discutent.

– Ahmed, pourquoi tu bosses pour les Français ?

– Pourquoi ti penses que ji travaille plus pour le FLN ?

Ne plus poser de questions à Ahmed. Le prendre avec lui sur la piste d'Orléansville : peut-être que les fells ne les feront pas sauter à la grenade s'il est dans le camion.

Le « tableau des Fangio » est accroché sur le mur de la grange. On y inscrit les records de vitesse entre le DOP et Orléansville. Le jeu comme antidote à la peur. D'après Casta et Chapel, les attaques ne sont pas fréquentes, mais la vitesse tue aussi. Verini remplace un chauffeur qui est mort deux semaines avant son arrivée, en envoyant son camion au fond du ravin. Trois mois plus tôt, une mine a fait sauter une Jeep et les passagers ont été éjectés : un appelé a perdu une jambe, le lieutenant Perret s'en est tiré sans blessure. Les deux carcasses pourrissent en bas de la piste.

Ce que Verini a surtout dû apprendre, en six semaines, c'est le langage. Il sait désormais ce qui se cache derrière des métaphores qu'il ne comprenait pas en arrivant. Quand quelqu'un évoque la « corvée de bois », il ne parle pas de chauffage, pas plus que « aller aux champignons » n'a à voir avec leur nourriture, mais avec l'exécution d'un prisonnier. Dans la bouche de Martin, le radio, les « bidons spéciaux » signifie qu'un avion, sur un maquis ou un village, va larguer du napalm. Pour un interrogatoire poussé, il faut comprendre électricité.

Un homme, en particulier, se charge de ces corvées. Rubio, l'interprète pied-noir d'Orléansville. D'origine espagnole, c'est un ancien champion local de boxe amateur. Il parle arabe et travaille pour l'armée française. À la nuit, il emmène les prisonniers passés d'abord entre ses mains dans la cave, et leur tranche la gorge dans les fossés alentour. Un gendarme l'accompagne, ou bien Paul et Henri, des appelés qui savent égorger le cochon. Parfois ils leur tirent dans le dos. Un prisonnier du DOP du secteur Rabelais a tenté de s'enfuir. Encore un.

Pascal refuse de penser qu'il est ici pour deux ans. Sa peur comme sa haine l'auront détruit bien avant.

⁂

Le jour est levé depuis peu, les nuits sont froides. Dans les coins d'ombre et de vent, la rosée se change en gelée. Verini est de garde au portail et surveille en même temps les cellules, dont une moitié est occupée. Cinq hommes.

Ahmed, cuistot officiel, traverse le chemin en portant une gamelle de soupe fumante. Pascal ouvre la grille et le laisse entrer. L'Arabe fait le tour des cellules, remplit les assiettes tendues par des ouvertures grossièrement découpées dans les portes. Des mains sèches et tremblantes, de tous âges. Le plus jeune n'a pas seize ans, le plus vieux soixante-dix peut-être. Les compagnies du secteur qui font des prisonniers les expédient dans un des centres de tri et de transit de la région d'Orléansville, où un officier de renseignements procède à une première sélection. Ceux qu'on soupçonne d'en savoir plus sont envoyés au DOP le plus proche. Plus les Algériens en savent, moins ils ont de chance de le quitter autrement qu'avec Rubio, à l'arrière de la traction noire six cylindres réquisitionnée avec les bâtiments ; un modèle rapide, apprécié pendant la guerre par la Gestapo, la milice et les truands. Les détenus de moindre importance sont renvoyés aux centres de tri, si possible après les avoir « retournés ». Les rares gradés de l'ALN faits prisonniers sont parfois transférés à Alger, où ils sont interrogés sur des sujets dépassant les enjeux du secteur. Alger signifie la mort et ils le savent.

Verini écoute les bruits de succion, les bouches collées aux gamelles en train d'aspirer la soupe. Il entend un vieux parler au cuisinier. Ahmed baisse la tête, lui jette un œil ; Pascal se détourne. Ahmed ressert de la soupe à l'ancien qui a dû l'appeler fils, invoquer sa pitié et Allah pour un peu de bouillon supplémentaire. Il ne veut pas voir. Le vieux sera peut-être égorgé cette nuit. Ne pas laisser des hommes aussi dangereux reprendre le combat. La vie de citoyens français est en jeu, nos hectares de vignes et nos routes goudronnées.

– Pascal, ti veux un peu di frichti pour li chiens ?

Ahmed sourit. Il progresse en français. Les Algériens ont le sens de l'humour.

– Li vieux il a sept enfants, i quatre fils. Ti crois quoi, quand il i mort qui si fils y vont faire ?

Ahmed repasse le portail et regagne la grange pour préparer la nourriture des soldats français. Pascal attend la relève et tourne le dos aux cellules. Rubio n'est pas là, on est dimanche, il rend visite à sa fiancée. Sait-elle ce que son champion de boxe fait au DOP ? Rubio vient parfois boire une bière dans les quartiers du commando, trinquer avec ses admirateurs. Pascal, Casta et Chapel le fuient. Le caporal-chef Colona l'ignore. Quand il n'est pas à table, à la maison pour recevoir ses ordres du lieutenant ou bien en opération, le chef ne sort pas de sa cahute. Il picole. Colona leur sauve la vie quand ils partent crapahuter. Il leur a dit :

– Les gars, l'armée, c'est mon boulot, je vais pas crever ici, alors on fait gaffe, on va pas chercher la merde. On suit les ordres du lieutenant, mais s'il est pas nécessaire de se mouiller, si c'est moi qui choisis, c'est ce qu'on fera. Je suis pas là pour crever ni voir un de vous se faire descendre.

C'est un homme fini, bouffé par l'alcool, mais un militaire capable. Les bouteilles de whisky négociées au magasin d'Orléansville sont pour lui, de temps en temps il paie sa tournée ; aux retours d'opérations.

Ils ne sortent pas beaucoup, uniquement pour des missions proches de la Ferme. Les renseignements obtenus dans tous les DOP du pays sont envoyés et centralisés à Alger, grâce à un réseau radio indépendant des fréquences ordinaires de l'armée. Le renseignement est le nerf de cette guerre, plus l'armée en sait, plus elle empire.

Leur mission est avant tout de surveiller le DOP, ses prisonniers et ses secrets. Après sa première nuit ici, passée à écouter les hurlements inhumains, le lieutenant Perret, un engagé du deuxième bureau, a reçu Verini. Interdiction de parler à quiconque de ce qu'il fait et voit dans le détachement. Secret militaire. Après, Verini ne l'a plus vu que de loin. Le lieutenant ne vient jamais jusqu'aux granges, domaine exclusif de Colona. L'officier Pradel, de la Judiciaire d'Orléansville, prend l'air dans la cour de la maison, fume des cigarettes et n'adresse la parole à personne. Il est pâle, paraît fragile et écœuré. Il revient chaque lundi, résigné. Il est là pour d'étranges raisons juridiques : il représente le droit républicain dans la salle d'interrogatoire. Une absurdité qu'il ne goûte pas beaucoup. Au sein de l'armée le flic a grade de sergent-chef, des primes de risque et un meilleur salaire. Un médecin du centre vient parfois s'occuper d'un prisonnier mal en point, qui a encore des choses à dire. C'est un médecin militaire. Un soir, Colona, attaqué au whisky, a déclaré qu'un toubib avait gueulé à cause de l'état dans lequel il avait trouvé un fell. Il n'était pas revenu, un autre l'avait remplacé depuis.

Tous les hommes du DOP ont des laissez-passer permanents, pour circuler de jour comme de nuit. Le droit de se déplacer en civil, et en civil de porter leurs armes. Ils ont des tenues régulières auxquelles s'ajoute un béret noir, que certains arborent fièrement en ville : le béret du deuxième bureau. Verini, Casta et Chapel le fourrent dans leur poche. Tout le monde sait, au camp d'Orléansville, ce qui se passe dans ces détachements. Personne n'en parle.

Verini termine sa garde. Un appelé le remplace. Christophe est là depuis deux mois et s'est littéralement décomposé. La mine grise, les yeux creux. Il est terrifié, attache sur tout le monde un drôle de regard. Entre ses mains, son fusil automatique est inquiétant, il n'y fait pas attention et sans cesse, en parlant, le braque sur son interlocuteur. Chaque semaine il demande une nouvelle affectation à Colona, qui lui promet d'en parler à Perret. Mais Christophe n'obtient jamais de réponse. Parfois, ses cauchemars le réveillent en hurlant. Par peur ou manque de résistance, il s'est rallié à la meute.

Pascal s'assoit sur son lit, relit une lettre de son oncle, qui écrit que ses parents pensent à lui. Ses parents qui ne lui écrivent pas. Il a envoyé deux lettres, à Nanterre et à Puteaux. Les consignes sont strictes : pas de détails, de sigles, de lieux. Les courriers sont étrangement vides alors qu'ils ont tant à dire. Censure, manque de mots. Les lettres sont ouvertes et lues : si quelque chose cloche, convocation chez le lieutenant. Les lettres d'appelés commencent par de pudiques « Tout va bien ici », et se terminent par des « Je pense à vous ». Ceux qui les lisent, en France, doivent croire que rien de terrible ne se passe en Algérie.

En France non plus il ne se passe rien, les courriers qui arrivent de métropole commencent et se terminent de la même façon ; ils sont lus aussi.

Il espère une lettre de Christine, et pense en même temps à l'Algérienne qu'il a rencontrée au bordel d'Orléansville. C'était la première fois qu'il allait aux putes. Le naturel avec lequel la plupart des appelés y allaient l'a empêché de se poser des questions. Avec l'argent de la solde, il n'y a pas grand-chose de mieux à faire.

Demain matin, pour le ravitaillement, il prend la piste avec Casta ; ils sont libres l'après-midi. Ils rentreront juste avant la nuit. Et il pense à Adila. Il ne se fait pas d'illusion, mais peut-être qu'elle se souviendra de lui.

La patrouille rentre de mission. Six hommes, plus un autre, prisonnier. La trentaine, assez grand et la peau claire, probablement un Kabyle. Plutôt calme, ses vêtements sont couverts de poussière, mais il ne porte aucune trace de coups. Colona veille à ce que les opérations se passent le mieux possible. Le prisonnier est enfermé dans une cellule, puis le chef va faire son rapport à Perret.

Pascal se réjouit de revoir Chapel et Casta. Il leur tend une cigarette.

Les visages fatigués se détendent. Il faut des heures pour reprendre pied dans l'univers plus sûr de la Ferme. À la veillée, autour d'une bière, Verini les écoutera raconter comment ça s'est passé, où ils ont été, ce qu'ils ont vu et fait, qui est le prisonnier.

Tout ce qui ressemble à la vie normale est chéri. La peur ralentissant le temps, la vie devient un rituel chronométré et les habitudes le meilleur exorcisme possible. On se blottit dans une routine. Le prix de ce réconfort est un ennui désespérant, lui-même étrangement choyé, comme une sécurité. Cela fait deux mois que Verini est au DOP, il a l'impression de s'être retrouvé mille fois déjà devant ce brasero, retournant les côtes d'agneau en train de griller. Ils sont installés dehors dans la cour des granges et ouvrent des canettes. Casta et Chapel racontent.

Ils sont passés par la « résidence secondaire », la maison en torchis, dans le djebel Rannsou, qui sert de planque ; on y laisse quelques rations de bouffe et des boîtes de conserve, ils y passent parfois la nuit. Facile à surveiller et plus confortable que les cailloux à la belle étoile. Surtout depuis que les nuits fraîchissent (Ahmed prétend qu'ici il neige et que la glace recouvre tout en hiver ; Pascal ne le croit pas). Une surprise les y attendait. Les boîtes de corned-beef avaient disparu. La maison n'est pas dans une zone interdite, vidée de sa population, mais les activités rebelle et française sont telles que tout le monde a fui le coin. Ils n'ont pas bien dormi. À part des fells, qui d'autre a pu y venir ?

Colona savait où cueillir le prisonnier. Dans la cave, quelqu'un avait dû donner les bons renseignements. Deux heures avant l'aube, sur la piste du col, ils sont tombés sur lui, déguisé en femme guidant un âne chargé de bois. Chapel mord dans une côte.

– Ce con de Paul a descendu le bourricot.

Casta acquiesce.

– Ouais, ce débile lui a tiré une balle dans le front en se marrant. Colona lui a passé un de ces savons ! Il est corse, l'adju, sentimental avec les ânes. Le prisonnier, il a pas bougé. D'habitude, quand y a un tir, les mecs ça les rend nerveux, eh bé lui ! rien, pas bougé.

– Les autres se foutaient de sa robe de femme, il l'a enlevée tranquillement, sans qu'on lui demande, et il l'a jetée sur l'âne mort. Il a pas prononcé un mot depuis qu'on lui est tombé dessus.

Chapel jette son os au vieux chien à moitié aveugle de la Ferme, qui traîne toujours dans leurs jambes. Il perd ses poils et tout le monde l'appelle le chien, les plus drôles le bougnoule. Ses maîtres, rentrés en métropole, l'ont abandonné avec le matériel agricole. Il aboie, parfois, sans qu'on sache vraiment ce qu'il a entendu, en pleine nuit comme en plein jour. Ceux qu'il réveille plaisantent et disent qu'ils vont l'abattre. Mais peut-être a-t-il entendu quelqu'un approcher ; alors on tend l'oreille, le temps de se rendormir. Pascal lui jette un os.

– Et merde.

Rubio pousse la grille, « Salut les gars », et entre dans la grange des appelés. Costaud, un mètre soixante-quinze pour quatre-vingts kilos environ. Il n'a pas encore trente ans et ses cheveux noirs au dessin pointu lui descendent sur le front ; quand il sort de la cave, le matin, ses joues et son menton sont bleus de poils. Son physique et sa voix font parfois oublier qu'il n'est pas bête.

Les trois « Non » baissent la tête. Les discussions commencent entre Rubio et son fan-club. En ville il joue les cadors, fort de sa réputation de boxeur et de celle, récente, de travailler ici. Une grande gueule trop utile pour qu'on se passe de ses services.

Rubio éclate de rire.

Il ressort de la grange en beuglant qu'il a du boulot, que le nouveau l'attend. La nuit est tombée. Il salue le groupe des *gauchistes*. Un surnom étrange. Chapel n'a jamais fait de politique, il a seulement ses propres idées. Casta, malgré son allure de truand, trimballe une conscience de catho, héréditaire dans son île ; il n'a pas vraiment d'opinion politique. Verini est un anar non pratiquant, qui lit des livres de petit-bourgeois. Leur point commun, en vérité, ce sont les accrochages avec la hiérarchie.

Gauchistes donc, pour réfractaires.

Jusqu'en 1956, Rubio était contremaître dans une grande ferme du coin. Il connaît bien l'âme des Arabes et peut dire, lui, qu'il fait tout ce qu'il peut pour l'Algérie française. Quand l'interprète parle de l'Espagne de son père, c'est celle de Franco ; de la France, il ne connaît que la version africaine, de l'Algérie que sa version française.

Verini pense au nouveau prisonnier et regrette de l'avoir vu. Ne jamais regarder les prisonniers.

Ahmed leur propose du vin. Il est le seul supplétif à rester dehors après le couvre-feu réglementaire pour les Algériens ; huit heures du soir, après la prière et un repas rapide. Ils dorment dans la petite grange aux fenêtres murées. La porte a été renforcée, pour éviter d'avoir à monter la garde. Ahmed doit être bouclé à vingt-deux heures, par celui qui prend le deuxième tour de garde.

Ce soir, c'est Verini. Ses deux amis vont se coucher, épuisés par leur sortie. Il attend son tour, de dix heures à minuit; puis de deux heures du matin à quatre heures.

Ahmed reste à ses côtés. Il est un peu nerveux.

– Qu'est-ce qu'y a?

Ahmed demande poliment s'il ira demain à Orléansville, avec eux.

– Ouais, comme d'habitude. Pourquoi?

Pascal est attentif aux humeurs d'Ahmed, surtout depuis qu'il fait des blagues à propos du FLN.

– Pascal, mon frère, est-ce que ti peux m'emminer au bordel?

– Quoi?

Pascal pouffe.

– Mais tu peux y aller tout seul, t'as pas besoin de moi.

Tout gêné, Ahmed bafouille que oui, il peut aller au bordel seul, le bordel pour les musulmans, mais ce qu'il voudrait, c'est aller avec une Blanche.

Pascal rigole, il verra ce qu'il peut faire.

Le chien aboie. Colona revient de son tour d'inspection des postes de garde.

– Verini, au boulot, mon gars.

Cette nuit, sa garde est du côté de la maison et du mur aveugle, celui du soupirail. Il se lève et fait signe à Ahmed de le suivre; il pense à Adila qu'il verra sans doute demain. Peut-être qu'elle connaît une pute blanche qui accepterait de monter avec Ahmed?

Pascal fait entrer le petit cuistot algérien, et referme derrière lui la porte de la grange des retournés. Il boucle la chaîne avec le cadenas. Ces gestes lui répugnent.

Personne ne sait ce qui se passe la nuit dans ce bâtiment, de quoi parlent ces hommes.

Comment Ahmed – le seul à recevoir de l'argent, à quitter le camp et à partager la vie des Français – est-il perçu par les autres ? Devenu supplétif après la cave, il demeure suspect. Pour les deux camps. Un de ses fils est chez les fellaghas. Il vit avec ses tortionnaires et craint à chaque opération qu'un homme à qui il sert à manger n'abatte son rejeton ; ou qu'il soit fait prisonnier et passe entre les mains de Rubio.

Verini tourne le coin du mur après avoir sifflé, pour ne pas effrayer Roger et se faire allumer au PM. Il lui offre une cigarette qu'il pourra fumer en retournant à la grange. Roger est à la traîne de Rubio, Paul et Henri. Pas le pire, mais une jugeote de tracteur et aussi raciste qu'on lui a appris à l'être. Ils n'échangent aucun mot, ils se reverront à minuit. Ils se voient toute la journée et n'ont rien à se dire.

Pascal attend quelques minutes dans le noir, puis rejoint une cahute abandonnée à une dizaine de mètres du mur, du côté des orangers. Il passe son fusil en bandoulière, attrape une branche basse, se hisse dans l'arbre puis jusqu'au toit de la cabane à outils. Pascal préfère se percher là-haut plutôt que de rester au pied du mur, ainsi que le font les sentinelles depuis des mois.

Le cabanon est éloigné du soupirail, mais les briques entassées pour le boucher n'y suffisent pas. Il n'est pas sur son perchoir depuis dix minutes qu'il entend le premier cri. La surprise d'une faible décharge. Quand Rubio est en forme, on entend ses ahanements d'ici, quand il tourne la gégène. Pascal s'en veut de penser qu'il préférerait la baignoire. Ceux qu'on noie au tuyau d'arrosage font moins de bruit.

Mais Rubio et Perret ont une préférence pour l'électricité, plus facile pour poser en même temps les questions, et moins fatigant. Pour eux la baignoire ne fait pas assez de bruit. Des oreilles rôdent autour de la Ferme. C'est une guerre psychologique.

Verini scrute la nuit, tend l'oreille en direction des arbres.

Le Kabyle hurle de plus en plus fort.

⁂

La piste. Pascal, fatigué par sa nuit de garde, s'accroche au volant. Sylvain et Ahmed aux poignées. Le moteur du GMC monte dans les tours. La consigne, en cas de tir ou d'explosion, est de braquer à fond du côté du mur de roche, serrer le frein à main, sauter du camion et courir se planquer dans le ravin.

À la sortie du rétrécissement, ils soufflent un peu. Depuis quelque temps, les fells sont moins actifs dans le secteur. La bataille d'Alger, menée par les paras dans la zone autonome d'Alger, et les arrestations des chefs de la résistance dans la capitale bousculent l'organisation de la wilaya IV dont Orléansville fait partie. L'accalmie est passagère, peut aussi bien prendre fin aujourd'hui. Comme les autres appelés, Verini ne sait rien de ces stratégies ; sous la peau, le danger est le même, imaginaire ou réel. Sur la piste dégagée il roule le plus vite possible, le pont qui enjambe le fleuve Chélif, celui de la Ferme, est en vue.

Le camion est abandonné devant le magasin du camp, les trois hommes sautent dans une Jeep qu'un officier de liaison conduit au centre-ville. Il les dépose au grand café de la Rotonde. D'autres militaires sont en terrasse, des civils également, pas de femmes. Les Français d'Algérie sont aimables, engagent la conversation et cachent leurs filles. Bientôt, l'issue de la guerre plus incertaine, les pieds-noirs sans argent feront tout pour les caser dans les bras d'un militaire, dans l'espoir de les marier en France.

Casta paie la première tournée. Ahmed prend une

bière. Il boit très rarement, mais aujourd'hui il est sur des charbons ardents. Verini doit l'aider à entrer au bordel.

Il leur faut plusieurs verres pour oublier la tension du trajet, le prix à payer pour profiter de ce répit, loin du DOP et des autres. Ils trinquent à Chapel coincé là-bas.

Les rues sont calmes, les bombes n'explosent pas dans Orléansville. Les gens travaillent, ouvrent leur boutique, déjeunent et discutent. Les musulmans sont là, à leur place, et tout glisse, dans une méfiance constante. Chaque mouvement est surveillé du coin de l'œil par les militaires. Le terrorisme est une guerre de nulle part qui frappe les esprits où qu'ils soient. Les MAT 49 pendent aux dossiers des chaises.

Pascal propose un dernier verre. Ahmed, éméché, ricane comme un môme, jusqu'à ce que son rire attire l'attention sur leur table. Ils quittent la Rotonde et se cotisent pour payer un taxi jusqu'au boxon, à la périphérie de la ville.

Ce n'est pas un bordel de l'armée, même si les appelés en font largement usage. Des prostituées françaises, plus très jeunes. L'Algérie est une terre de commerce pour la pègre, comme n'importe quel département français. Quelques Algériennes aussi, les plus jolies. Filles de familles misérables qui savent d'où vient l'argent qu'elles rapportent. Certaines sont même mariées. Leurs époux partagent la paie avec le bordel.

La direction est française, le service d'ordre algérien et ne se permet pas de familiarité avec les clients blancs et les militaires, souvent armés. Pascal et Sylvain portent leur pistolet automatique à la ceinture, les PM à l'épaule. Un conseil de Colona, qui parle de « nids à punaises », aussi bien à propos des lits que des boxifs presque toujours infiltrés. À Alger, plusieurs maisons ont été attaquées à la grenade par les terroristes.

De l'autre côté de l'immeuble, le coin réservé aux musulmans ; des Algériennes, exclusivement, travaillent à la chaîne derrière des couvertures tendues. Le portier fait la grimace mais laisse passer Ahmed, puisqu'il est accompagné par deux militaires. Le grand bar du rez-de-chaussée est assez animé pour un après-midi. Un tube de Paul Anka crachote du côté du juke-box, des filles attifées à l'orientale ou à la française tournoient autour de mirlos déjà saouls. Et puis il y a les timides, fils de la campagne, gourds et les joues rouges, que les filles poussent dans les escaliers en se moquant. Derrière la caisse, la taulière, une Française de soixante berges, les accueille en jetant un regard mi-figue mi-raisin à Ahmed.

Casta a une petite amie à Bastia. Il boit deux autres verres avant de monter avec une Française. Pascal demande Adila, et la gérante lui annonce qu'il doit patienter. Il se penche par-dessus le bar.

– Dites, j'aurais un service à vous demander.

Ahmed est mal à l'aise. La négociation avec la patronne aboutit.

– Mais pas dans une chambre, dans les tentes. Je lui envoie une fille qui fait les crouilles. Pas question qu'il fasse ça ici.

Ahmed va sauter sa Blanche, il se fout du mépris de la patronne et Pascal se marre, en imaginant la tronche de la Blanche *qui fait les crouilles*. L'Algérien fonce derrière le bordel. Verini ne boit plus ; non qu'il n'en ait pas envie, mais il faudra reprendre la route, la piste et le ravin.

Un appelé descend les escaliers, la patronne lui jette un coup d'œil.

– Tu peux y aller, beau gosse.

Il monte.

Adila se souvient de lui ; après le sexe, ils parlent un peu. Ils ont presque le même âge, elle a vingt-trois ans, elle parle bien français et sa famille vit à Oran. Son mari, chauffeur de taxi à Orléansville, était plus vieux qu'elle. Quelques mois auparavant, on l'a égorgé, sans que l'on ait réussi à en déterminer la cause : son statut de maquereau, s'il travaillait pour les Français ou le FLN, s'il avait quoi que ce soit à voir avec la guerre. Quand elle le questionne à son tour, il ne parle pas de Christine. Il est seul. La jeune femme lui déclare qu'elle l'aime bien et il ne peut rien faire d'autre que de la croire.

– Tu sais, à Paris, je voulais devenir taxi. Comme ton mari.

Adila sourit.

Il reviendra. L'heure a tourné. Il doit partir, rentrer au camp.

Casta a picolé, il est saoul quand ils sortent. Ahmed les attend dehors. Ils reprennent un taxi. Le soleil fait tourner l'alcool et la frustration dans les têtes.

Sylvain roupille dans le camion pendant que Pascal achète deux bouteilles de whisky pour Colona et charge les bouteillons avec Ahmed. Puis ils reprennent la route. Ils ont tardé, la lumière baisse sur la piste et le vent froid traverse la carrosserie rudimentaire de la cabine. Pour se revigorer ils tentent de plaisanter. Ahmed a couché avec la France, Verini avec l'Algérie. La trahison est douce, même si Ahmed se plaint un peu de l'âge de sa concubine.

Casta ouvre les yeux quand les premiers chaos font tressauter sa tête contre la vitre. Il sort de son sommeil vaseux, découvre la piste jaune et serre violemment le MAT 49 sur son ventre. Les brouillards de l'alcool se dissipent en quelques secondes. Le ravin. Ahmed scrute les rochers et la piste. Verini accélère, il a un mauvais pressentiment et observe ses deux compagnons. Casta écrase la crosse de son PM, sécurité enfoncée. Tous les trois retrouvent la réalité avec une charge de peur supplémentaire. Coupables de s'être évadés une poignée d'heures. La divinité de la guerre punit les incroyants, les insouciants et les trouillards.

Verini extrait son automatique de son étui, abaisse le cran de sécurité et le tend à Ahmed. L'Algérien n'a pas le droit de porter une arme, il se tourne vers Casta. Le regard du Corse accroche celui de Verini, qui acquiesce silencieusement. Ahmed prend le pistolet et le laisse pendre entre ses jambes, les deux mains sur la crosse. Pascal pulvérise le record des Fangio, récupère trois fois, *in extremis*, le GMC qui se déporte vers le ravin. Mais aucun ne trouve que cela va assez vite. Les bouteillons, mal attachés, rebondissent sur le plateau. Le soleil bas étire des ombres profondes, des gouffres, dans les rochers et sur la route. Casta hurle :

– À gauche !

Le camion fait une embardée, l'aile avant racle le talus, Verini redresse sans ralentir. Ils ont évité une ombre, un trou, une mine, un caillou, ils n'en savent rien.

Ils sortent du goulet, roulent de plus en plus vite, attaquent sans ralentir la montée du chemin vers la Ferme, et décélèrent enfin en apercevant les bâtiments. Ahmed rend le MAC 50, et, tête basse, remercie. Dans une attaque, aurait-il choisi son camp ? Tout le monde semble croire que oui, mais le vieil Arabe a des frissons.

Paul est de garde dans l'orangeraie. Il salue de la main le passage du camion, Verini répond à peine d'un signe de tête.

Retour au détachement.

7

1er juillet 2009

George vérifia l'heure, jeta un coup d'œil au palier, tendit l'oreille. Il frappa trois fois et recula d'un pas.

– C'est pour quoi ?

Il enfonça la porte d'un coup d'épaule. Vasquez la reçut en plein visage.

Encore des rangées de bouquins sur les murs. Vasquez, la main sur le nez, trébucha, tomba sur le cul, se releva et partit en courant. Son sprint aveugle se termina contre son bureau, qu'il emporta dans sa chute avec un ordinateur et des dossiers cartonnés. Il s'écrasa contre un plateau d'étagère et reçut une pluie de volumes sur la tête. Il en saisit un au hasard, le lança derrière lui. Le livre passa au-dessus de la tête de Crozat, décrocha un cadre et renversa quelques bibelots. Vasquez se traînait vers la fenêtre, sans doute pour essayer de l'ouvrir et crier. Trop lent.

Crozat agrippa sa cheville et le tira au milieu de la pièce, des ongles crissèrent sur le parquet. George grogna, empoigna la jambe à deux mains et envoya le type voler contre une bibliothèque. Avant qu'il ait repris ses esprits, un genou lui enfonçait le plexus et les coups commencèrent à tomber. En quelques secondes les pommettes étaient à vif et Vasquez tomba dans les vapes. George arrêta de cogner, ôta son sweat-shirt noir, s'essuya les mains et noua le vêtement autour de sa taille. Ils avaient fait beaucoup de bruit. Le Mur écouta, aux aguets, avant de ressortir.

Tee-shirt rouge, jogging et casquette, il tourna à droite rue de Clignancourt et partit en petites foulées. Dix-neuf heures dix : si Scheffer ne changeait pas ses habitudes, il était dans les temps.

Deux semaines de repérage et de préparation.

Vingt minutes pour rallier la rue Lacroix, derrière le cimetière de Montmartre. Une promenade.

Il se coula sur les trottoirs et tint le rythme, sans accélérer ni ralentir, jusque dans le 17e.

Dix-neuf heures vingt-sept, il passa la porte cochère dont le code ne fonctionnait qu'à partir de vingt heures, tourna à droite dans la cour intérieure, le visage à l'abri de sa visière, et poussa la porte du local à poubelles, qu'il laissa entrebâillée. Il se posta de biais pour surveiller la porte cochère, la cour en enfilade et, en face, le garage à vélos. Si Scheffer était rentré plus tôt, pas moyen de le savoir, il fallait attendre. Il retrouvait doucement son souffle. Scheffer avait des horaires fluctuants, mais s'était montré gentiment ponctuel depuis dix jours.

À trente et un la porte s'ouvrit. Une femme entra dans la cour en poussant un vélo. George recula vers les containers, des mouches s'envolèrent et se posèrent sur son visage humide de transpiration. Il entendit les roulements des pignons cliqueter à vide et résonner dans la cour. Le grincement de la porte des parcs à vélos, puis le bruit d'une chaîne d'antivol et quelques jurons. La serrure du cadenas ne se laissait pas faire.

– Vous voulez de l'aide ?

George sursauta. Scheffer avait dû entrer juste derrière, il ne l'avait pas entendu. Son vélo était appuyé contre le mur du dépotoir, la roue avant en travers de la porte. Il s'escrima un moment sur le cadenas de sa voisine, râla à son tour en restant poli et déclara forfait.

– Il est grippé.

– Ce n'est pas grave, je dirai à Denis de s'en occuper demain, on ne va pas me le voler ici de toute façon.

– Vous voulez que je l'attache avec le mien ? Je pars tôt demain, je le détacherai.

– Ah ? Pourquoi pas.

– Je m'en occupe.

– Merci, merci beaucoup. Bonne soirée.

– De rien, bonne soirée.

Des pas s'éloignèrent. À genoux, le type s'agaçait à coller les deux vélos ensemble et à boucler la chaîne. Des épaules larges, le crâne dégarni, vingt kilos de plus que Vasquez. Il faudrait de la force, la surprise ne suffirait pas. George recula et prit son élan. Scheffer était un sportif, il l'avait repéré à ses jambes, et il avait des réflexes. L'homme pivota sur lui-même et son pull glissa des mains de Crozat. Aussitôt Scheffer se mit en garde.

– Qu'est-ce que vous voulez ?

George cligna des yeux, vit les poings levés, et bascula. Garde oblique.

– Qui êtes-vous ? Qu'est-ce...

Petit pas de côté, flexion du buste. Hypnotisé, Scheffer suivit des yeux la tête de George, et prit un direct du droit dans le nez. Sa tête partit en arrière, les cartilages du nez avaient craqué et ses yeux se révulsèrent. Avant qu'il puisse crier, sa bouche fut écrasée par un autre direct plus violent. Sa lèvre supérieure se déchira jusqu'à la racine du nez. Saisi à la nuque, propulsé dans le réduit à poubelles, Scheffer roula au sol et Crozat se jeta sur lui. Il le maintint au sol en frappant de toutes ses forces.

– Qu'est-ce que tu crois, ducon ! Hein ? Qu'est-ce que tu crois ? Hein ?

La tête ricochait entre ses poings et le béton.

– Que tu vas me toucher ? Hein, connard ? Que tu vas m'en coller une ?

Des éclaboussures tièdes volaient sur ses avant-bras. Lorsqu'il s'arrêta, ses mains étaient poisseuses jusqu'aux poignets. Essoufflé, les jointures douloureuses, il tomba à la renverse et recula jusqu'au mur. Immobile sur le dos, la respiration sifflante, Scheffer eut un réflexe de la glotte et ses muscles thoraciques expulsèrent une pleine bouche de sang. Si on ne l'allongeait pas sur le côté, il allait s'étouffer. George se redressa, saisit une épaule et commença à tirer. Le corps pesait lourd. La voix le tétanisa.

– Monsieur Scheffer ?

La voisine était revenue sur ses pas.

– Monsieur Scheffer ? J'ai entendu du bruit, vous vous êtes fait mal ?

Des mouches se posaient déjà sur le visage ravagé, suçant le sang dans les plaies. George lâcha Scheffer. Sa tête roula sur le côté, désarticulée, nez et dents collés au béton.

Elle hésitait entre les deux portes, se pencha dans le local à vélos, appela une nouvelle fois, avança vers les poubelles et poussa la porte du bout des doigts. Un triangle de lumière grandit sur le sol, des pieds jusqu'à la tête du corps étendu.

Elle étrangla un cri, au bord de vomir. George fut pris de panique en découvrant le visage défiguré, dégoulinant, en pleine lumière. Il se tassa un peu plus sur lui-même. La femme devina sa présence, se figea en croisant le regard du molosse recroquevillé.

Elle fit un pas en arrière, avant de partir en courant et de se mettre à crier. George enjamba le corps, décanilla pendant que la voisine appelait l'immeuble à l'aide.

Il piqua un sprint jusqu'à la place Clichy, semant la panique sur les trottoirs. Il bifurqua dans une petite rue, tourna dix fois à gauche, dix fois à droite, et lorsqu'il ne sut plus où il était, à bout de souffle, s'écroula sur le pas d'une porte.

Mille deux cents euros.

Quatre nuits avec Mireille.

Avec son pull il s'essuya le visage et les mains, avant de repartir en petites foulées.

⁂

Il aurait préféré que Scheffer soit mort et qu'on n'en parle pas. Ou qu'on n'en parle pas et que lui-même soit mort. Qu'on n'en parle pas, que ça reste entre eux, entre lui et Roman et les autres, que ceux qui ne pouvaient pas comprendre ne s'en mêlent pas.

Sur le journal ouvert, la photo en première page d'un lit d'hôpital, et la tête couverte de bandages de Scheffer, des tuyaux dans le nez et la bouche.

Coma.

Deux journalistes indépendants, Louis Scheffer et Pierre Vasquez, violemment molestés à Paris.

Pierre Vasquez, moins grièvement blessé, a répondu à nos questions. Selon lui, il ne fait pas de doute que l'agression est liée à leur travail : « Des méthodes dignes d'un régime fasciste. » Suite page…

La PJ avait ouvert une enquête. Les premiers témoignages et la simultanéité jetaient le trouble, deux hommes qui se ressemblaient vaguement, des similitudes probablement voulues. L'hypothèse retenue était celle de plusieurs agresseurs, et d'une opération chronométrée.

La presse se déchaînait. On ne touchait pas impunément à l'un des leurs. Vasquez, en état de choc, souffrait de contusions. Scheffer était toujours dans un coma profond dont les toubibs ne savaient pas comment il sortirait ; aucun pronostic n'était avancé. Les deux reporters étaient en train de terminer la rédaction d'un livre sur une vieille affaire criminelle, remontant à 1974, mettant en cause un ancien élu du Front national, Jean-Jacques Susini, proche de M. Lagaillarde et du général Salan, intime de Jean-Marie Le Pen et cofondateur de l'OAS en 1961 ; il s'agissait de la disparition d'un trésorier clandestin de l'Organisation de l'armée secrète, Raymond Gorel. Scheffer et Vasquez prétendaient avoir de nouvelles pistes et des éléments à charge concernant cette affaire non élucidée. Le livre devait sortir dans quelques semaines et M. Vasquez insistait : inutile de chercher ailleurs les raisons de leur agression, preuve que « La France de l'Algérie française n'est pas encore enterrée ».

1974 ? OAS ?

Quarante-huit heures de fièvre. Crozat, porté pâle, se traîna deux jours de son lit aux chiottes, où il se vidait. Sans nouvelles de Roman, n'osant plus écouter la radio ni lire les journaux, il finit par appeler Mireille. Il débarqua à l'hôtel en milieu d'après-midi et demanda une simple passe comme un junky en manque.

Il s'assit sur le lit sans même se déshabiller. Le papier peint fleuri se décollait, tiré en ailes avachies par la chaleur de juillet. Mireille essaya de l'aguicher, mais rien n'y fit. George fixait le vide avec un appétit nihiliste.

– Qu'est-ce qui t'a'ives, Doudou ? Qu'est-ce qui t'a mis dans cet état, hein, Doudou ?

Elle l'allongea et lui massa le dos en susurrant des saloperies, mais George ne desserra pas les mâchoires.

À force de caresses et de malaxage il se laissa amadouer, mais la bagatelle ne le tentait toujours pas. Mireille était en petite tenue, assise sur ses jambes, et ce qui lui plaisait c'était les ongles fouillant ses muscles courbaturés, le poids des grosses fesses comprimant ses cuisses.

– Mireille, t'as des gosses ?

– Pou'quoi tu veux savoi' Geo'ge? C'est pas une question pou' passer une heu'e d'amou', ché'i.

– Comme ça, juste comme ça.

– J'ai t'ois enfants. Des ga'çons.

– T'as un mari?

Mireille arrêta son massage.

– Doudou, tu vas pas nous gâcher la passe, là?

– Pardon, c'est pas ce que je voulais dire. Je veux juste savoir si t'es…

– Ché'i, t'occupe pas de moi. Je suis là pou' toi. Si tu veux pa'ler, c'est bon, mais pas les questions.

Elle eut un petit rire gêné et recommença à masser.

– C'est bien, une famille, murmura George.

– C'est v'ai ça. Et toi Doudou, tu as une famille?

George ferma les yeux.

Mireille fit glisser ses ongles aiguisés le long de sa colonne. George sentit dans son ventre une décharge électrique.

– Tou'ne-toi, Doudou, on va pa'ler d'aut'e chose.

Mireille leva ses grosses fesses, George se retourna sur le dos. Elle serra le vieux boxeur entre ses jambes et se mit à onduler des hanches. Il ferma les yeux et se laissa faire, se réchauffant à l'idée d'un couple de vieux amants mariés, elle à la pègre, lui à la solitude. Le prix de la passe lui épargnait même les exigences d'un coït fougueux. Plus rien derrière ses paupières, pas de journaux ni d'odeurs de poubelles.

Aussi pourrie fût-elle, la piaule était préférable à la réalité : il pouvait fermer les yeux. Il descendit l'escalier en pensant au boulot, à l'affaire Scheffer-Vasquez que son orgasme sec n'avait effacée qu'un instant, à Toni Esperanza qui l'attendait dans deux semaines au coin du ring, aux enquêteurs qui interrogeaient les voisins des deux journalistes, à la femme qui l'avait regardé dans les yeux, à l'horreur qu'il lui avait inspirée. En débouchant dans la rue, il frissonna.

Accoudé à la vitre ouverte, fumant une cigarette, il vit Roman installé dans une voiture banalisée, garée en face de l'hôtel. Cette fois il était seul, une main pendant sur le volant. George eut l'impression qu'il connaissait jusqu'à l'heure précise à laquelle il sortirait de l'hôtel.

Il rentra la tête dans ses épaules et traversa la rue.

– Monte, Crozat, faut qu'on parle.

Roman jeta son mégot par la fenêtre et plongea sur le périphérique extérieur.

– T'as passé un bon moment ?

George ne répondit pas.

– Ça fait toujours du bien de tirer un coup. Un peu de sport en chambre, un petit massage, on discute de tout et de rien avec une pute, on se vide la tête. Pas trop de confidences sur l'oreiller, hein ? Faudrait pas se laisser aller à ce point. Qu'est-ce que t'en dis, George ?

– Je viens pas là pour parler.

– Je m'en doute, t'es pas un bavard. Elle te fait le tarif maison ?

– Le tarif des bons clients.

Entre leurs épaules, à peine la place de glisser un livre.

– Tu lui as pas dit que t'étais flic ? T'aurais dû, c'est plus facile de négocier. Mais c'est vrai que tu roules sur l'or en ce moment, pas vrai ?

George avait des rasoirs dans la bouche.

– OK, on est pas là pour parler fesses. T'as vu les journaux ?

– Mm.

Roman sourit.

– Vasquez est incapable de faire un portrait-robot, t'as été trop rapide. Scheffer est toujours dans le coma et ça m'étonnerait qu'il se souvienne de quelque chose. La femme, celle qui t'a vu chez Scheffer, elle dit que tu fais deux mètres, que t'as les yeux injectés de sang et des poils jusqu'aux oreilles ! Bordel, elle croit qu'elle a vu le yéti !

Il se marrait tout seul, passa à cent vingt devant un radar automatique sans même remarquer le flash.

– L'homme des cavernes ! Un putain de gorille ! Ha ! Son rire s'arrêta net. T'es pas passé loin de tout foirer, Crozat.

– C'était coton, les deux en même temps.

– Vrai, mais ça change rien. On se plante pas quand on bosse pour moi.

George se racla la gorge.

– Je bosse pour toi ?

Roman fixait la route, slalomant dans la circulation.

– C'est tout ce que t'as besoin de savoir. Et si t'as dans l'idée de jouer au con, dis-toi que t'as plus à perdre que tu crois. Pense à tes potes du Ring 14.

Roman sortit une cigarette de son paquet et lui en proposa une.

– Pardon, t'es un vrai sportif, Crozat, et le tabac ça tue, pas vrai ?

Il jeta les Marlboro sur le tableau de bord et continua :

– C'est juste une mise au point. Jusqu'ici je suis content de ton boulot, et y a pas de raison que ça change.

– Je vais pas jouer au con, pas la peine de menacer. Déconne pas avec ça.

– C'est juste pour que ça soit clair entre nous.

– T'es sûr que ça risque rien avec les…

George allait dire « collègues », mais le mot ne passait pas.

– Avec… avec la PJ ?

– T'inquiète, si y a un problème, je m'en occupe. Toi, ton boulot c'est d'aller rendre visite à qui je te dis.

– Vaudrait mieux que j'me mette au vert un moment.

– J'ai encore un boulot, après tu pourras prendre des vacances.

– C'est trop risqué.

– T'avise pas de me lâcher. Si ça sent le roussi, je te préviendrai. Tu bouges pas d'un pouce, tu fais comme je dis. Ça te va, porte de Saint-Cloud ?

Roman avait emmanché la sortie avant de terminer sa phrase. George sur le trottoir, il se pencha vers la portière ouverte et le regarda droit dans les yeux.

– Te fais pas de bile pour les journaux, c'est du vent, ils trouveront rien. Essaie pas de me contacter et reste cool, Crozat.

Quelqu'un était venu chez lui. L'odeur de cigarette surnageait dans celles de son appartement. Pas celle du tabac froid, celle de la fumée.

Il fit le tour des pièces, ouvrit les tiroirs et les placards, vérifia que son arme était là. Des objets déplacés de quelques millimètres peut-être, suffisamment pour avoir des doutes, pas assez pour être certain. Pas une fouille, une visite, cigarette aux lèvres. Il ouvrit la fenêtre pour aérer. Sur l'appui en zinc, un mégot écrasé. Le visiteur n'était pas une bille, pas une trace sur sa porte d'entrée ; le mégot était là pour qu'il ne le rate pas. Un autre avertissement. Roman pouvait lui mettre la main dessus n'importe où, chez lui, au boulot ou dans un hôtel de passe à l'autre bout de Paris ; Roman ou quelqu'un d'autre qui bossait pour lui.

Un mégot de Camel.

Reste cool, Crozat.

Roman était un serpent avec une tête à chaque bout, mais tant que les cognes pataugeaient, pourquoi balancerait-il aux orties une aubaine comme lui ?

Le journal était toujours sur la table, avec la tête enrubannée de Scheffer. George décida d'aller au 14, de suer un peu et de prendre des nouvelles de Paolo et de Marco.

⁂

Le match Crozat-Esperanza était programmé dans dix jours, au Sporting de Fontenay-sous-Bois ; l'affiche commençait à faire du bruit parmi les amateurs. Les jours suivants, l'affaire Vasquez-Scheffer passa de la première aux dernières pages. Vasquez, teigneux, avait tenu des conférences de presse à la chaîne, jusqu'au jour où il accusa la police de légèreté dans la façon dont elle menait l'enquête. Les tribunes ouvertes à ses déclarations se firent aussitôt moins nombreuses. L'agresseur de Scheffer – toujours dans le coma –, était encore considéré comme différent de celui de Vasquez, et n'avait pas été identifié. On avait vu un individu aux cheveux courts, la quarantaine, sortir de l'immeuble de la rue Lacroix. Les témoins ne s'accordèrent jamais sur un portrait-robot cohérent.

George se demandait si Roman avait le bras assez long pour écraser l'enquête ; lui ou ses commanditaires. Peut-être que sa gueule de platane élagué ne permettait vraiment pas de faire un portrait cohérent.

Au bout du compte, ce qui l'inquiétait le plus, c'était le match.

Il ne savait pas comment échapper à cette rencontre ; il ne s'entraînait pas assez, Paolo le harcelait de coups de fil, Marco lui tombait dessus à chaque fois qu'il débarquait au Ring 14, une heure en fin de journée. Il continuait à courir chaque matin, mais tapait dans le sac avec parcimonie et travaillait ses enchaînements au ralenti. Son souffle avait raccourci, et ses jambes, bonnes pour son âge, étaient bien trop lourdes pour un combat. Si la puissance et la technique étaient encore là, son endurance s'était fait la malle.

Quant au regard, il était lent, et les muscles ramollis. Le Portugais hurlait des messages à son répondeur :

– Bordel qu'est-ce que tu fous, George ? On commence à jaser, y disent que t'es pas prêt et j'ai plus d'arguments ! Merde, les mecs qui te voient sur le ring se marrent, y a plus personne pour croire que tu peux tenir une reprise ! George, putain ! Qu'est-ce que tu fous ?

D'une façon ou d'une autre, dans dix jours, on lui foutrait la paix avec sa carrière.

George posa des congés, Bergolio lui accorda une semaine sans discuter.

– Vous avez une sale tête, Crozat, je me demande si une semaine sera suffisante. C'est sérieux, cette histoire, que vous avez un combat bientôt ?

– Mm.

– Ça va mieux avec la commission ? Finies ces histoires ?

– Ouais.

– Vous allez vous faire massacrer.

– Vous voulez une place ?

Bergolio avait levé la tête de ses papiers en souriant.

– Vous voulez prendre un mois ?

George ne dit pas à Paolo qu'il avait pris une semaine, ne s'entraîna plus et resta chez lui. Il passa une nuit avec Mireille, une seconde avec une autre fille, une Blanche plus jeune, mais se sentit moins à l'aise. Mireille faisait partie du contrat qu'il avait passé avec lui-même : se tailler, dans la tiédeur, une vie différente après son dernier match, une existence minable mais dont il pourrait profiter sans contrepartie. « Toni et moi, on va remettre tout à plat, le passé et l'avenir. » Il virait mystique, à siroter toute la journée des Löwenbraü dans sa cuisine, comme d'autres boxeurs avant lui, détruits par les coups et la peur.

Quand les journaux en eurent fini avec les deux journalistes, le jour où ils n'en dirent plus un mot, il trouva une enveloppe dans sa boîte aux lettres. Roman mettait de l'huile dans la machine : il avait ajouté deux billets de cent. Huit cents tickets pour un seul type. Il s'était demandé si le Pakistanais pourrait trouver un cocu par mois, Roman trouvait un intello par semaine. Celui-là était arabe. Brahim Bendjema, 220 bis rue des Pyrénées. Une photo noir et blanc d'un homme en costume, l'air sérieux. George ne s'attarda pas sur le cliché, juste ce qu'il fallait pour se souvenir des traits.

Il remit les billets, le bristol et la photo dans l'enveloppe, la posa devant lui sur la table et ouvrit une autre bière. Il but sans allumer la lumière, jusqu'à ne plus distinguer que le rectangle de papier, puis tituba jusqu'à son lit sans se déshabiller.

Il commença sa surveillance le lendemain matin. Sa tenue de sportif ne faisait plus illusion. Son teint cireux et son jogging lui donnaient l'air d'un patient sorti s'en griller une devant un service de cancérologie.

La première fois qu'il vit Bendjema il le laissa filer. Il avait attendu toute la matinée et une partie de l'après-midi. Déconcentré, il ne l'avait pas reconnu. C'est seulement quand l'Arabe revint chez lui, une heure plus tard, qu'il s'aperçut que Bendjema avait au moins soixante-dix ans. Même s'il avait du mal à donner un âge aux Arabes, ce type avait au moins vingt ans de plus que sur la photo. Il rentra chez lui, ruminant un vrai problème. Comment taper sur un bonhomme de cet âge sans le tuer ?

Il y retourna le lendemain et le suivit dans les rues. Bendjema était grand, un mètre quatre-vingts tassés par sa colonne vertébrale tordue, les cheveux courts et gris. Comme la veille il sortit à seize heures et marcha jusqu'à la rue Sorbier, à Ménilmontant, où il s'installa en terrasse du Lieu-dit, bar-restaurant, pour boire un café et lire *Le Monde*. Le serveur le connaissait, ils discutèrent un moment. Une heure plus tard, il était de retour chez lui.

Le troisième jour, une fois le vieux sorti, George pénétra dans l'immeuble. La boîte aux lettres n'indiquait pas de Mme Bendjema. Le digicode était en service toute la journée, mais un passe PTT suffisait pour entrer. Immeuble cossu, porte dorée et vieux parquets, un gardien. Il monta jusqu'au palier. Deuxième étage sur rue. Dans l'appartement d'à côté, un clébard se mit à aboyer. Redescendu au rez-de-chaussée il l'entendait encore. Son odeur avait toujours déplu aux chiens.

Le quatrième jour, Bendjema le repéra. Il avait tourné rue Orfila, George avait compté jusqu'à dix avant de le suivre. Bendjema était là, sur le trottoir, à vingt mètres, et l'observait. Le Mur avait repris la direction de Pyrénées en faisant des zigzags.

Rentré minable chez lui, il trouva un mot de Paolo glissé sous sa porte. La mémoire de son répondeur étant pleine, le Portugais avait fait le déplacement pour se fendre d'un mot, court et plein de fautes. Le contenu du message, lui, ne changeait pas : Qu'est-ce que tu fous ?

Le cinquième jour, il se posta à seize heures dans un bar de la rue Sorbier, en face du Lieu-dit, et attendit. Le vieux n'avait pas changé ses habitudes et s'installa dix minutes plus tard à la terrasse. Derrière son journal, Bendjema balayait la rue du regard, sans bouger la tête.

George observa le vieux pendant trois quarts d'heure, ne quitta son poste de surveillance qu'après son départ. Bendjema avait une allure sympathique, était un habitué du quartier et souriait aux commerçants.

L'immeuble était trop risqué. Attendre plus longtemps également. George décida d'adopter la méthode Brieux, dans la rue, et en vitesse. Il suivit l'itinéraire jusqu'à Pyrénées, repérant les endroits possibles. Rue Orfila l'entrée d'un parking souterrain lui plut. La porte automatique était trois mètres en retrait de la rue, en bas d'une rampe de béton avec une forte pente. Le coin puait la pisse et le clodo, certainement tranquille, au moins le temps nécessaire.

Ça lui plaisait que le vieux s'attende à ce qui allait lui arriver. Et qu'il ne change pas ses habitudes. Il se coucha après avoir vidé ses dernières bières et une demi-bouteille de vin tourné. Il rêva qu'il montait sur le ring avec Esperanza, mais que Toni avait la tête d'un vieil Arabe qui lui déchaussait les dents.

George fonça le lendemain matin au 14.

Marco téléphona à Paolo :

– Oh, écoute ça, tu m'entends? Le Mur est là depuis une heure à suer comme une écumoire, il déchire les sacs et y bouffe du cuir comme un enragé. Ramène ta fraise, bordel!

Paolo avait débarqué, aux anges. Marco bichait. Ils avaient remis George sur les rails. Quatre jours avant la rencontre. Beaucoup trop tard, mais l'important était qu'il soit de retour. Que le moral soit revenu.

Le Mur se faisait un entraînement commando avec une hargne de sauvage. Trois heures d'exercices. Il usa jusqu'au trognon deux jeunes mi-lourds qui avaient accepté de faire les sparring, rua vingt reprises dans les cordes et souleva des tonnes de fonte. Paolo lui disait de se calmer, qu'il y avait encore du temps, mais George ne s'arrêtait plus. Il ne desserrait pas les dents et se foutait bien du match. Il laissa les deux vieux pugilistes faire des plans sur la comète et s'arrêta quand il fut certain de ne plus pouvoir lever les bras.

Il rentra chez lui, enfila un jogging propre, enfonça la casquette sur son front et se mit en route.

Il guetta Bendjema au coin de Bidassoa et Orfila. En le voyant arriver, il recula de quelques pas, prit une inspiration et partit en petites foulées, tournant l'angle tête baissée. Le vieux descendait tranquillement le trottoir. George accéléra pour le croiser à la hauteur du parking souterrain. La rue était vide, la pénombre de la rampe en contrebas de la chaussée était parfaite. Tape pas trop fort George, va pas tuer le vieux, bordel, reste calme. La séance d'entraînement avait maté son corps, vidé sa tête et fatigué ses muscles, mais il était encore inquiet.

Bendjema s'arrêta sur le trottoir, juste devant l'entrée du parking, enfonça ses mains dans les poches de sa veste et se redressa. George jetait des coups d'œil sous sa visière au rythme des foulées.

– Qu'est-ce qu'il fout, bordel ?

Brahim Bendjema le regardait.

George ralentit.

C'était un sac d'os. Autour de ses yeux, des rhizomes de rides profondes ; une bouche étroite, serrée, des pommettes hautes, un visage figé et un regard droit. Crozat s'arrêta à deux mètres de lui et laissa ses bras tomber le long de son corps.

Les lèvres de Bendjema tremblèrent :

– Qui vous envoie, monsieur ?

Crozat était pétrifié. Une fatigue de centenaire embrumait le regard du vieux.

– Vous ne savez pas ? Il s'humecta les lèvres. Si vous voulez, je peux vous expliquer. Depuis qu'Alain Dulac m'a téléphoné, il y a plusieurs semaines, je savais que quelqu'un allait venir.

– Est-ce que vous avez une arme dans votre poche ?

– J'ai bien plus, monsieur, j'ai une guerre.

Bendjema ébaucha un sourire :

– Excusez cette parabole, c'est un défaut de l'âge de vouloir ramasser le passé en quelques mots. Quand j'ai peur, je choisis mes mots avec soin. C'est de l'orgueil. La peur m'a toujours rendu orgueilleux.

Le vieillard fit prudemment un pas sur le côté, George le suivit des yeux. Bendjema sortit lentement une main de sa poche, désigna une marche de béton entre deux piliers de l'entrée souterraine.

– Nous serons mieux là pour parler, voulez-vous ?

Il suivit.

– L'endroit ne sent pas bon mais, vous me pardonnerez, c'est vous-même qui l'avez choisi.

***

George s'enferma chez lui, rebrancha son téléphone et attendit des nouvelles de Roman.

Pendant deux jours, rien. Le téléphone sonna dix fois. Paolo et Marco.

Le matin du troisième jour, il descendit vérifier son courrier et trouva une nouvelle enveloppe. Il remonta se planquer chez lui en courant.

Un nom et une adresse, pas de photo, pas d'argent, mais une note sur le bristol.

« Fais celui-là à l'œil si tu veux pas faire le vieux. Magne-toi. »

Le nom lui disait quelque chose.

Un piège, ou Roman lui laissait une chance. Plus question de rater le match. Il fallait suivre les instructions.

George fila dans le 11e, et se posta sans prendre la peine de se cacher devant l'entrée du 48, avenue Philippe-Auguste.

Il attendit deux heures sur le trottoir, jusqu'à l'arrivée d'un homme à moto, blouson en cuir, casque noir à visière fumée. Des épaules de déménageur sous le cuir. Le type ôta son casque et secoua ses cheveux longs, cadenassa son engin et fit un tour sur lui-même, pour laisser à une fille qui passait le temps de l'admirer.

George était fixé. Il fit le calcul à une vitesse inhabituelle, et traversa la rue au pas de charge. Roman ou un de ses sbires devait le surveiller, il ne chercha même pas à les repérer. Il mit le pied dans la porte avant qu'elle ne se referme et rattrapa le motard dans la cage d'escalier. Le type se retourna en entendant craquer les marches.

Le Pakistanais sourit, content de voir Crozat sans comprendre ce qu'il faisait là.

– Désolé, Paki.

Inutile de poser des questions. Le Pakistanais n'en savait pas plus que lui ; il n'avait rien à en tirer sinon un répit.

George épargna sa gueule de minet, juste ce qu'il fallait pour l'anesthésier, puis insista sur les côtes, douloureux mais moins dangereux que l'abdomen. Ses poings s'enfonçaient facilement dans les muscles bidon du videur.

Chacun des coups qu'il donnait était une leçon pour Crozat. On ne lâche pas Roman. Le Pakistanais n'avait sans doute rien fait pour mériter une raclée, c'était un avertissement supplémentaire.

Imagine ce qui t'arrivera si tu déconnes vraiment.

– Arrête George ! Putain, arrête George !

Il s'acharna à froid sur le Pakistanais. Plus il se dégoûtait, plus il sentait que la leçon était efficace.

T'es le roi des cons, George, et ton tour arrive.

Paki essaya de ramper dans les escaliers. George le ramena à sa main.

Tu les reprendras tous dans la gueule, un par un, il en manquera pas un seul au moment de l'addition.

Le Pakistanais se roula en boule contre le mur.

George lui balança des coups de pied dans le dos. Paki chialait.

– Ta gueule ! Ta gueule, Ducon ! C'est toi qui nous as foutu dans cette merde ! T'entends ! Tu t'es foutu dedans tout seul ! Ferme ta gueule et encaisse, connard !

Il termina par une série de coups à la tête. Le sang gicla sur les marches.

Un voisin cria qu'il allait appeler la police. George arrêta de taper et s'enfuit.

Il attendit toute la journée, puis la soirée puis la nuit.

Le téléphone sonnait toutes les demi-heures. Il écoutait les messages. Paolo et Marco.

Pas de nouvelles de Roman.

Il se préparait. Le vieil Arabe lui avait tout expliqué. Que l'on n'échappe pas aux pièges que l'on pose derrière soi, qu'un jour ou l'autre, l'on revient sur ses pas pour y tomber. Que les situations peuvent manquer de sens mais jamais de logique, et que la logique manque d'imagination. C'est un boomerang.

Le Pakistanais lui avait proposé cinq cents billets pour corriger un mec, il avait pris une raclée à l'œil. George avait tout fait pour ne pas remonter sur le ring, et il y retournerait comme il n'en avait jamais eu besoin.

Roman ne donnait pas signe de vie. Est-ce que le brave petit soldat Crozat avait racheté sa faute ?

Rien à foutre. L'important était d'arriver jusqu'au ring. Pour George, il n'y avait plus que Toni qui faisait autorité en matière d'avenir.

La nuit passa, identique.

Le téléphone sonnait. Paolo, à l'autre bout du fil, devait toujours insulter le répondeur saturé.

Le lendemain, quand les deux coachs commencèrent à défoncer sa porte à coups de pied, il ouvrit. Son sac de sport pendait à son épaule.

– On y va.

Les deux vieilles briques passèrent le trajet à lui gueuler dessus. George avait une tête de déterré et ils ne savaient pas pourquoi ils allaient là-bas tellement c'était sûr que Toni allait lui faire avaler son dentier. L'entraîneur d'Esperanza avait appelé, la rumeur disait que le Mur ne se préparait pas, que le combat serait une rigolade. Marco et Paolo mentaient à tout le monde depuis des semaines, prétendaient que George s'entraînait et qu'il était fin prêt. George n'avait jamais vu Paolo aussi furax.

– Regarde-toi, sans déconner ! T'as quatre ou cinq kilos en trop, tu pourrais pas courir un cent mètres et tu pues la bière !

– Vous en faites pas.

– Vous en f... Je rêve ! Tu te fous de notre gueule ? Mais tu tiendrais pas deux rounds contre moi !

– Je suis prêt.

– C'est la dernière fois que tu me vois dans ton coin, *caralho*, tu peux en être certain ! J'espère que Toni va te noyer dans ton sang et compte pas sur moi pour te rafistoler ! Tête de cochon de connard de flic ! C'était quoi cette apparition y a trois jours, pourquoi t'es venu te crever la panse au 14 pour laisser tomber après ? T'as couru au moins ? T'as fait du muscle ou y a plus que de la connerie sous ta putain de brioche !

Les noms d'oiseaux volèrent jusqu'à Fontenay. En arrivant George ne fut pas déçu. Le gala de boxe avait attiré cinq ou six cents personnes. Le combat des lourds, en fin de programme, débutait à vingt et une heures. Sur le ring, des coqs s'envoyaient des volées de coups, le public était chaud. Kravine était au premier rang.

Marco et Paolo le tirèrent jusqu'au vestiaire.

George s'échauffa, mais il était tellement raide et lourd qu'en désespoir de cause, Paolo lui dit d'économiser ses forces.

Il passa à la pesée. Quatre-vingt-quinze kilos six cents. Presque cinq kilos au-dessus de son poids idéal. Esperanza était à quatre-vingt-douze. Ils planquèrent George dans les vestiaires. Paolo lui tartinait le visage de vaseline, sa colère se changeait en anxiété. Marco prit le relais, ce soir, c'était lui le coach.

– Bon, on le connaît, Toni, et on sait comment il y va, c'est un économe, comme toi, mais il est plus jeune. Te vexe pas, vieux, mais c'est la réalité. Alors il va te tirer sur la longueur, mais c'est aussi un cogneur, et il aime ça. À la moindre occasion, s'il comprend que t'es pas en forme, il va mettre le paquet. Toi, vu ton état, va falloir que tu changes tes habitudes. Toni réagit pas bien quand on le bouscule, il lui faut ses marques. Si vous faites ça tous les deux, ça va durer des heures et il t'aura rien qu'au footing. Alors faut que tu y ailles en force parce que c'est tout ce que t'as aujourd'hui. Faut que tu lâches ton rocher et que tu lui rentres dedans. Compris ?

– Vous en faites pas.

Le type de la commission frappa à la porte, vérifia les bandages et les gants, repartit une fois que George les eut aux mains. Il boxa à vide pendant cinq minutes, sans décoller les pieds du sol, pour se faire transpirer.

Paolo préparait sa trousse de soins, hésita, rajouta une grosse poignée de compresses avant de la fermer. Marco jeta le peignoir bleu marine sur son dos.

– On y va.

L'envie d'y croire était un peu plus forte en sortant du vestiaire.

Quand Toni Esperanza enleva son peignoir, Paolo pensa qu'il n'avait pas pris assez de matériel. Les arcades de George allaient gicler sur les murs. Toni Esperanza était taillé au ciseau à bois. Il avait préparé en muscles son match contre le Mur. À voir ses abdominaux et ses yeux pareils à deux vrilles, on devinait qu'il n'avait pas l'intention de patienter jusqu'au sixième round de Crozat.

Paolo maugréa :

– Putain, ça va pas se finir au vote.

– Aucune chance, ajouta Marco, ça va être les canons de Navarone.

George ôta son peignoir. Brillant de sueur, du fond de

la salle, il faisait peut-être illusion. Dans le coin de Toni on se frottait les mains. Le Mur avait l'air de sortir de son lit sans avoir pris de douche.

Les deux boxeurs s'avancèrent au centre du ring, l'arbitre fit son speech et ils cognèrent leurs gants.

Toni Esperanza retourna dans son coin en continuant à se chauffer, George en marchant lentement. Il regardait la salle. Le public, chauffé à blanc, hurlait à pleine gorge. Kravine discutait avec la petite cour d'officiels autour de lui, en faisant attention de ne pas regarder le ring, pour montrer qu'il s'en foutait. Mais il n'avait pas de poulain inscrit au gala. Il était venu pour voir George.

– George ! Putain, mais viens là !

Crozat, debout bras ballants, continuait à scruter le public.

Il se retourna vers Paolo et Marco, qui répétèrent leur stratégie à deux balles. Taper vite et fort, casser le premier effort de Toni, pas jouer le sac comme d'habitude ; George regarda au-dessus de leurs têtes et sourit.

– Oh ! T'écoute ce qu'on dit ou merde ?

Il leva un gant en direction de la salle. Roman venait de s'installer au troisième rang en faisant dégager un jeune gars. Le Mur lui sourit, avec sa tête de crétin vaseliné, sa bouche de sagouin gonflée par le protège-dents. Roman lui rendit un regard sans expression.

La cloche résonna et les cris montèrent d'une octave.

George monta sa garde jusqu'à ses yeux et serra les coudes. Pendant trois minutes il ne bougea pas et reçut une pluie de grenades sans chercher à les éviter. Après avoir cogné dans les gants de George la moitié de la reprise, Toni s'en était pris à son ventre et à ses flancs, que le Mur laissait à découvert.

Pendant le break Marco essaya de lui parler, mais George ne l'écoutait pas. La salle sifflait, Esperanza et son équipe ne comprenaient rien.

Reprise.

George conserva la même garde, et le manège recommença. Il prenait uniquement soin de rester bien en face de Toni, en bougeant sans décoller les pieds. À force de se faire matraquer le ventre, il finit par baisser sa garde et commença à ramasser dans le visage. À la fin du second round il saignait, et le public lui en voulait à mort.

Premiers soins. Paolo ne dit pas un mot. Marco ne savait plus quoi inventer. George n'avait pas placé un seul coup, ne contrait pas. À la cloche, avant de mordre le protège-dents, il leur dit de ne pas s'en faire.

Il alla au contact cette fois, brisa l'assaut en se collant dans les bras d'Esperanza.

– Qu'est-ce que t'as, Toni ? Qu'est-ce que t'as, l'espingouin, tu sais plus taper ? Tu sais combien j'ai pris pour me coucher ? Fais au moins semblant, l'espingouin !

Toni Esperanza cligna des yeux, l'arbitre les sépara ; avant que Toni n'ait remonté sa garde, George lui balança un direct en plein nez. Esperanza poussa une gueulante et l'arbitre colla un avertissement à Crozat. Toni était déboussolé, il bâcla la fin du round, tapant sans conviction sur George redevenu immobile, planqué derrière ses gants.

À la pause, le coin de Toni était en ébullition.

Le quatrième round tourna au massacre, la garde de George s'effritait et à chaque contact, entre deux volées, il en rajoutait.

– Putain, mais je peux pas faire semblant de tomber si tu cognes comme ça, connard !

Au contact suivant, George couvrit les yeux de l'arbitre et des juges avec son dos, et balança un crochet vicelard dans les reins de Toni.

Le public hua, l'Espagnol devint fou de rage. George laissa sa garde traîner trop bas. Il sortit de cette reprise les yeux gonflés et les deux arcades ouvertes. Marco et Paolo n'essayèrent même pas de lui parler. Leur silence faisait croire à l'autre camp que tout était planifié, une tactique pourrie pour dégueulasser le match.

Cinquième round. Le nez de George commença à pisser abondamment. Après un contact, l'arbitre inspecta sa tête. Crozat lui dit que ça allait, et pendant trente secondes sembla se mettre à boxer. Il bougea plus, plaça deux directs que Toni ne s'attendait même plus à voir arriver. Le combat semblait engagé, la salle éructa, puis George reprit son rôle de punching-ball, se recroquevilla et attendit. Il laissa passer un crochet du gauche qui lui fit voir des étoiles. Dans les cordes, Toni lui coinça la tête sous son bras.

– Putain, mais qu'est-ce que tu fous, George ! C'est quoi ce bordel ?

– J'suis payé pour que tu gagnes, cogne, l'espingouin, c'est tout bénef' !

Esperanza ne comprenait plus rien, il jeta un coup d'œil vers son staff et George lui recolla un direct dans le nez qui cette fois s'écrasa en craquant. Toni dansa autour de George le temps de reprendre ses esprits. Le public ne savait plus s'il devait s'intéresser à cette mascarade, mais George s'en foutait.

Esperanza lança des enchaînements hargneux. Crozat encaissa les deux premiers et laissa passer le troisième, à bout de force. Il réussit à ne pas s'effondrer et surveilla l'arbitre, qui hésitait à arrêter le combat. Il soigna sa garde jusqu'à la fin du sixième.

– George, je vais pas pouvoir te soigner plus longtemps. Je sais pas ce que tu fais et je m'en fous, je te dis que dans deux reprises, si tu finis pas ce match, tu vas y laisser des billes.

Paolo était de plus en plus inquiet, George ramassait beaucoup trop dans le cigare, il louchait à moitié à force de se faire pilonner, et Esperanza tapait toujours aussi fort sans le moindre signe de fatigue.

Round sept. George boxa. Juste assez pour entretenir la flamme. Esperanza mettait tout son muscle dans la balance. Le Mur partait en lambeaux. Il commença à insulter Toni en continu, pendant tout le round il le traita de fils de pute et de macaque, de pédé et de danseuse.

Au break, l'arbitre vint dans le coin bleu et avertit Crozat :

– C'est la dernière reprise si vous arrêtez pas vos conneries !

De toute façon, ça devenait un miracle que le Mur soit encore debout, il avait reçu autant de coups en sept reprises qu'en trois matchs de treize. Son ventre et ses côtes passaient du rouge au violet, ses paupières étaient comme deux pommes avec un trait de rasoir au milieu, ses pommettes deux sanguines trop mûres, proches de l'explosion. Paolo enfonça des Coton-Tige imbibés de camphre dans ses narines, tira sur les bâtonnets pour que l'air, pendant une minute, passe un peu mieux.

Marco voulait arrêter le combat, le Portugais lui parla à l'oreille :

– George, putain de con, tu peux sortir autrement, te fais pas tuer, tu peux sortir autrement.

– Vous en faites pas.

Huitième reprise.

La cloche.

Les jambes qui tiennent encore. Et les gants au bout de ses bras.

George fonça au centre et décida un nouveau changement de rythme. Esperanza avait le nez gonflé, mais ressemblait encore à un humain à côté de lui. À moitié aveugle, George fit une démonstration de boxe. Il s'était remis à bouger, trouvait des placements de pieds, traversait la garde de Toni au moindre millimètre de faute. Deux jabs claquèrent et s'entendirent jusqu'aux derniers rangs. Esperanza vacilla. La salle était hystérique. Kravine s'était redressé sur sa chaise et Roman, sans bouger son cul, se marrait, la bouche ouverte et les yeux morts. George provoquait son adversaire, balançait des petites pichenettes dans ses gants, des petits coups sur la nuque aux accrochages, l'humiliait comme un gamin. À une minute de la fin du huitième, Toni Esperanza, à bout de nerfs, abandonna toute tactique pour se ruer sur George et l'abattre, quitte à y laisser la totalité de ses forces. Son entraîneur essayait de se faire entendre :

– Toni ! Toni, nom de Dieu, calme-toi ! Bordel, Toni, te laisse pas avoir !

Mais Toni n'écoutait plus et George lui souriait, il se foutait de sa gueule et souriait. Pédale d'espingouin, bouffeur de poils, cogne la danseuse, mais cogne, bon Dieu ! Marco et Paolo ne comprenaient pas, sinon que George avait amené Toni là où il voulait, que sa graisse avait amorti les coups, que sa tête de Mur tenait le coup et qu'il avait réussi à sauver les quelques forces avec lesquelles il était arrivé. S'il tenait le coup après cet assaut, les deux boxeurs en seraient au même point, parce que Toni s'épuisait à n'en plus pouvoir, à cogner sur ce sourire. Les coups qu'il balançait étaient définitifs. Mortels pour un homme normal, se dit George en souriant, mais pas pour un boxeur. Il souriait. Sois un homme, George, t'as pas encore réussi. Essaie d'être un homme pour une fois. Un vrai qui sent les coups.

George attendit l'enchaînement suivant, le devina avec un plaisir de vieux boxeur. Bon Dieu qu'il aimait ces moments, quand le monde aspiré par un immense entonnoir se retrouvait tout entier entre les cordes, qu'il n'y avait plus que lui et l'autre, les regards verrouillés qui n'anticipaient plus des gestes mais des avenirs mythiques, immédiats et fulgurants. Ces moments où il pouvait regarder en face un type qui le comprenait : là pour la même chose, travaillant ensemble à leur bonheur.

George para le premier direct, dans un contre à l'apparence régulière ouvrit son gant juste ce qu'il fallait, ferma les yeux, relâcha tous ses muscles en espérant que ce ne serait pas trop douloureux, et laissa le crochet venir à lui.

Toni Esperanza devint pâle parce qu'il sentit le premier, sous son poing, la faiblesse de George, l'absence de résistance et la violence avec laquelle la tête pivota sur elle-même. La foule hurla. En voyant Crozat tomber à genoux, son corps disloqué s'effondrer sur le tapis, les cris s'arrêtèrent aussitôt.

Paolo et Marco passèrent sous les cordes, le staff d'Esperanza se précipita en même temps.

Toni se penchait par-dessus les épaules en demandant ce qui se passait. L'arbitre se redressa et fit un signe vers la salle. Les pompiers arrivèrent en courant avec le brancard. Le corps inanimé de Crozat quitta le Sporting de Fontenay deux minutes plus tard, avec à bord du camion Paolo le Portugais qui refusait de lâcher sa main.

8

Secteur Rabelais
Février 1958

Les bras verts de la vallée du Chélif sont ouverts dans l'ombre du levant. Le fleuve a gonflé, occupant tout son lit. Les crêtes enneigées accrochent les premiers rayons du soleil. Verini revient de sa garde, ses mains gantées et gelées tenant son arme. La grange se réveille. Sous les tas de couvertures, dans les quinze lits alignés, un concert de ronflements et de toux, les râles des premiers yeux ouverts. Il recharge le poêle éteint, bourre le foyer de papier et de petit bois, mais le feu prend mal et la fumée envahit l'espace. Il arrose le bois d'alcool à brûler, craque une allumette. Après une première flamme, le foyer et le tuyau qui traverse la grange explosent avec un bruit de grenade.

Le commando se réveille en sursaut et se jette sur les armes, une pluie de suie retombe sur les lits. Colona arrive en courant, crachant des nuages de vapeur, son PM à la main. Pascal, noirci de la tête aux pieds, est tombé sur le cul à deux mètres du poêle.

Colona finit de boucler son ceinturon.

– Vous ajouterez le nettoyage du conduit à la liste des

corvées, bande de cons. Et maintenant que vous êtes debout, nettoyez-moi ce merdier.

Le DOP Rabelais commence une nouvelle journée d'hiver par une mauvaise blague dont on rit jaune. Dans les cellules, l'explosion a peut-être apporté un peu d'espoir. Dans chaque cage, trois hommes grelottant de froid se partagent les quatre mètres carrés, entortillés dans des couvertures puantes. Chaque matin, Ahmed leur apporte la soupe et vérifie qu'ils ont passé la nuit.

La cave est le seul endroit du DOP où l'on ne souffre pas du froid. Le détachement est au maximum de ses possibilités, les bras de Rubio ne suffisent plus, Paul et Henri y descendent la plupart du temps. Les transferts de prisonniers sont quotidiens, les gardes incessantes et l'état des détenus un spectacle inévitable. Les cris ont anéanti l'idée de silence. Plus d'opérations extérieures. Le DOP a besoin de tous les hommes pour accomplir sa tâche. Il y a deux jours, Casta s'est levé en pleine nuit, son automatique à la main, et a hurlé pendant cinq minutes, sans interruption, en même temps que l'homme sous la gégène.

Personne ne l'a arrêté.

Le grand Kabyle s'appelle Rachid. Perret lui a offert de rester au DOP après qu'il a été arrêté et interrogé en septembre. Il travaille avec les autres supplétifs depuis quatre mois. En quelques semaines, l'ascendant qu'il a pris sur eux est devenu évident. Vingt-sept ans, cultivé, il parle parfaitement le français et son silence est celui de quelqu'un qui a des opinions ; il n'a pas la sagesse des esclaves, ce renoncement apparent qui alimente le mépris des brutes. Donner un ordre à Rachid équivaut à lui demander un service, et son silence manifeste la possibilité d'un refus. Sa présence a transformé l'équilibre entre soldats et retournés. Rien n'a changé, mais les positions se sont clarifiées ; sous son influence, les supplétifs sont redevenus ce qu'ils sont : les prisonniers d'une guerre politique. Rachid en impose aux paysans du commando, copies de Rubio imitant ses attitudes et son langage. Ils ignorent le Kabyle, faute de savoir comment se comporter.

Ces constatations surprennent toujours Verini. Comment cet homme est-il parvenu à un tel résultat ? Presque sans aucun mot ? Mais peut-être lui accorde-t-il trop d'importance.

Après le traumatisme des interrogatoires et des blessures, les trois semaines passées en cellule, une fois installé dans la grange des Arabes, Rachid est resté silencieux un mois entier. Il a observé. Puis s'est orienté. Vers les travaux qui lui convenaient et que les Algériens lui laissaient sans discussion. Ahmed fut le seul auquel il ne discuta aucun privilège. Son statut était intouchable, il l'avait compris très vite. Il s'était rapproché de Colona, assumant aux côtés d'Ahmed la moindre tâche le concernant. Il avait identifié les groupes. En un mois, il lui fut facile de décrypter la typologie de ce microcosme. Et, par une inflexion presque invisible de son être, l'appui de quelques regards, le Kabyle s'était rapproché des trois appelés récalcitrants. Sa présence silencieuse s'était changée en écoute. Avant même qu'il ne parle, ils savaient que Rachid comprenait, plus, qu'il pensait comme eux. Au mois de décembre, quand il avait rompu son silence, ses propos s'étaient ajoutés à la conversation comme une voix déjà connue.

Pour le reste du détachement, pour la frange la plus importante des sans-positions, des portés par les événements, il s'en tient à une neutralité étale.

Quand il croise Rubio, il baisse les yeux et la tête, sans bouger les épaules ni plier son dos, de telle manière que son regard le fixe encore.

Parmi les trois réfractaires, il a choisi Verini. Son ascendant sur lui augmente aussi, au rythme des semaines qui passent.

Pascal fraternise, veut faire la paix avec cet Algérien-là. Il s'entend bien avec Ahmed, ils peuvent même plaisanter. Mais Rachid souhaite savoir ce qu'il pense, lui. C'est un trésor, et Rachid l'entretient. C'est toujours le Kabyle qui choisit l'heure et le moment. Malgré la méfiance, l'attrait de la relation est puissant.

Rachid vient de Bougie, une ville maritime. Au début de l'insurrection, il étudiait les lettres à Alger, puis il a rejoint le maquis. Il ne dit rien de son engagement au sein du FLN. « Tu as tué des Français ? » a demandé Pascal.

Rachid ne lui a plus parlé pendant deux semaines. Le temps pour Pascal de comprendre que c'était une question que Perret et Rubio avaient dû lui poser dans la cave.

Il est le grand frère résistant que Verini aurait voulu avoir. Lui, le représentant de la nouvelle Gestapo de cette armée d'occupation.

Rachid prétend être partisan d'une paix négociée. Pourtant, son attitude suggère le contraire. Il ne négocie pas. Il est en mission. Verini n'a réussi à obtenir aucun renseignement sur sa famille.

Depuis qu'il apprend à le connaître, ce combattant qui n'est ni un paysan révolté ni un égorgeur d'enfants, il se sent en sécurité en Algérie. Les égorgeurs ne sont plus que du côté français depuis que de sa voix posée et calme, Rachid lui explique l'Algérie et l'histoire ancestrale de la Kabylie.

Pascal sort de la grange et secoue ses vêtements couverts de suie. Christophe a ouvert la porte des supplétifs. Rachid avance dans la cour, emmailloté dans trois épaisseurs de vestes militaires rafistolées. Pascal secoue son bonnet et lui sourit. Rachid le transperce d'un regard plus froid que l'air.

Avec Rachid, la guerre d'Algérie est entrée une seconde fois, après les cris, et en silence, au DOP du secteur Rabelais.

Avril 1958

Le DOP sort de l'hiver aussi brutalement qu'il y était entré. Les supplétifs travaillent au jardin, l'ordinaire s'améliore, la promiscuité de la grange est remplacée par le grand air, les hommes ne se marchent plus dessus et l'atmosphère s'allège. Colona veille au grain, son équité distante maintient entre eux le consensus pourri. Verini, Casta et Chapel ont cumulé un mois supplémentaire de service. À midi, la cave redevient un des seuls endroits frais de la Ferme. Sous les toits en tôle des cellules, c'est la chaleur maintenant qui épuise les prisonniers. Avec le retour du soleil, l'usure des mois de tension et d'horreur, les transformations subies par les appelés et l'encadrement militaire sont flagrantes. Ils sont au DOP depuis huit mois et les conclusions sont écrasantes, les illusions évanouies. Christophe, baromètre de la plus faible résistance, a choisi le refuge le plus facile. Il traverse la cour avec Paul et Henri, baromètres de la plus forte insouciance, pour aider aux interrogatoires. Une équipe de soldats amateurs âgés de vingt ans s'est transformée en tortionnaires expérimentés. Les exécutions se poursuivent, les interrogatoires ne s'arrêteront pas, le DOP ne va pas cesser d'exister par magie et ils sont tous là pour un an encore. Comme la traversée de la Méditerranée, le passage de ce premier hiver les a vieillis, l'hibernation a creusé les joues, dessiné de nouvelles rides et durci les visages, qui ont perdu les dernières rondeurs de l'adolescence. Les uniformes délavés se sont ajustés aux corps, inséparables des silhouettes.

Verini sort d'une nuit de garde. Après le déjeuner, il

surveille quatre Arabes qui bêchent le potager. Rachid est parmi eux. Debout à l'ombre d'un oranger, PM en bandoulière, il discute avec lui.

Le Kabyle parle de socialisme, l'interroge sur la France, la situation dans l'usine où il travaillait, comment sont traités les travailleurs algériens, quelles sont les consignes de la CGT. Pascal réunit ses souvenirs, retrouve les mots de son père pour parler de Nanterre. En France, pour lui la guerre était une affaire algérienne, la métropole n'avait pas grand-chose à voir avec l'Afrique. Depuis qu'il est au DOP, il pense que le gouvernement français n'a plus la moindre influence sur les décisions qui sont prises ici. À part le lien radio avec le CCI, le détachement, dans son autonomie militaire et son isolement géographique, lui semble régi par des lois endogènes, en dehors de toute chaîne de commandement. Rachid sourit et lui explique que c'est la main de la France, dans sa plus claire volonté, qui décide de ce qui se passe ici.

– Les ordres viennent d'en haut, Perret obéit à la France, et tes ministres savent ce qui se passe. Tu es naïf, soldat Pascal.

– Je suis pas naïf, je dis qu'ils peuvent pas contrôler ce que font les appelés ici.

– C'est ça, et le DOP est un kibboutz.

– Un quoi ?

Le soleil est haut, Verini s'est assis au pied de l'arbre, Rachid retourne maladroitement la terre ; ce n'est pas un paysan, ses mains sont trop fines, mais il fait sa part.

Le Français regarde le paysage, se dit que c'est un beau pays, que la guerre finie, des Rachid et des Verini pourront y demeurer et y vivre. Il a vingt et un ans et un ami algérien ; il n'a pas de nouvelles de Christine depuis des mois, n'en donne plus, et sent qu'une part de lui trouve sa place en Algérie. Il ne fait pas partie de cette guerre, il s'en est exclu. Il ferme les yeux et rêvasse. Le soleil est doux, les Arabes piochent en rythme, il s'endort en pensant à elle, Adila, et le vrai voyage enfin, sans retour à Nanterre, jamais. Ils en ont parlé, elle aussi voudrait qu'il reste, quand tout ça sera fini.

Des bruits de pas et un cliquetis métallique le réveillent. Rachid est devant lui, le MAT 49 braqué sur son ventre. La sueur coule dans son dos, ses yeux se brouillent, ses mains se mettent à trembler.

Rachid, lui, ne tremble pas.

– Tu vois, si j'avais voulu te tuer, ça serait fait.

Pascal scrute son visage. Il cherche la plaisanterie, fouille la réalité dans la brume de son rêve, ébauche un sourire, qui s'efface devant la détermination et le calme de Rachid. Le Kabyle baisse le PM et le lui rend. Pascal se relève.

Le Kabyle lui tourne le dos et retourne à son travail. Les autres Arabes sont terrorisés.

***

Casta roule à fond de train, avale les cinq kilomètres qui les séparent de la ville ; la six cylindres arrive au pont de la Ferme, au-dessus du Chélif charriant les neiges fondues et les alluvions, submergeant jusqu'aux arches métalliques. Au barrage, de l'autre côté du pont, un bidasse actionne la culasse d'une mitrailleuse installée à l'arrière d'une Jeep. Un sergent vérifie leurs laissez-passer. Ils sont en civil et portent leurs armes : détachés du DOP pour douze heures. Sous sa veste, Verini porte son automatique et dans ses poches deux grenades défensives. Le sergent les laisse passer, sa froideur n'est pas une impression. La réputation des Bérets noirs est détestable.

Casta conduit brutalement jusqu'à la place de l'église. Le parvis est large et dégagé, et la noce déjà là. Il gare la traction en bas des marches.

Dire non a des conséquences inattendues.

Colona a désigné deux hommes pour jouer les gardes du corps au mariage de Rubio. Sa réputation à Orléansville fait craindre des incidents. Les réfractaires au travail du DOP se retrouvent ainsi les G men du bourreau. Mal fagotés, ils se mêlent à la noce du mieux qu'ils peuvent. Les mains de Rubio pendent au bout de ses manches ; dans son costume noir et sa cravate grise, il n'est pas à l'aise. Propre et rasé, il les salue sans plus d'égards qu'il n'en a en uniforme, à la Ferme.

– Si y a du grabuge on tire dans le tas.

Rubio sort de sa poche un Baby Browning.

Il rejoint sa promise, potelée et heureuse, et ils entrent dans l'église.

Casta et Verini se postent de chaque côté du portail et surveillent le parvis. Voir Rubio embrasser sa femme ne leur manque pas. Les MAT repliés, ils battent du pied, attendent sous le soleil en surveillant piétons et voitures. Ils sont pris de vertige à l'idée de ramasser une balle pour sauver la peau de Rubio, pendant cette cérémonie qui les sort de l'univers morbide du DOP. Un spectacle de guignol, avec eux en vedettes, dans un décor blanc et chaud.

Les cloches sonnent, les portes s'ouvrent et la cinquantaine d'invités se déploie en haie d'honneur. Casta retourne à la voiture et démarre le moteur, Verini reste en haut des marches et s'écarte pour éviter les volées de riz. Le couple est aussi beau qu'il peut l'être : une photo immortalise ce jour de bonheur. La veille, le marié a tué un vieux fell pendant un interrogatoire ; peut-être était-il nerveux à cause du lendemain, et qu'il a eu la main lourde. Sa femme sourit.

Le couple embarque à bord de la six cylindres. Rubio biche de traverser la ville dans cette voiture, avec des gardes du corps. Sa femme est moins à l'aise dans ce véhicule bourré d'armes, avec ces deux types devant qu'elle ne connaît pas, qui ne desserrent pas les dents et surveillent nerveusement les trottoirs.

Le vin d'honneur et le déjeuner ont lieu chez la famille de l'épousée.

Le rosé local coule à flots, Rubio descend douze anisettes en une heure.

Ripaille franchouillarde, avec couscous et méchoui en supplément. Les cols se dénouent et les voix enflent. Les éclats de rire de Rubio animent la noce joyeuse, la mariée est pompette depuis la première coupe de champagne. Casta et Verini mangent debout, à l'entrée de la cour où est installé le banquet. La chaleur et le vin montent à la tête. Dans un coin, un électrophone crachouille de l'accordéon. « Vive les mariés ! » « Vive l'Algérie française ! » « Mort aux fellaghas ! » Le dessert. Un gâteau de conte de fées que madame découpe, avant qu'il ne fonde au soleil. Frénésie et bonne humeur ne suffisent pas, l'inquiétude sourd dans les rires et les trivialités que les gorges éructent.

Les pieds-noirs fuient la région. Après les plus riches, les petits commerçants et les travailleurs plient bagages pour rentrer en France. Des lâches, des traîtres, on sera mieux sans eux. L'Algérie est française, l'Afrique appartient à ceux qui y travaillent, non ? Alors pourquoi aussi longtemps pour que tout rentre dans l'ordre ? Les socialistes, bien sûr, Mollet et son gouvernement : la France ne donne pas les moyens à l'armée de se débarrasser des terroristes. Ils savent bien, eux, comment sont les bougnoules, ils savent comment il faudrait s'y prendre. « Hein Rubio ! Bon Dieu, mais qu'est-ce qu'il leur prend à nos Arabes ? » Rubio, en bras de chemise, boxe avec les plus jeunes. Les vieux se lamentent : « On les traite bien nos musulmans, et ils ne sont pas contents. Que voulez-vous attendre de gens comme ça ? Le FLN, c'est une bande de pouilleux qui montent la tête aux vrais travailleurs ! »

Bois un coup, Papi, ça va pas durer cette histoire. Ça va pas durer.

Les Bouchard vont partir.

T'inquiète pas, nous on partira pas. Bois un coup.

On se met à guincher. À mesure qu'on écluse, l'idée d'une grenade au milieu de la noce s'évanouit. Casta s'est mis à boire. La jarretière. Apothéose. La grivoiserie, les rancœurs, les peurs et la catharsis de la vierge sacrifiée, rouge dans sa robe blanche. Le défilé des cadeaux : la malheureuse, exténuée, ouvre, déballe, remercie, embrasse. Rubio se marre et amène un présent à sa douce, un mignon paquet de tissu blanc. Elle l'ouvre. S'effondre dans la poussière. Panique. La chaleur, vite de l'eau, faites-lui de l'air. Ce n'est pas la chaleur.

Sur la table, dans le tissu déplié, la bitte et les couilles de l'Arabe qu'il a tué hier, au DOP. Le cadeau de Rubio à son épouse, un gage de sécurité et d'amour. Les femmes protestent, les hommes ne savent pas sur quel pied danser, les gamins accourent et reçoivent des torgnoles. Rubio titube et gueule au milieu du banquet : « Ouais, ces putains de socialistes, c'est des couilles molles ! »

Casta pose la main sur son MAT ; il tremble de la tête aux pieds. Verini le force à sortir de la cour. Que Rubio aille se faire foutre, qu'une bombe lui ouvre le ventre. Ils vont boire dans les bistrots de la rue d'Isly, puis se finir au bordel où la noce des bidasses bat son plein.

Juin 1958

Depuis la mi-mai, le comité de salut public de Salan et Massu, le soulèvement d'Alger et la crainte d'une scission entre l'armée et le gouvernement, les discussions vont bon train à la Ferme. Coty vient de faire appel à de Gaulle. Une nouvelle Constitution est en préparation, la torture continue au DOP.

L'étrange relation entre Rachid et Pascal s'est renforcée. Le Français s'y accroche, son rempart contre l'horreur, comme Adila en est un à l'isolement affectif. La virilité est devenue une façade nécessaire pour tenir l'agression à distance : s'endurcir pour résister. Sans se rendre compte que l'endurcissement n'est plus seulement de façade. Verini est de plus en plus brutal avec les autres appelés, qui, eux, se sont abrutis en plongeant dans la guerre. L'ennui a fait place à la routine, le travail à l'attente. Les cris font partie du décor, au même titre que les visages des prisonniers. Rubio, jeune marié, redouble d'activité et, depuis le banquet, évite soigneusement Verini et Casta.

Pascal s'imagine toujours vivre avec Adila, quand elle ne sera plus une pute et l'Algérie plus en guerre.

Mais la guerre continue, et le 12 juin le camion de ravitaillement n'arrive pas à la Ferme. Verini est de garde auprès des prisonniers, ce n'est pas lui qui a fait le voyage aujourd'hui. Il voit Roger traverser la cour à toute vitesse, ressortir de la maison avec Perret, Paul et les deux gendarmes. Ils démarrent la Jeep et la traction, ramassent au passage quatre appelés. Ils reviennent une demi-heure plus tard. À l'arrière de la Jeep, un corps sous une couverture.

Le premier mort français du DOP. Henri a sauté sur une mine. Des fellaghas embusqués dans les rochers, au-dessus de la piste où commence le ravin, ont ouvert le feu quand il a sauté du GMC en flammes.

Des gars du 18e RA de Paul-Robert ont été appelés en renfort pour patrouiller le secteur et prendre les fells en chasse. Paul, le meilleur ami d'Henri, est effondré. Il demande à Colona quand est-ce qu'ils partiront en opé pour retrouver ces salauds. On transporte le corps dans la maison. Colère et vengeance. Casta, Chapel et Verini n'en sortent pas indemnes. L'arbitraire a frappé. Aujourd'hui

Henri. Demain un autre. Ils sont frappés par les traits livides du cadavre. Un gamin. Ils croyaient avoir vieilli.

Deux jours plus tard, on organise une cérémonie pour le départ du corps. Lever de drapeau, discours de Perret, condoléances de la nation. Les parents ne sauront jamais ce que leur fils a fait en Algérie : il y est mort, et dans ses lettres il écrivait que tout allait bien.

Pendant une semaine presque tous les appelés descendent à la cave, pour cogner sur les Arabes ramassés pendant les fouilles et les patrouilles. Verini et ses deux potes tiennent bon, refusent, sans que l'on insiste, de participer à cet hallali. Mais leur position devient intenable, leur neutralité une trahison. À sa façon, Colona tente de calmer les esprits : il autorise des rations supplémentaires d'alcool. Un quart de rouge, un quart de blanc, un de rosé et un autre de rhum. Le bruit court que l'alcool, qui envenime tout, est coupé au bromure pour calmer les hommes. Paul et les autres avalent des verres de blanc au petit déjeuner.

À une veillée, Paul apostrophe Pascal, le traite de communiste, de traître, de dégonflé. Pascal attrape une bouteille, la casse sur un bord de table. Paul saute sur son PM, tandis que les autres s'interposent. Les insultes fusent ; cette fois-ci, Verini sent qu'il s'est levé pour tuer. Tous les deux écopent d'une semaine de trou. Verini est envoyé au camp d'Orléansville. Pendant huit jours il travaille à la cantine du mess ; c'est la meilleure chose qui pouvait lui arriver. La punition n'est pas désagréable, mais il n'a pas le droit de sortir du camp et Adila lui manque.

L'impuissance à venger Henri est une défaite supplémentaire qui déprime durablement le commando. On ne les voit pas, on ne les trouve pas, ils tuent. Le seul endroit où l'on peut faire quelque chose, c'est la cave.

Rachid s'est refermé et ne dit plus un mot. Est-ce son

influence qui rend les autres Arabes aussi silencieux ? Ils se déplacent comme des ombres, n'offrant plus la moindre prise à la rancœur qui ronge le commando. De discrets ils sont devenus évanescents. La mort d'Henri a rappelé l'impossible cohabitation. Les cris, que l'on n'entendait plus à force d'habitude, sont à nouveau le ciment empoisonné qui les condamne à vivre ensemble.

Les orangers ont fleuri.

Août 1958

Adila se lave au bidet. Pascal est allongé sur le lit et fume une cigarette. Les rideaux tirés se balancent dans un courant d'air. La pénombre est habitée d'odeurs et des bruits du bar, sous leurs pieds.

Elle est belle. Le jeune homme refuse de regarder plus loin. Comme à Nanterre il aime, ou croit aimer, peu importe, une fille qui ne convient pas à sa famille. Il ne rentrera pas en France. Adila a parlé à sa famille, sa mère, un frère et deux sœurs plus jeunes. Ils sont invités pour un week-end à Oran. Elle ne le fait plus payer et verse de sa poche, à la tenancière française, la part qui lui revient. Le fantasme de l'amour au bordel, de la noble pute et du prince charmant. Ils nagent en plein délire, et le sauraient-ils qu'ils ne voudraient pas plus en sortir.

Adila lui a proposé, quand la guerre sera finie, de reprendre l'affaire de taxi de son ancien mari. Elle a toujours la Simca Versailles qu'elle lui avait achetée. Pascal prendrait sa place, tout simplement.

Il s'imagine conduisant la Versailles sur les routes de l'Oranais.

Ils traînent, font des plans d'avenir. Elle lui donne de l'argent : sa solde ne suffit pas à couvrir les frais de ses passages en ville, une à deux fois par semaine. Ravitaillement, transferts au CTT, perm, il vient de plus en plus souvent à Orléansville, volontaire pour tous les transports malgré les dangers de la piste.

Il marche dans la ville en attendant de repartir. Au souk, il achète quelques vêtements légers et un chèche. Les civils vivent au milieu des militaires et il imagine les mêmes rues, dans quelque temps, sans les uniformes, les véhicules blindés et les boutiques fermées.

Chapel et Ahmed l'attendent au camp militaire, assis à l'ombre du GMC.

– Comment il va ma femme de li bordel ?

– Elle parle de toi à tout le monde, elle dit que tu lui manques trop.

Chapel se lève :

– Faut qu'on attende, y a une Jeep qui vient avec nous. Paraît que Pradel a obtenu sa mutation. C'est un autre flic qui le remplace, on doit l'attendre et on part ensemble.

Ils attendent. En milieu d'après-midi, une Jeep se pointe. À l'arrière, Rubio dans ses habits de ville, au volant, un appelé du commando, et sur le siège passager un jeune type en civil qui ne sourit pas. À sa tête, l'assurance que rien ne changera à la cave.

Dans le camion qui suit le nuage de poussière de la Jeep, Chapel ricane :

– Fera pas la même tête demain, le flic, quand il aura vu Rubio au travail.

Au volant, Pascal laisse se creuser la distance. L'idée de voir la Jeep sauter sur une mine, avec Rubio sur le siège arrière, ne le dérange pas.

Le lendemain, le flic n'a pas changé ; il a enfilé son uniforme militaire et bien accroché ses galons de sergent-chef. Il parade dans la cour en compagnie de l'interprète.

Pradel et ses apparitions fragiles dans la cour, fumant ses cigarettes, leur manquent. Même s'ils ne lui adressaient jamais la parole, ce type blafard et écœuré avait quelque chose de rassurant. Le nouveau s'appelle Thorez, son nom ne fait sourire que les trois cocos.

Ce flic bouleverse les équilibres précaires de la Ferme. Agressif avec les supplétifs, l'atmosphère se dégrade dans les jours qui suivent son arrivée. Colona est de plus en plus démoli par l'alcool et l'influence de Thorez sur les appelés s'accroît. Les Algériens sont moqués et brimés. Rachid est la cible privilégiée de la paranoïa et du racisme de Thorez. Il s'isole et Pascal ne parle plus avec lui. Ahmed est soucieux, inquiet du silence des Arabes.

Pour Thorez, et il le fait savoir, les supplétifs passent des messages vers l'extérieur, sont des espions à la solde du FLN et complotent au sein même du DOP. Le trio des « Non » n'essaie pas de dissuader les autres, l'atmosphère est tellement tendue que des rixes éclatent à la moindre occasion.

Et puis un jour, Colona refait surface. Après une nuit presque sobre, il va demander des comptes à Perret. Thorez arrête de venir aux granges. En échange, il semble qu'il ait obtenu de diriger les opérations. Désormais, c'est lui qui commande les sorties et crapahute avec le commando dans le djebel. Sous ses ordres, fouilles et arrestations sont plus nombreuses, plus brutales. Et les cris, toujours, qui sanctionnent la moindre inattention.

Le mois d'août tire à sa fin. Verini fête lugubrement sa première année en Algérie. Il a demandé une permission. Dans les autres corps d'armée, les bidasses ont droit à une perm de huit jours pendant leur service. Au DOP, pas de permission d'une semaine. De toute façon Verini ne veut pas rentrer en France. Perret lui a accordé trois jours et il annonce à ses potes qu'il ira à Oran avec Adila. Casta veut demander une perm, lui aussi, se payer un tapin pour deux jours et faire le voyage avec Pascal. Sylvain commence à ressembler à Colona ; l'alcool marque son visage de jeune homme ; ses humeurs et son comportement deviennent préoccupants.

Pascal et Philippe en discutent parfois, mais de quel droit empêcheraient-ils Casta de se rendre aveugle à coups de rhum ? Ils le surveillent, essayant de lui éviter les problèmes que son alcoolisme finira par poser. Et ce soir-là ils trinquent, en se réjouissant de ce qu'ils peuvent.

Casta s'endort. Philippe lui tend la perche :

– Je vais me pieuter, tu viens, Sylvain, ou tu dors là ?

Pascal reste seul à siroter une bière et regarder les étoiles. Ahmed s'approche de lui, s'accroupit et chuchote :

– Ji peux ti parler ?

– Bien sûr. Qu'est-ce qu'il y a ?

– S'il ti plaît, il faut pas parler fort.

Ahmed n'arrête pas de regarder derrière lui, vers la grange des supplétifs.

– C'est difficile. Ji suis pas content et j'ai la peur.

– Qu'est-ce que tu racontes ? De quoi tu parles ?

– Il si passe des choses dans li grange di Arabes.

– Ben quoi ? Qu'est-ce qui se passe dans la grange ?

– Pascal, ji veux pas la mort de personne. Ici on peut attendre la fin de li guerre, moi c'est ce que ji pense, i faut pas qu'on i fasse la guerre ici, ti comprends ? Ji veux pas que personne i meurt et je sais pas ce qui c'i le mieux de faire. Ji sais pas, ti comprends ?

– Bordel, qu'est-ce qui se passe ? C'est quoi cette histoire de mort ?

– Pascal, ji sais que ti l'aimes bien, mais c'est Rachid. Rachid i veut déclencher la guerre ici. Je ti jure que c'i la vérité et ji suis pas content di trahir mes frères, mais ji veux pas ça ! Ji veux pas ça !

– Putain ! mais de quoi tu parles ?

– Rachid, il a parlé depuis di jours et di jours à tous les Arabes, et il mi surveille parce que il sait que ji suis ami avec vous li Français. Ji voulais dire plus tôt, mi ji pouvais pas. Je veux pas li mort de personne. Ti es mon ami, Pascal, vrai ? Ti comprends ce qui ji dis ?

– Putain, mais non, je comprends pas. Qu'est-ce qu'il veut faire Rachid ?

– Il fait peur aux autres, il est li chef là-bas maintenant. Il li a retournés, et ils veulent attaquer la nuit, et vous égorger tous et prendre li armes pour rejoindre li maquis. C'est ça qu'il veut faire Rachid, et li autres ils sont d'accord. Ils vont faire ça dans bientôt, ils ont dit cette semaine. Et ji sais pas quoi faire, parce que ji sais qui moi aussi, parce qui moi ji dis non, qu'ils veulent mi tuer en même temps, ti comprends ? Ils veulent qui la guerre il soit ici et tous nous tuer.

Verini fixe la porte de la grange, et il ne pense pas aux autres, aux militaires, aux Algériens ; il voit Rachid avec son PM dans les mains. Il comprend. Des mois qu'il teste les réactions et prépare son coup, ce chien de Kabyle, cet enfoiré qui s'est foutu de sa gueule. Le modéré bidon, le partisan des négociations, son ami algérien qui lui trancherait la gorge sans hésitation.

Il réfléchit pendant qu'Ahmed se balance d'avant en arrière sur ses talons, les mains jointes devant sa bouche en marmonnant des mots arabes. Puis il se lève, jette sa canette et attrape Ahmed par le bras.

– On va voir Colona.

Colona émerge d'un brouillard de sommeil et d'alcool. Verini, à côté d'Ahmed qui continue à psalmodier, raconte ce qu'il vient d'apprendre. Le caporal ordonne de réveiller discrètement les hommes du commando.

Verini ouvre le cadenas de la grange des Algériens.

Paul et Casta saisissent Rachid sur sa paillasse et le traînent dehors. Paul l'insulte, Casta essaie de rester correct. Verini crache au visage de Rachid :

– Enfoiré !

D'un coup de crosse, il ouvre le crâne de Rachid, qui

s'effondre. On le traîne jusqu'à la maison, puis dans la cave. On réveille le lieutenant et Rubio.

Verini s'assoit dans la cour des appelés. Pendant deux heures il écoute les cris du grand Kabyle, attaché dans le sous-sol au sommier métallique électrifié, arrosé d'eau. Quand les cris s'arrêtent, il ne bouge pas.

Le lendemain matin, disloqué, en sang et semi-comateux, Rachid est jeté dans le coffre de la Citroën. Perret, laissant le détachement sous les ordres de Colona et Thorez, quitte la Ferme, accompagné par les deux gendarmes.

À la pause de midi, Verini demande où Rachid a été emmené.

– Cette nuit il a craché le morceau. Rubio a failli le tuer. Quand on l'a arrêté au col, c'était bidon. Le vieux qui l'a donné en était. L'OPA, à Alger, voulait savoir ce qui se passait dans les DOP. Le FLN a envoyé Rachid, l'ALN a monté le coup. Il s'est laissé prendre.

Colona passe la main sous sa casquette et gratte son cuir chevelu.

– Courageux, le bougnoule. Un putain de coup tordu. Des infos crédibles à nous refiler. Ensuite, c'était à lui de s'échapper, ou de monter une saloperie. Il a avoué qu'il préparait une attaque. Il a pas dit si y avait des taupes dans le détachement, qui communiquaient avec les katibas du secteur. Thorez est presque sûr que oui, mais Rachid a pas lâché le morceau là-dessus.

– Où il va ?

– Gros poisson, fils. Villa des Roses, ou Sésini. Alger.

Verini regrette tout, d'avoir cru Rachid, en leur amitié, de l'avoir frappé et de ne pas avoir essayé de lui dire quelque chose quand les gendarmes l'ont balancé dans le coffre.

Colona lui offre un verre de whisky.

– Moi aussi, mon gars, je m'suis déjà fait avoir. C'est pas

la nature humaine, c'est la guerre. Y pense pas trop et retiens seulement la leçon. Pareil pour ta copine en ville, te fais pas trop d'illusions.

Verini reste muet pendant des jours, se demande si Rachid aurait laissé quelqu'un le tuer, l'aurait ordonné ou fait lui-même. À toutes les réponses qui lui échappent depuis un an, celle-là est la plus douloureuse. Il se met à picoler dur et, comme presque tous, les uns après les autres, se retrouve à son tour dans la peau de celui qu'on évite et qu'on laisse en paix, celui qui craque, se gonfle de violence et de rage.

Janvier 1959

L'hiver est revenu. Depuis le complot de Rachid, les Arabes de la grange ne sont plus les mêmes. Verini ne fait pas l'effort de retenir les nouveaux noms, à peine les visages. Ahmed, malgré ou à cause de sa trahison, est devenu suspect ; il exécute ses tâches en silence, ne reste plus aux veillées. Il est dangereux pour tous. Traître à la cause nationale, menacé de mort par ses frères aux yeux desquels il ne pourrait éventuellement se racheter qu'en trahissant à nouveau, les Français cette fois. Conscient de sa position, il s'est retiré de la vie de la Ferme : un supplétif invisible comme les autres. Même Pascal lui en veut confusément.

En décembre, Sylvain et lui sont allés à Oran, avec Adila et une autre prostituée du bordel.

Le week-end n'a duré qu'un après-midi. Le père d'Adila est mort en 1953 dans une galerie de mine. Sa mère élève deux jeunes sœurs et un frère de l'âge de Pascal, qui vit à la maison. À Oran, les illusions ont volé en éclats. Le travail d'Adila est une honte pour sa famille, la présence d'une autre prostituée et des deux militaires a suscité un véritable scandale. Après des altercations en arabe, Kacem, le frère, a craché dans le plat de couscous que sa mère avait préparé pour les invités. Pascal et Sylvain n'avaient décemment pas leur mot à dire et ils sont rentrés en taxi à Orléansville.

Pour ne pas s'avouer vaincus, ils ont dîné dans un restaurant. Des bidasses ont fait des blagues sur les filles, le patron du resto les regardait d'un sale œil. Sylvain a voulu se battre. Ils ont fini la nuit au bordel.

Le lendemain, Pascal a tenté de se persuader que leurs projets étaient encore possibles. Il ne veut pas se priver de son rêve avec Adila. D'autant que la quille de Sylvain approche, moins de deux mois. Et Pascal a fait le calcul depuis longtemps : Philippe aussi partira, en avril. Il lui restera quatre mois et demi à faire au commando, les jours de trou compris. Seul.

Avec sa démobilisation qui approche, Casta a de plus en plus la trouille de se faire descendre. Malgré le verglas, il roule toujours aussi vite, saoul le plus souvent. Ahmed ne veut plus aller au ravitaillement avec lui.

Rubio ne quitte plus la Ferme depuis que sur la façade de sa maison s'affichent des graffitis annonçant son exécution. Son épouse est partie à Oran, chez une tante, en attendant.

Le 26 janvier, engelures aux pieds, grelottant de fatigue et de froid, Thorez et six hommes reviennent d'une mission de trois jours dans le djebel avec un butin important. Ils ont découvert une planque dans une grotte ; postés en embuscade, ils ont tué deux fellaghas, ramené deux prisonniers, et un stock d'une centaine de pulls de la marine, en laine bleue avec épaulettes. Mais surtout, ils ont trouvé une caisse contenant plus d'un million et demi de francs en liquide. Quatre années de paie d'un ouvrier français. Une fortune en Algérie.

Dans la nuit, Rubio fait parler les deux prisonniers. Des

passeurs doivent très bientôt prendre livraison, à la grotte, de l'argent et des étranges vêtements.

Une opération est vite montée. Perret demande au 18e RA de Paul-Robert d'envoyer à la grotte un second commando. Pour éviter que l'argent ne reste au DOP pendant que la moitié des hommes seront dans le djebel, la caisse doit être convoyée jusqu'au commandement de la 9e DI, à Orléansville.

Casta et Verini, les meilleurs chauffeurs, sont désignés ; Philippe Chapel se porte volontaire pour les accompagner. Colona accepte. Tous les trois en civil, Pascal au volant, la six cylindres quitte le DOP le matin du 27 janvier. Les gars leur font des signes, lancent des blagues, leur souhaitent bonnes vacances au soleil avec le million dans le coffre. Les sommets sont blancs de neige, la piste gelée, les trois hommes armés jusqu'aux dents et les bérets noirs remplacés par des bonnets de laine. Les vitres de la traction sont couvertes de buée. Pascal baisse la sienne, jette un œil à l'extérieur, le vent brûle ses yeux.

Ils sont nerveux. La nouvelle de l'attaque de la grotte a-t-elle déjà fait le tour des katibas ? Le DOP est surveillé. L'ALN n'a jamais cherché à libérer des prisonniers, mais les nationalistes feront tout pour récupérer cet argent. Dans leur voiture de gangsters, pistolets-mitrailleurs à la main, ils plaisantent. Verini conduit aussi vite et prudemment que possible, accélère dans le virage qui débouche sur le ravin.

Sylvain demande ce qu'ils feraient avec un million et demi.

– Cinq cent mille, précise Chapel, chacun sa part !

Verini sourit, pense à Adila, où ils pourraient aller avec cette somme. Philippe gueule :

– Attention !

La Citroën, rapide mais lourde, part en travers.

À trois kilomètres de là, à la Ferme, les premières détonations font tendre l'oreille.

– Bordel, d'où ça vient?

– C'est loin?

– Non, c'est pas loin. Vos gueules! Écoutez!

L'écho d'une rafale de PM se perd dans la vallée. Suivie d'une autre, de tirs saccadés, puis de l'explosion d'une grenade dont la détonation indique sans aucun doute possible l'origine de la fusillade.

– Le ravin! C'est le ravin, putain! C'est eux!

– Caporal! Les cocos se sont fait avoir!

Deux autres grenades explosent, les PM crachent en continu.

La Jeep et le GMC dévalent la piste. À bord Thorez, Colona et Perret, et presque tous les appelés du commando. Ils tendent l'oreille au-dessus des moteurs et des bruits de ferraille des véhicules. Un dernier coup de feu.

– Putain, c'est fini! Ils tirent plus! Ils tirent plus, on entend plus rien!

Il leur faut dix minutes pour arriver sur les lieux.

Le capot de la traction est soulevé, l'avant de la voiture écrasé sur la paroi rocheuse. Le pare-brise et la vitre arrière, côté gauche, ont volé en éclats, plusieurs balles ont percé la carrosserie. La malle arrière est ouverte. Personne en vue. Colona saute de la Jeep à peine arrêtée :

– Ils sont là! Ils sont là, mon lieutenant!

Une trentaine de mètres après l'épave de la traction, à quatre pattes et couvert de boue, Chapel sort du ravin et se redresse sur le remblai. Il agite son MAT encore fumant au-dessus de sa tête.

– On a un blessé! On a un blessé!

Il replonge dans le fossé. Lorsque leurs camarades arrivent, Philippe et Pascal sont en train de tirer Casta dans les cailloux. La manche gauche de son uniforme est déchirée, du sang coule sur la terre gelée.

Chapel et Verini, le front entaillé et couvert de sang, sont livides. On dépose Casta sur le plancher du camion. Le teint vert, transpirant à grosses gouttes, il vomit, crache et répète sans cesse qu'il ne veut pas mourir. Verini tremble comme une feuille, Chapel ne lâche pas son arme et crie d'une voix hystérique :

– Ils ont attaqué des deux côtés ! Ils ont pris l'argent, mon lieutenant ! Ils ont pris l'argent !

Thorez trépigne :

– Faut les prendre en chasse, lieutenant, faut les rattraper ! Verini, est-ce que vous en avez descendu, est-ce que vous avez blessé des fells ?

Complètement sonné, Pascal ne trouve pas ses mots.

Perret observe les rochers qui les dominent d'une dizaine de mètres. S'ils sont encore là, avec trois grenades les fells déciment le commando.

– On verra ça plus tard. Colona, rassemblez les hommes, on ne reste pas ici. En voiture ! En voiture, nom de Dieu ! En voiture, Thorez ! C'est un ordre, bon Dieu !

Casta est soigné à la Ferme, avant d'être évacué par hélicoptère vers Orléansville.

En fin de journée, Chapel et Verini, à peine remis de leur peur, font leur rapport au lieutenant.

– J'étais au volant, mon lieutenant, Chapel sur le siège passager et Casta à l'arrière. On roulait comme on pouvait, mais avec le verglas c'était pas possible d'aller très vite. C'est Philippe qui les a vus en premier.

– Chapel ?

– J'ai vu un fell du côté du ravin, mon lieutenant, j'ai crié, et presque en même temps il y a eu un tir. La voiture a commencé à partir en travers.

– Verini ?

– Je sais pas ce qui s'est passé. Peut-être que c'est la roue avant qui a éclaté, mon lieutenant, mais je suis pas sûr. Peut-être que j'ai paniqué et dérapé. J'ai braqué du côté des rochers et ils ont commencé à tirer sur la voiture.

– Ils étaient combien ?

– Je sais pas, mon lieutenant. En haut, sur les rochers, j'en ai vu trois ou quatre. Deux ou trois du côté du ravin, quand on est sorti en courant. Comme j'ai roulé encore un peu après le premier tir, ils étaient derrière nous, peut-être à vingt mètres. Quand la voiture a tapé le rocher, on a tiré par les fenêtres, mais on savait même pas où ils étaient vraiment. Casta est sorti le premier, il est parti vers le ravin et c'est là qu'il a été blessé.

– Chapel, combien vous en avez vu ?

– Pareil, mon lieutenant. Trois en bas, peut-être quatre ou cinq en haut.

– Armement ?

– Pardon ?

– Qu'est-ce qu'ils avaient comme armes ?

Chapel regarde Verini, qui hausse les épaules.

– Je sais pas, on a rien vu de précis, lieutenant. Y avait des fusils, et des rafales d'automatiques aussi.

– Grenades ?

Verini se redresse.

– Non, mon lieutenant. Les grenades c'était nous. J'en ai lancé deux et Chapel une. La première, j'ai essayé de viser les rochers au-dessus de nous, mais elle a sauté sur la piste. Les deux autres, on les a lancées pour se couvrir, sans vraiment regarder. Ils tiraient d'en haut et aussi sur notre gauche, depuis la piste. On a tiré à l'aveuglette en descendant le plus loin possible dans le ravin, mon lieutenant.

– Est-ce que vous pensez en avoir tué ou blessé ?

Les deux appelés se regardent à nouveau. Verini baisse les yeux.

– Mon lieutenant, ils avaient le terrain pour eux, on a fait que riposter, on a surtout tiré en l'air. Je pense pas qu'on a touché quelqu'un, mon lieutenant.

Perret fait la gueule, allume une cigarette. La plus belle prise du commando depuis des mois, réduite désormais à un stock de pulls. Les deux troufions attendent debout devant son bureau.

– Vous ferez un rapport écrit que vous remettrez au caporal-chef Colona. Rompez.

– Mon lieutenant ?

– Verini ?

– Comment va Casta ?

– Le chirurgien de la 9e dit qu'il va bien. La balle a fracturé l'humérus, puis est ressortie en cisaillant le triceps. Pas de gros problème, mais on ne le reverra pas ici.

– On pourra aller le voir, mon lieutenant ?

– Vous voulez déjà reprendre la piste ?

– On peut faire le ravitaillement, dans deux jours.

Perret baisse les yeux sur son bureau vide.

– Comme vous voulez. Voyez ça avec Colona.

Perret n'a pas parlé de l'argent. Les reproches affleurent dans l'absence de commentaires. Est-ce qu'ils auraient dû risquer leur vie, prendre plus de risques pour sauver quelques billets dans une guerre qui coûte chaque jour des centaines de millions ?

– Qu'il aille se faire foutre, déclare Verini en passant devant les cellules.

Une neige lourde et mouillée recouvre les toits en tôle, sous lesquels une quinzaine d'Arabes crèvent de froid.

À la veillée, ils racontent la même histoire, et le lendemain, ensemble, ils rédigent leur rapport, puis ils attendent de pouvoir aller voir Casta à l'infirmerie d'Orléansville. Le Corse rentrera chez lui plus tôt que prévu.

Juillet 1959

Un mois à tirer, dans la même chaleur d'été qu'à son arrivée. Pascal regarde les gouttes de sueur couler le long de son bras, jusqu'à son coude, pendant que les Arabes cueillent les oranges. Les gouttes se détachent de sa peau bronzée et tombent, petits ronds noirs qui s'évaporent sur la tôle poussiéreuse de son pistolet-mitrailleur. Il pense à Rachid.

Depuis avril, il est seul. Casta a donné des nouvelles au début, à son retour en France. Démobilisé, après trois semaines de convalescence dans un hôpital militaire du continent, il est rentré sur son île. Les quelques lettres qu'il a envoyées à Pascal et Philippe étaient dures. À écrire sans doute et à lire. Parce que tous les trois savaient. Inutile d'espérer que « tout va bien là-bas », de dire que « tout va bien ici ». Mais Verini et Chapel ont fait semblant, parce qu'ils voulaient croire que la France, quand leur tour viendrait, serait une vraie rigolade, que l'Algérie serait oubliée.

Ensuite, en mai, c'est Verini seul qui a reçu des lettres de ses deux camarades. Et leur lecture cette fois a été une épreuve. Philippe à Paris, qui reprend « doucement le boulot » avec son père, au restaurant. Sylvain qui travaille à nouveau au garage. Doucement. Un mot qui a fait peur à Pascal. Comme si le retour n'allait être qu'une longue convalescence sans fin. Philippe, dans son dernier courrier, reçu en juin, a glissé un billet de mille francs : « Bois une tournée à notre santé, trois verres à te partager ! » Verini a gardé le billet et a répondu : « On boira un verre ensemble quand je serai rentré ! » Depuis il n'a plus reçu de lettres. C'est aussi bien. Il doit se démerder tout seul maintenant. En juin, aussi, une lettre de son oncle. Des mois qu'il n'avait pas eu de nouvelles de sa famille. Qu'il n'en avait pas donné. Son père n'a toujours pas écrit. Ou peut-être une fois ou deux, une signature en bas des quelques lettres de sa mère, mais il ne s'en souvient pas. Christine aussi a écrit quelques fois. A-t-il reçu plus de lettres qu'il ne s'en souvient ? Est-ce plutôt qu'il n'y a jamais répondu, qu'il les a jetées et a oublié les avoir lues ?

Colona est son seul soutien. Seulement Colona n'est pas un ami.

Son dernier refuge, c'est Adila. Le taxi, la fin de la guerre, mais ils n'en parlent plus que du bout des lèvres, sans plus y croire non plus.

L'été, pourtant plus facile que l'hiver, exaspère le sentiment d'un temps en boucle, les longues journées se traînent. L'orangeraie parfumée, les paysages, Verini ne sent ni ne voit plus rien. En plus de la peur d'y passer pendant les dernières semaines qui lui restent, il doit lutter contre les autres. Gardes, ravitaillements, transferts de prisonniers, surveiller Paul qui attend le moindre prétexte pour provoquer un accrochage.

Verini est au bordel. Il attend au bar qu'Adila soit libre, ensuite il ira dormir à l'Hôtel du Grand Chélif, où les bidasses ont des tarifs préférentiels. Une nuit seul dans une chambre propre, ce qu'il a trouvé de mieux à faire pour souffler depuis le départ de ses amis. Ce soir, même la passe ne le tente pas beaucoup, il se voit déjà allongé à l'hôtel. Il observe la salle du bar. Ceux qui sont là depuis des mois et qu'il reconnaît, ceux qui viennent d'arriver et ne savent pas encore cacher leur peur. Pascal va partir, tourner le dos à l'escalier et aller dormir. Il ne reste pas et termine son verre. Une épaule se colle à la sienne. Paul, sa face de blondinet rouge de vin. À côté de lui, Rubio. Les yeux de l'interprète, ses deux billes noires, enfoncées dans les cavités, sont sertis de vaisseaux rouges. Ils puent l'alcool. Verini s'écarte et demande sa note. La taulière est occupée au bout du bar et ne l'entend pas. Verini hésite à l'appeler plus fort. Paul tient un verre d'anisette entre ses deux grosses mains congestionnées, gonflées par l'alcool et la chaleur. Les épaules basses, le bouseux de Touraine devenu égorgeur de porcs en Algérie a les yeux plongés dans le liquide opaque. Les deux bouchers du DOP, débordant de haine, loin des hiérarchies et des conventions du détachement. C'est la première fois que Verini voit Rubio au bordel. Sa femme est à Oran. Il n'est pas sorti de la Ferme et de la cave depuis des semaines.

Paul est armé. Rubio, plus grand que lui, se tient droit et sa tête, au-dessus de celle du paysan, semble être le siège des pensées de Paul. Dans sa poche, le Baby Browning dont il ne se sépare jamais. Verini est venu en civil et sans armes.

Il se penche en avant et appelle une seconde fois la patronne.

– Tu vas pas boire un coup avec nous, Verini ?

Paul ne laisse pas le temps à Pascal de répondre.

– Tu vas voir ta chèvre ? Reste pas trop longtemps, moi aussi j'aime bien la sauter ta pute.

Personne ne bougera, ni les portiers arabes ni les maquereaux dans la salle et à l'étage. Rubio s'est tourné vers les tables, son verre à la main, le bas du dos appuyé au bar. On sait qui il est. Personne ne bougera.

Verini lève la main pour faire signe à la patronne.

– Reste avec nous Verini, bois un verre.

Paul a saisi son bras pour arrêter son geste.

– Lâche-moi.

Rubio regarde devant lui, abruti, l'œil brûlant. Paul lâche prise.

– C'est quoi son prénom, à ta chèvre ?

Les « r » roulés de Paul sont devenus aussi râpeux que ceux de Rubio le pied-noir.

La patronne s'approche.

– Qu'est-ce que tu veux, beau gosse ?

– Une anisette pour le beau gosse, répond Paul.

– Rien. Ma note.

– Il boit un verre avec ses potes, à la santé d'Henri. D'accord, Verini ? Tu vas boire un coup à la santé d'Henri.

– Combien je dois ?

La patronne hésite. Rubio ne semble pas les entendre. La taulière le regarde, puis Paul, puis Verini.

– C'est ma tournée. Pour votre pote Henri. Vous fêtez sa quille ?

Paul a le nez dans son verre.

– Il est mort. On va boire un coup pour Henri. Avec Verini.

– Je veux rien. Ma note.

– Paye ta tournée, la vieille.

Les yeux de Rubio passent d'un visage à l'autre dans la salle, les regards qu'il croise tombent à ses pieds. Paul a commencé à trembler. La patronne pose trois verres sur le zinc et les remplit. Personne n'y touche. Paul parle fort, sans desserrer les dents, son front touche le bord de son verre :

– J'aurais bien voulu que ça soit toi qui y passes Verini, dans le ravin, avec Casta et Chapel, tes deux copains pédés.

Rubio ne bouge pas.

– Je vais prendre ta pute, Verini.

Les conversations se sont arrêtées autour d'eux. Verini prend son verre, sa main tremble. Il le porte à ses lèvres, arrête son geste et le repose sans boire. La patronne est en train de faire un signe en direction de la porte. Il entend derrière lui des raclements de chaises.

– Ta putain de crouille, je vais la sauter, Verini.

Paul est comme en prière, la tête posée sur le bar.

Pascal se tourne vers la sortie. Il fait un premier pas, puis un second et passe devant Rubio. La voix de l'interprète est pâteuse :

– Te retourne pas, Verini.

Rubio a parlé sans baisser les yeux sur lui.

Pascal s'éloigne et n'entend plus les paroles que Paul adresse à son verre. Les bruits reprennent, les conversations recommencent. Verini s'arrête sur le seuil de la porte. Il se retourne. Rubio a toujours le même regard fixe, son verre à moitié plein à la main. À côté de lui, voûté, perdu dans son monologue ordurier, Paul continue à déblatérer.

Pascal regarde les escaliers. Des michetons sont en train de descendre les marches. La patronne, au bar, le regarde et ses yeux lui disent de foutre le camp. Verini fait un pas, puis deux, traverse la salle, repasse devant Rubio, ne jette pas un regard au dos de Paul, pose la main sur la rampe de l'escalier et monte à l'étage.

Quand il arrive devant la porte de la chambre, son dos est trempé de sueur. Il frappe. Adila répond qu'elle n'est pas prête.

– C'est Pascal.

Elle lui ouvre, elle est entre deux clients, en train de se laver, habillée d'une djellaba en coton mouillée sous les bras, sur sa poitrine et entre ses jambes. Sa peau brune, marbrée par les plis du tissu trempé, lui donne envie de vomir.

– Qu'est-ce qu'il y a ? Tu transpires. Viens, entre, j'ai presque fini.

Verini refuse les caresses, ne répond pas aux questions qu'elle pose. Il reste une demi-heure allongé sur le lit, sans s'être déshabillé, à fumer des cigarettes. Adila parle de sa libération en août, elle dit qu'elle a fait amener la Versailles au garage pour que le mécanicien fasse une révision. Verini ne dit rien. On frappe à la porte, trois petits coups qui disent que le temps est écoulé. Adila pourrait faire durer encore un peu mais Pascal se lève, dit au revoir et sort dans le couloir. Il passe devant les portes des chambres, descend les marches de l'escalier et s'arrête au bar.

– Combien je dois ?

La patronne lui donne sa note.

– Beau gosse, j'en ai rien à faire que tu te fasses démolir le portrait, mais avec tes histoires tu vas attirer des ennuis à Adila. Je veux plus te voir ici.

Verini regarde dans la salle. Paul et Rubio ne sont plus là.

– Et Rubio, il est tricard lui aussi ?

La patronne encaisse sans répondre.

Verini sort sans la saluer.

Les rues sont vides, les chats et les chiens, à son passage, gonflent leur poil et grognent, sans abandonner le bout d'os qu'ils ont dégoté dans les caniveaux. Les rues qui vont du bordel au centre-ville sont sales, sentent l'urine, le crottin, les épices et les poubelles. En arrivant rue d'Isly, il croise une Jeep qui patrouille, à son bord trois bidasses. Au volant un jeune appelé lui fait un signe de la main. Il longe la rue, passe des graffitis, une vitrine murée avec des planches mal clouées et dessus peint à la main : « À Vendre ».

Il aperçoit l'hôtel et la lumière de l'accueil, entend le bruit sourd des cailloux que le Chélif roule dans son lit, et au-dessus le souffle de l'eau. Le gardien de nuit lui fait signer le registre, note son nom, son grade et son matricule, puis lui donne les clefs de la chambre. L'hôtel est moderne, le plus propre de la ville, et en temps ordinaire le plus cher. La guerre l'a vidé, le propriétaire l'a transformé, pour des prix abordables, en un dortoir pour militaires où les draps ne sont changés qu'une nuit sur deux. Verini se déshabille, fume une cigarette à la fenêtre et écoute le fleuve. Un homme suit le trottoir, la démarche mal assurée, en direction de l'hôtel. Un autre bidasse qui vient dormir ici. La rue est déserte.

Les draps ont déjà servi, Pascal s'endort malgré l'odeur du soldat qui l'a précédé dans la chambre, une odeur de poussière, de transpiration, et celle plus subtile d'un mauvais sommeil.

Août 1959

Pascal est appuyé à l'ombre du mur de la cellule. À hauteur de ses yeux une rangée de parpaings ajourés; il regarde à l'intérieur. Un Algérien est assis sur la terre, les genoux remontés contre sa poitrine, dos au mur. Un autre est allongé sur la paillasse, la capuche de sa djellaba remontée sur sa tête. Il ne chasse plus les mouches, qui se posent au bord de ses yeux pour y boire. Sa bouche est ouverte, les mouches sucent sur les lèvres le sel blanc de la salive séchée. Les tôles se dilatent et grincent sous la chaleur du soleil, les mouches ponctuent le silence, tournant dans des odeurs de merde et de sang.

Il décroche la gourde de sa ceinture, passe le bras entre les parpaings et l'agite. L'homme assis hésite, déglutit et sa gorge rend un son sec, presque un rot. Il se lève sans effort, malgré sa maigreur, l'épuisement et les coups reçus pendant la nuit. Debout, il fixe le soldat, pas dans les yeux, son regard droit tombe quelque part au milieu du visage de Verini.

– Prends-la, vas-y. Bois.

L'Arabe ne bouge pas. Comme si la gourde était une bombe, du sel pour sa soif ou un engin électrifié.

Verini ouvre la gourde, boit une gorgée, l'avale et retend le bras. Il la secoue, un peu d'eau déborde, tombe sur la terre en faisant de petits ploc. Le prisonnier suit le trajet de l'eau, relève la tête, tend la main en fixant toujours le soldat un peu en dessous de ses yeux verts. Il attend le moment où ils vont se plisser de rire et le bras se retirer.

– Prends-la, vas-y.

Son index effleure la toile kaki qui protège la gourde. Elle est là. Elle n'a pas reculé, le soldat ne rit pas. Ses lèvres se collent l'une à l'autre, fendues par les coups, crevassées par la sécheresse. Quel âge a-t-il? Cinquante ans? Moins? Il déglutit, rend à nouveau un son creux, ouvre la main et saisit la gourde. La ramène vers lui sans quitter Verini des yeux.

– Je vais pas te tuer, bordel ! Bois, dépêche-toi !

L'Algérien n'y croit pas. De l'eau offerte, au DOP du secteur Rabelais, aurait dû signifier sa mort immédiate, sinon prochaine. Il boit, de l'eau coule sur son menton, une trace noire se dissout, se mélange aux gouttes et devient rouge. Il boit peu, regarde à nouveau le soldat, essuie son menton et étire sur sa joue et dans sa barbe naissante un filet de sang.

– Pour ton ami, donne-lui aussi de l'eau.

Verini désigne celui qui est allongé sur la paillasse.

L'Arabe debout boit une autre gorgée, passe la langue sur ses lèvres assouplies par l'eau.

– C'est pas mon ami.

– Et alors ? Donne-lui à boire.

– C'est mon ennemi, il a tué mon troupeau.

– J'en ai rien à foutre, donne-lui à boire !

– Au nom d'Allah, je donne de l'eau à mon ennemi. Mais il est mort, soldat. Il est mort pendant que tu regardais.

***

Nuit de garde. Depuis le temps, le toit est aussi peu sûr que de rester en sentinelle au pied du mur. Mais il ne change pas ses habitudes, s'y accroche comme à des grigris. Trois semaines avant le départ pour Alger. Colona le lui a dit. Il est question de déplacer le DOP, la Ferme sera abandonnée. Verini ne fera pas son temps de trou ici. C'est un réconfort et une inquiétude. Où sera-t-il envoyé, pour faire ses cinq semaines de trou ? Pascal tapote nerveusement la crosse du MAT. La nuit est claire, la lune à moitié pleine, les étoiles au-dessus de la Ferme, des météorites tracent des lignes furtives dans la voûte laiteuse. Dans la cave, un homme crie en mauvais français qu'il ne sait rien. Verini s'étire, sort une datte de sa poche et la mâche, suce et mordille le noyau en se concentrant sur le bruit qu'il fait contre ses dents. Un roulement de cailloux lui fait baisser la tête. Les arbres ont des ombres. Il voit des pieds dans des sandales en cuir poussiéreuses, cachés derrière un tronc. Il ne bouge pas, arrête le bruit dans sa bouche et pointe son arme sur le corps qu'il devine, à quelques mètres de lui. Est-il repéré ? Il ne bouge pas de peur de révéler sa position. Un autre cri dans la cave. Un pied bouge dans les cailloux, avance dans le clair de lune, hésite et stoppe. Une main se pose sur le tronc, de la même couleur que l'écorce de l'oranger. Le chant des insectes est de plus en plus fort. Pascal écoute, savoir combien ils sont. La voix de Rubio, qui crie en arabe, monte du soupirail muré et l'empêche d'entendre. Puis un cri plus fort, arraché par une brève décharge électrique. Enfin le silence. Verini concentre toutes ses forces sur les ombres, sur les sons de la nuit. Il transpire, croit percevoir un chuchotement du côté de l'arbre. Est-ce qu'il entend des sanglots ? Le corps est presque entièrement dans la lumière de la lune, tendu vers le mur. Il devine le contour de la tête, tournée vers le soupirail. Il entend des mots arabes, interrompus par des hoquets. Celui qui est en bas écoute ce que Verini essaie de ne plus entendre. Monte un hurlement désespéré de la salle de torture, toutes les forces réunies pour demander pitié. Au temps qu'il a passé dans la cave, à ses cris, Pascal sait que l'homme a tout dit ou ne sait rien. Rubio et Paul continuent à le torturer, seuls ; Perret n'est plus là et personne ne prend plus de notes ni n'écoute ce qu'il dit désormais. Il hurle, le cri s'éteint entre ses dents soudées par le 110 volts. Le corps sort complètement de l'ombre, bute dans les cailloux et ne parvient pas à retenir sa voix : « Baba ! »

Verini sursaute, les tuiles bougent. En bas, un adolescent en larmes lève les yeux, voit le soldat sur le toit de la cabane et part en courant dans l'orangeraie. Pascal l'écoute s'enfuir, braque les frondaisons en tremblant, incapable de faire quoi que ce soit.

⁂

Paul monte à l'arrière de la Jeep, le menton dans la poitrine. Colona s'installe sur le siège passager, un nouvel appelé est au volant.

Au dîner, Martin, le radio qui n'évite pas la cave, raconte. Paul a craqué. L'interrogatoire commençait, le type a dit, comme d'habitude, qu'il savait rien et on a envoyé les décharges, pas trop fort. Le type tenait bon. Il a craché par terre en gueulant en arabe, il balançait des insultes et répétait qu'il savait rien. Paul a sorti son MAS, l'a braqué sur la tête du crouille. Pour lui faire peur, juste lui foutre la trouille, quoi, comme d'habitude. Mais Paul lui a tiré une balle en pleine tête, comme ça, à froid, avant que le mec ait rien dit. Sans déconner, Rubio et Perret ont reçu des morceaux de cervelle sur leurs Pataugas.

Paul est transféré au 22e RI de Ténès, dans un autre commando de chasse. Si Perret n'avait pas été là, Rubio aurait sans doute couvert le meurtre. Combien de fois est-ce déjà arrivé ? C'est ce que se demande Pascal, pas mécontent de voir Paul quitter les lieux.

Rubio était au travail, il n'est pas venu dire au revoir à son admirateur. Des signes de mains, peu nombreux, ont salué son départ, auxquels le paysan n'a pas répondu.

À qui Paul, de retour dans sa campagne, pourra-t-il expliquer ce qu'il a fait ici pendant deux ans ? Le droit de vie et de mort qu'il détenait au DOP. Un virus qui lui bouffera le ventre jusqu'à la fin de ses jours. Verini espère qu'un matin d'été brûlant, qui lui rappellera le djebel, Paul attrapera un fusil et s'en ira dans une grange pour se regarder en face. Ou dans une cave. Mais peut-être, alors qu'il sera en train d'assommer un cochon à la masse, l'envie le prendra seulement de taper une nouvelle fois, et une autre, et une autre encore, et qu'il écoutera brailler l'animal en se souvenant d'autres cris, sans comprendre ce qui les différencie.

Pascal sait maintenant ce qui lui fait peur chez Rubio. S'il existe un espoir que Paul se fasse un jour sauter la cervelle, avec dans les yeux la même interrogation qu'il a dû avoir en exécutant l'Arabe, il est sûr que Rubio n'éprouvera ni doutes ni regrets, qu'il ne se remettra jamais en question. Un cap que Paul a sans doute franchi, en tirant à froid, en appuyant sur la détente et en se demandant, peut-être, ce que cela lui ferait de s'en prendre une dans le front.

Verini termine ses deux ans sans être descendu à la cave. C'est ce qu'il se répète, son unique rempart contre la poisse coupable qui lui tombe dessus, à l'heure prochaine de quitter le détachement.

Tant qu'il lui reste une minute à passer sur le sol algérien, il ne se réjouit pas. Il faut moins d'une minute pour mourir.

***

Colona a ouvert une bouteille de whisky, Ahmed arrose l'agneau qui grille au-dessus des braises. Verini a peur que l'odeur du méchoui, signalant un jour de fête, n'attire des artificiers de l'ALN, que la piste qu'il prendra pour la dernière fois demain matin ne soit farcie de mines.

Colona lui ressert un verre.

– Ça va aller, mon gars, dans un mois t'auras oublié. T'as fait ton temps, c'est fini.

Mais la gueule couperosée du vieux militaire n'évoque pas d'oubli.

Il y a un nouvel appelé, arrivé il y a deux semaines, qui

fait des photos. Il est pâle, ne dort pas la nuit, supporte mal la chaleur et s'accroche à son appareil photo. Son réflex claque, il photographie Ahmed près du méchoui, qui ne sourit pas. Il cadre Colona et Verini qui trinquent, crispés eux aussi.

– Merci.

Colona lui tape dans le dos.

– De quoi tu parles ? Merci à toi, fiston, de repartir en un seul morceau.

– Avec Casta et Chapel, on vous doit quelque chose. Si ça avait été quelqu'un d'autre, peut-être qu'on aurait dû faire des trucs qu'on voulait pas. On vous doit ça, c'est ce que je veux dire.

– Vous vous êtes sortis de la merde tout seuls. Comme de l'embuscade du ravin. Vous êtes des malins.

Colona lui fait un clin d'œil et boit un coup. Verini pique une suée en pensant au ravin et au départ de demain, il essaie de sourire.

– À votre santé. Je prendrai des nouvelles.

Cette fois Colona rigole, le regarde au fond des yeux et semble y trouver une chose qui le satisfait.

– T'es un bon gars, pour un communiste.

Verini rigole, le son de son rire le surprend. Ahmed les écoute de loin, et Pascal sait que maintenant c'est au vieil Algérien qu'il doit parler, pour s'éviter le pire des regrets. Il s'approche de lui. Il ne trouve pas les mots. Il part et Ahmed crèvera ici.

Le vieil homme sert une part de viande à Colona, qui salue et va manger seul dans sa cahute. Le reste est partagé entre les appelés. On chahute Verini, on parle des filles qu'il va voir à Paris, de la nouvelle DS 9 qu'ils ne connaissent pas, de ce qui leur manque et qu'il va retrouver en abondance. Il ne parle pas de ses cinq semaines de rab. Il y pense, c'est ce qui le sépare des autres : après deux ans, la seule différence entre eux et lui. Mais ce soir on trinque, on récupère ce qu'on peut de sa chance, de sa joie nerveuse et inquiète. Roger, le dernier de la meute qui suivait Rubio, lui aussi ce soir redevient un môme à une fête de départ. La proximité de la jeunesse et de l'horreur ne se remarque pas sur son visage, il ressemble aux autres. Le nouveau multiplie les photos ; à la lueur du feu il a meilleure mine et s'imagine sans doute que la situation n'est pas si terrible.

Les supplétifs sont bouclés, la maison est tranquille, silencieuse. Pascal cherche Ahmed des yeux et ne le trouve pas. Il boit ses rations de blanc, de rouge et de rhum, entame une bière. Les têtes s'alourdissent, les voix retombent, le silence s'installe autour du feu et ceux de garde se préparent.

Verini se lève pour pisser.

Rubio est appuyé contre le mur de la cour à quelques mètres du feu, la lumière des flammes danse sur son visage.

– Ça y est, la quille ?

Verini ne lui répond pas, s'éloigne, défait sa braguette et se tourne contre le mur.

– Sans compter tes cinq semaines. T'as pas compris la dernière fois, Verini. Barre-toi et te retourne pas.

Pascal revient près du feu, reste un moment seul après le départ des autres, puis va se coucher. Quelques minutes plus tard, les cris recommencent. Les adieux de Rubio.

Colona lui serre la main.

– J'ai glissé un mot au lieutenant, il va voir, peut-être qu'ils te feront sauter ton rab à Alger, ou qu'ils te le raccourciront. Ils l'ont fait pour Chapel.

– Chef, je sais pas comment vous remercier.

– Saute pas sur une mine aujourd'hui.

Pascal tourne sur lui-même, regarde la cour des appelés puis celle de la maison, les cellules, Rubio qui fume devant la façade blanche.

– Chef, y a que vous que je regretterai. Et le seul type que j'aurais voulu tuer dans ce pays, c'est l'autre là-bas.

– T'en fais pas, il les a en travers de te voir repartir chez toi.

– Je crois pas que je vais lui manquer.

– Je pense pas non plus. Mais quand ce merdier sera fini et qu'on partira la queue entre les jambes, la tête de Rubio vaudra pas un pet de lapin. L'armée veut pas de lui, ça me ferait mal au fondement. Il a demandé à Perret de se faire embaucher chez les flics ou les CRS, en France. Pour lui, l'Algérie c'est fini. Il va se faire virer de chez lui, s'il crève pas avant.

– C'est tout ce que je lui souhaite.

– Pense plus à tout ça Verini, t'as un train à prendre.

– Il est où, Ahmed ?

– Pas eu mon café ce matin.

– Vous lui direz au revoir de ma part.

Le caporal regarde au-dessus de la Ferme vers les sommets du djebel Tazamout.

– Mon gars, ça m'étonnerait que je lui dise bonjour avant un moment.

La Jeep démarre, Colona rigole à pleins poumons :

– Tombe pas dans une embuscade aujourd'hui, Verini !

Pascal se retourne.

La Ferme s'éloigne. Définitivement. Il n'y croit pas. De repartir vivant de cet endroit, il se sent indestructible, puis honteux à mesure que la piste défile.

À la gare, le train est déjà là. Il jette son barda dans un wagon à bestiaux qui pue le fumier. Le MAS et son PM ont été repris au magasin de la 9e DI, à la place on lui a refilé, pour le temps du voyage, un vieux Galand, le même modèle qu'à Frileuse.

À Alger, au PC du CCI, dans le hall d'accueil, un officier consulte son livret, parcourt une liste de noms et lui indique un bureau. Une bouffée de chaleur et un vertige le font s'arrêter devant la porte du bureau. Il respire un grand coup, tire sur les manches de son uniforme et frappe.

Un capitaine, la poitrine chargée de décorations, le reçoit sans un mot, prend son livret et attrape un dossier. Verini reste au garde-à-vous.

– Qu'est-ce que vous allez faire une fois démobilisé, soldat Verini ?

Il ne répond pas, l'officier repose la question. Il hésite, sa gorge se serre.

– M'installer comme chauffeur de taxi à Orléansville, mon capitaine.

Le militaire lève les yeux de ses papiers.

– Pardon ?

Verini regarde au-dessus de sa tête, à travers une fenêtre, les collines de la ville blanche où la guerre n'existe pas.

– Vous vous foutez de moi ? Vous savez ce qui va vous arriver, sans votre uniforme et vos armes, si vous remettez les pieds à Orléansville ?

Il cligne des yeux.

– Non, mon capitaine. Qu'est-ce qui va m'arriver ?

– Qu'est-ce que vous croyez ? Dans vingt-quatre heures, on vous retrouvera avec des cailloux dans le ventre.

– Pourquoi ça, mon capitaine ?

L'officier a une hésitation, un éclair de colère passe dans ses yeux.

– Parce que vous vous êtes battu contre les rebelles, et que vous êtes connu là-bas.

– Il y a des tas de Français qui vivent à Orléansville, mon capitaine, qui sont contre le FLN et qui se font pas tuer. Pourquoi il m'arriverait ça, je suis un Français comme les autres.

L'officier l'observe, figé dans sa position réglementaire, légèrement tremblant, le regard passant au-dessus de sa tête.

– Regardez-moi.

Verini perd de son assurance et baisse les yeux.

– Qu'est-ce que vous essayez de me faire dire, soldat ?

Pascal sent la sueur sortir de tous ses pores, les mots et les insultes se bousculent dans sa gorge.

– Que je vois pas pourquoi je retournerais pas là-bas, mon capitaine.

Il étouffe dans son uniforme. La même sensation qu'à Frileuse, de faire une connerie sans pouvoir s'arrêter. Le capitaine baisse la tête sur les papiers et les signe d'un mouvement sec. Sa voix est tendue et sa carotide se gonfle au-dessus de son col de chemise.

– Deuxième classe Verini, le lieutenant Perret recommandait de vous renvoyer chez vous, mais puisque vous insistez pour rester en Algérie française, vous effectuerez vos cinq semaines disciplinaires à Alger.

Le gradé tamponne le dossier de Verini et lui tend.

– Donnez ça à l'accueil, on vous indiquera vos quartiers.

Les feuilles tremblent dans sa main.

– Je comprends toujours pas pourquoi je…

Le capitaine se lève d'un bond.

– La ferme ! Sortez d'ici, sinon je vous fais mettre aux arrêts !

Verini soutient son regard une seconde, les larmes lui montent aux yeux.

Il parvient à saluer et à sortir sans crier.

Il est cantonné depuis trois semaines dans une caserne du centre-ville. Chaque jour, un camion le dépose, lui et cinq autres appelés, devant le tribunal Hussein-Dey où il monte la garde.

Les autres vivent dans la crainte d'une attaque. Anesthésié, il ne ressent aucun danger dans la ville.

Pascal ne parle pas de ce qu'il a fait là-bas, à la Ferme. Il monte la garde et salue les militaires qui ont affaire au tribunal. Il regarde passer les filles. Le soir, il peut sortir boire un verre ou manger.

Le temps passé à Alger lui est utile. Une étape entre le DOP et la France, une transition qu'il ne regrette pas quand le jour de son départ approche. Il dort mieux. Il repense à Adila en poireautant au soleil, se sent coupable de ne pas lui avoir dit au revoir, sûr, pourtant, que c'est mieux ainsi. Là-bas, c'était la guerre. Il en est sorti. Il pense à elle et se dit qu'elle s'en sortira, quoi qu'il arrive. Pascal a décidé de ne pas s'inquiéter pour les autres, qu'il ne peut rien faire pour eux. Il a acheté des livres et, le soir, à la caserne, il lit. Il achète aussi les journaux, aux colonnes censurées et vides. À la caserne, les camarades sont moins abrutis et plus informés qu'à la Ferme.

Le bateau appareille dans trois jours. Il passe ses dernières heures devant les marches du tribunal, où des avocats algériens et français déposent des plaintes contre l'armée et certains militaires. Dans son dos les dossiers s'accumulent, dénonçant la torture.

Il a visité la ville. Sur les hauteurs d'El Biar il s'est approché de la villa des Roses, les gardes lui ont demandé de s'éloigner. Dans le quartier de Belcourt, il a flâné devant la villa Sésini sans être dérangé.

Son paquetage est bouclé, pas plus gros ni lourd qu'à son arrivée. Il se rend rue d'Isly – peut-être pour se souvenir d'Orléansville –, dans un café où des jeunes Français, autour d'un juke-box, écoutent des tubes yé-yé. Il est au bar et se souvient de Battaza à Nanterre, fêtant son départ sur un navire de la Marine. Il boit des bières. Un choc dans son dos le fait sursauter. Il sait qu'il s'agit du canon d'une arme, ne se retourne pas, lève les bras à mi-hauteur, en les écartant doucement de ses flancs. Le départ est pour demain matin.

Il faut moins d'une minute pour mourir.

Autour de lui, nul ne s'aperçoit de rien. Il sent le souffle sur sa nuque, contracte les abdominaux, se prépare à faire volte-face. Ses muscles se tendent. Le souffle derrière lui, saccadé, se change en rire retenu.

– Reste calme, Verini.

La pression de l'arme diminue, bientôt elle a disparu. Il se sent blêmir, le froid rampe le long de sa colonne, la sueur perle entre ses omoplates. Il se retourne.

– Si j'avais voulu te tuer, ça serait fait depuis longtemps.

Le pistolet disparaît dans la poche de Rachid, qui recule d'un pas en voyant la fureur dans ses yeux.

Le Kabyle se tient droit et le fixe avec arrogance.

– On m'a dit que tu partais demain. Tu offres le verre de l'amitié, soldat ?

Pascal ne répond pas et sort du bar.

Le *Kairouan* appareille.

Sur le pont, mille appelés hurlent à l'unisson de la corne de brume, au-dessus d'un quai vide. Haine, joie, énergie farouche, une tristesse de deuil. Certains se cachent pour pleurer. En bas, sur les docks, des Arabes déchargent des camions, roulent des chariots ; d'autres, endormis sur des caisses, attendent l'arrivée du prochain convoi.

Il marche vers la poupe, lorsqu'un matelot lui dit qu'il ne peut pas aller plus loin. Verini se tait. Le marin hésite, s'écarte et le laisse passer. Le *Kairouan* manœuvre. Il cherche des yeux une silhouette sur le quai. Personne. Il reste à fumer jusqu'à ce que la côte ait disparu à l'horizon. Pascal Verini ne se souvient pas de la promesse qu'il s'était faite, de crier de joie quand il reprendrait la mer dans l'autre sens.

II

1

Centimètre par centimètre, son vieux cul plat avait glissé sur le Skaï du fauteuil ; il se réveilla avant de tomber, accroché aux accoudoirs. La couverture était en boule à ses pieds et le jour était levé.

Ses épaules et sa nuque craquèrent lorsqu'il s'étira, avançant à petits pas vers la fenêtre. La banlieue était grise, sous un ciel fade et un soleil laiteux qui n'arrivait pas à percer. Sans les quelques arbres du parc pour en témoigner, ce matin d'été aurait pu être une journée d'hiver. Il entrebâilla la fenêtre pour aérer, propulsant à hauteur de nez l'odeur des chaussettes dans lesquelles il macérait depuis cinq jours.

– Salut le Portugais.

Paolo sursauta.

– Nom de Dieu ! T'es réveillé, gros ? Tu vas pas retomber dans les vapes, hein ?

George fit non de la tête en grimaçant.

– Qu'est-ce que je fous là ?

Le Portugais se précipita à son chevet, et posa sur son épaule une main déformée par l'arthrose.

– Bouge pas. Les toubibs ont dit que t'allais être dans la mélasse un moment, mais t'es tiré d'affaire. T'es resté trois jours dans le coma, ça fait deux jours que tu émerges. T'as arraché trois fois tes perfusions et t'as insulté tout le monde.

– Qu'est-ce qui s'est passé ?
– Tu nous as foutu la trouille, George.
– Qu'est-ce qui s'est passé ?
– … Tu te souviens pas ?
George fronça les sourcils.
– Si je te demande, ducon, tu crois que c'est pourquoi ?
Il leva ses bras et regarda les aiguilles plantées dans ses veines, porta lentement les mains à son visage et toucha les pansements. Puis il palpa la minerve.
– C'est quoi ce truc ? Putain, je sens rien, Paolo.
– T'es pas paralysé, t'énerve pas. Je te dis que ça va. Faut que tu restes calme.
– Calme ? Je comprends rien, on est où ?
– À l'hosto de Fontenay. Tu… tu te souviens de rien ?
Soufflant comme un buffle, le Mur se redressa en grognant de douleur.
– La seule chose dont je me souviens, c'est le Pakistanais, au 14, qui me racontait des trucs. Je sais même plus quoi.
– Paki ? Putain, George, ça fait dix jours que t'as pas mis les pieds au Ring. Paki, je l'ai pas vu là-bas depuis des semaines… Le match contre Toni, me dis pas que tu te souviens pas !
Crozat tourna la tête du côté des moniteurs, regarda un instant les courbes de son cœur en train de battre. La machine s'était mise à accélérer.
– Me souviens de rien. Toni ?
– Esperanza.
George fixa le Portugais, incrédule.
– Quel match, qu'est-ce que tu racontes ? Toni m'a envoyé à l'hosto ?
– Putain, George, déconne pas avec moi. Me dis pas que tu te souviens pas. Tu te fous de moi, c'est ça ?
Le moniteur s'emballait, George s'agitait. D'une main il arracha les capteurs scotchés à sa poitrine et les bips furieux s'arrêtèrent.

– Paolo, je me souviens pas. Mais y a un truc qui colle pas. Je sais pas ce que c'est, faut que je me tire d'ici.

Le Portugais essaya de le retenir et d'accrocher ses yeux au bord de la panique.

– Ça à voir avec le vieil Arabe, celui qu'est planqué chez toi ?

– Quoi ? Quel Arabe ?

– T'énerve pas, gros, reste au lit, t'es pas d'attaque.

Une infirmière entra en trombe. George, les fils dans la pogne, la dévisagea.

– Mais qu'est-ce que vous faites ? Ça ne va pas, non ?

George sentit son corps se ramollir ; il retomba sur le lit et vomit de la bile.

Le maillet frappa juste sous la rotule. Son pied s'envola. Le toubib lui fit suivre des yeux la lumière d'une petite lampe, écarter les bras, fermer les yeux et bouger les doigts un par un. Il tâta son crâne, cherchant là où ça faisait mal. George ne broncha pas, même lorsque les doigts du médecin déclenchèrent une décharge dans sa mâchoire, son front et le côté gauche de sa tête.

– Vous avez plusieurs fractures, au nez et au maxillaire, plus deux côtes. Et une entorse cervicale. Le plus grave reste le traumatisme crânien. Vous avez de la chance d'avoir une tête solide. Vous restez en observation deux jours de plus.

– Je me souviens pas de ce qui s'est passé.

– C'est courant, ne vous inquiétez pas. Cela devrait revenir dans les prochaines semaines. À quand remonte votre dernier souvenir ?

Paolo répondit pour lui.

– On a fait le compte, doc, ça doit remonter à deux ou trois semaines avant le match, au moins.

Le toubib prit son menton dans sa main, ponctua sa réflexion d'un « hmm ».

– Pour ce qui est de la boxe, v…
– C'est bon, doc, je vais voir ça avec lui.
Le toubib quitta la chambre, ajoutant qu'il repasserait dans l'après-midi pour d'autres tests.
Assis au bord du lit, George rumina un instant, les épaules basses.
– Qu'est-ce qu'il allait dire ?
– Allonge-toi, t'as une sale gueule.
– Fais pas chier, Paolo. Quoi, la boxe ?
Le Portugais se rapprocha de la fenêtre, la banlieue entama un peu plus sa détermination.
– C'est la sortie, le Mur. Si tu reprends un coup sur la cafetière tu peux y rester.
George serra les poings.
– À cause d'un match dont je me souviens pas ? Tout ça c'est de la connerie. C'est pas possible, dis-moi ce qui s'est passé.
– George, c'est toi qui l'as voulu.
– Qu'est-ce que tu racontes ?
– T'as provoqué Toni pendant huit reprises, tu lui as mis les nerfs en lui racontant des saloperies. Quand il est devenu dingue, t'as écarté les bras et tu l'as laissé t'envoyer au tapis. T'as fait exprès de te faire massacrer, George.
Paolo se retourna vers Crozat, qui lui lançait des regards de poisson échoué.
– Qu'est-ce que t'as foutu, George ? Qui c'est cet Arabe ? Et le flic qu'était au match ?
– J'ai laissé Toni m'envoyer à l'hosto ?
George s'extirpa du lit, chancela et arracha les cathéters, projetant des gouttes de sang sur les draps. Il arracha les capteurs tout juste recollés et passa sa colère sur le moniteur cardiaque, le secouant jusqu'à ce que la machine crache des étincelles.
– Je me souviens pas !
– Arrête tes conneries ! Recouche-toi, s'il te plaît !

– C'est qui l'Arabe ? Faut qu'on aille chez moi. Faut qu'on aille le voir !

– T'es malade ? Tu tiens à peine debout !

Deux infirmières déboulèrent en courant. En voyant la gueule cramoisie de Crozat, étouffant dans sa minerve, la blouse tombée à ses pieds, l'une d'elles repartit immédiatement dans l'autre sens, abandonnant sa collègue ; jambes écartées et mains tendues, la jeune femme demanda à George de se calmer.

Il hurla qu'il voulait ses fringues. Le Portugais ouvrit un placard et en tira un sac.

Ils sortirent de la piaule avec l'infirmière aux basques, criant qu'ils ne pouvaient pas partir comme ça. George poussa une gueulante qui la cloua sur place, l'envoyant se faire voir, elle, le matériel à rembourser et la décharge à signer.

Avant de monter dans l'AX, le Mur s'appuya au capot et vomit.

Paolo sortit du parking comme s'il laissait derrière lui une banque fumante et deux cadavres. Une fois lancé sur l'autoroute, il jeta sur les genoux de George une boîte de mouchoirs en papier.

– Essuie-toi, gros, ton nez pisse le sang. Tu fais une connerie, on devrait rester ici.

– Raconte-moi bordel ! Qu'est-ce qui s'est passé ?

Paolo finit par ralentir un peu.

– Le deuxième jour, après que tu es arrivé à l'hosto, je suis passé chez toi chercher des affaires. Le vieux était sur ton palier, dans un sale état. Il était crade, il avait pas bouffé depuis une paie. Il a dit que vous aviez rendez-vous, et qu'il attendait depuis deux jours. Qu'est-ce que tu voulais que je fasse ? J'allais pas le laisser là, à grelotter de fièvre comme un clébard !

Une boule de kleenex dans le nez, George balança un coup de poing dans le tableau de bord et se mordit la lèvre.

– Merde ! Je comprends rien ! Il a rien dit ? À quoi il ressemble ?

– Nan, il a rien dit. Seulement que vous aviez rendez-vous. T'étais dans le coma, les toubibs savaient pas comment t'allais t'en sortir. J'ai pas cherché plus loin. Ç'a à voir avec les problèmes de ces derniers temps ?

– Quoi ? Putain, Paolo, t'as pas entendu ce que je t'ai dit : je me souviens pas de ce mec, je me souviens pas de… de rien. La seule chose que je vois, c'est la gueule de types que je connais pas en train de pisser le sang, une putain d'enveloppe et le Pakistanais.

– T'énerve pas ducon, t'avais qu'à m'en parler avant, on n'en serait pas là !

– Qu'est-ce que tu sais ?

– Rien, putain ! T'as rien voulu me dire !

Ils laissèrent la voiture rue Copreaux, sur une aire de livraison. George regarda chaque marche de son immeuble, éprouvant l'effet de son poids, rassuré d'entendre ces craquements familiers.

Paolo glissa la clef dans la serrure.

À peine entrés, ils entendirent du remue-ménage dans la cuisine, un bruit de chaise renversée et de vaisselle brisée. Une silhouette voûtée, traînant un imperméable gris, passa comme un spectre devant eux, filant vers la chambre. Paolo bondit en l'air. Ils avancèrent à petits pas jusqu'à la porte de la piaule. Derrière le lit, les bras tendus sur les couvertures, un vieil homme aux joues grises de barbe les braquait avec le Taurus de George. Ils reculèrent et se plaquèrent au mur.

– Qu'est-ce que c'est que ce bordel ?

– J'en sais rien !

– C'est quoi son nom ?

– M'en souviens pas…

George le fixa stupidement, Paolo haussa les épaules :

– Ben quoi ? M'en souviens pas, c'est tout !

Une voix tremblante s'échappa de la chambre :

– Monsieur Crozat ? C'est bien vous ? Dites-moi que c'est vous.

George tira sur sa minerve pour libérer un peu sa jugulaire.

– Ouais, c'est moi. Et vous, vous êtes qui ?

– C'est moi. Nous avions rendez-vous. Cela fait presque une semaine que je vous attends.

– Vous qui ?

Le vieux sembla hésiter.

– Monsieur Bendjema. Brahim Bendjema. Nous avions rendez-vous.

– OK. On avait rendez-vous.

– Qui est avec vous ?

Paolo ricana :

– C'est moi qui vous ai ouvert, l'autre jour.

– C'est un ami. Jetez le flingue par terre.

Ils attendirent quelques secondes, puis entendirent le bruit du Taurus heurtant le parquet.

– On va entrer, déconnez pas.

George, ruisselant de sueur, fit un pas dans la chambre. Bendjema sourit en reconnaissant le boxeur.

Rien. Aucun souvenir. Qui était ce type ? Un vertige le prit. George tendit les mains vers le lit. Un autre pas sur un genou qui lâchait. Le Mur s'effondra au sol, Paolo se précipita :

– Sa tête ! Sa tête, merde ! Est-ce qu'il s'est cogné la tête ?

Bendjema regarda la vieux borgne se jeter sur le flic, hésita, puis l'aida à le hisser sur le lit.

Quand George rouvrit les yeux, l'Arabe était assis à côté de lui, un verre d'eau à la main, dans l'autre un petit cachet ovale et bleu.

– Avalez, cela vous fera du bien.

– Qu'est-ce que c'est ?

– Un remontant. Ces cachets n'arrivent pas à me tuer, je ne pense pas qu'ils viendront à bout d'un garçon comme vous. Et ce n'est pas dangereux pour votre tête. Votre ami m'a expliqué ce qui vous était arrivé.

George se redressa sur un coude et avala le comprimé.

– J'ai mal partout.

– La douleur aussi va se calmer.

Paolo, une épaule appuyée au chambranle, observait la scène.

– Ça va, champion ?

– J'ai faim. J'suis resté longtemps dans les fleurs ?

– Une heure. Je vais préparer à bouffer et je vous laisse. J'ai l'impression que vous avez des choses à vous dire.

George considéra le vieux à son chevet. Bendjema était dans un état lamentable, la peau sur les os, ses cheveux gris aplatis par la fatigue et la crasse. Qui était ce mec ?

Les coquillettes baignaient dans le beurre fondu, échappant aux coups de fourchette. Paolo prit congé, en priant George d'être prudent. Il n'avait pas l'air de parler de sa tête et posa son œil sur Bendjema ; l'Arabe lui rendit un sourire qui avait tout de l'au revoir. Le Portugais ne partit pas avant que George ait promis de donner des nouvelles.

Crozat s'empiffra, en face du vieux qui ne touchait pas à son assiette.

– Je ne vais pas pouvoir rester ici longtemps. Maintenant que vous êtes sorti de l'hôpital, ils ne vont pas tarder à venir.

George arrêta de mastiquer et leva son menton brillant de graisse.

– Ils ?

– Je suis en danger, monsieur Crozat. Je leur ai échappé de justesse avant de me cacher dans votre immeuble. Je comprends maintenant pourquoi ils ne sont pas venus, parce que vous étiez hospitalisé.

– Je me souviens de rien. Je comprends rien.

– Je pense que vous êtes aussi en danger. Le nom d'Alain Dulac vous évoque-t-il quelque chose ?

– Non.

– Martin Brieux ? Vasquez ? Scheffer ?

– Que dalle. C'est qui ?

– Vous avez été payé pour les tabasser. Scheffer est encore à l'hôpital. J'étais le suivant sur votre liste.

La fourchette rebondit sur l'assiette avant de tomber sur le lino.

– Vous travailliez pour un policier. Vous me l'avez dit le jour où nous nous sommes rencontrés, quand vous êtes venus pour moi. Vous avez dit qu'il s'appelait Roman. Vous vous en souvenez ?

– Roman ?

– Vous avez aussi oublié ?

– Bordel. Je sais pas ce que j'ai fait, mais lui je le connais. Une saloperie d'ordure. Je bossais pour Roman ? Vous vous foutez de ma gueule ? J'ai rien affaire avec un type dans son genre. Putain, Paolo a dit qu'il y avait un flic au match… au match contre…

– Je pense qu'il vous cherche. Vous disiez avoir une solution pour vous en débarrasser : le match de boxe. Nous avions rendez-vous après…

Bendjema sourit.

– J'ai l'impression que cela a trop bien marché. Vous vous êtes offert une amnistie.

– Une amnistie ?

– Une amnésie. Mais ce que vous avez oublié n'a pas disparu. Après votre match vous deviez venir me chercher. Je vous ai attendu, mais j'ai repéré deux hommes qui surveillaient mon immeuble. Je ne sais pas si Roman était l'un d'eux. J'ai réussi à m'enfuir, et à venir jusqu'ici.

Je me suis caché toute la nuit pour savoir si on surveillait votre rue et le matin je suis monté. J'ai attendu dans le vieux WC du palier, jusqu'à ce que votre ami me trouve.

– Comment vous aviez mon adresse ?

– Vous me l'aviez donnée, George. Vous devez me croire. Roman ne va pas abandonner, il va revenir dès qu'il saura que vous avez quitté l'hôpital.

George se pencha sur sa plâtrée, son appétit envolé, et répondit sans conviction :

– Arrêtez vos conneries. Roman est un tueur. J'ai rien à voir avec lui, pourquoi il me chercherait ? Je me souviens pas de vous, tout ça c'est bidon. Je sais pas pourquoi vous inventez cette histoire. Je suis brigadier, je bosse au commissariat du 14ᵉ, je fais des rondes et des matchs le week-end. J'ai pris un sale coup et faut que je me remette.

George se leva et arpenta la cuisine comme un fauve, le visage brûlé par les questions.

– Foutez le camp d'ici. Je vous dois rien, barrez-vous !

Brahim Bendjema se leva à son tour, tendit la main vers le buffet et déplia un journal. En première page, la photo de Scheffer à l'hôpital, en encart celle de Vasquez. Il lut à voix haute la description de l'homme à casquette et jogging, aperçu quittant les lieux de l'agression.

Il déposa *Le Parisien* sur la table.

– C'est de vous qu'ils parlent, l'homme à la casquette. Vous étiez habillé de cette façon, en train de faire votre footing, quand vous êtes venu pour moi. Mon collègue, Alain Dulac, m'avait fait la même description de vous. Il n'y a pas de doute.

George se sentit essoufflé et s'effondra sur une chaise.

– Je me souviens d'une enveloppe, dans ma boîte aux lettres, que j'ouvrais une enveloppe. Et je me souviens des visages. Celui-là, c'est un des visages que je vois.

Il tendait un index tremblant vers le journal et la photo de Vasquez.

– Putain, qu'est-ce que j'ai foutu ? Pourquoi j'ai fait ça ?

Le Mur interrogeait le vieux du regard, incapable d'ajouter un mot.

– Vous avez regardé dans votre boîte aux lettres en arrivant ?

George remonta jusque chez lui du plus vite qu'il pouvait, serrant la rampe entre ses doigts, la tête bourdonnante. Il entra dans l'appartement et jeta sur la table de la cuisine une enveloppe blanche, sans adresse ni nom.

Il regarda le vieux puis le rectangle blanc, incapable de bouger. Bendjema ouvrit l'enveloppe, en tira un bristol et lut.

– « Le Pakistanais n'efface pas ta dette. Tu me dois le vieux. »

Bendjema eut une moue amusée :

– Le vieux, je suppose que c'est moi. Qui est le Pakistanais ?

– Un type qui traîne au Ring. Je me souviens seulement que j'ai parlé avec lui. Je sais pas de quoi, c'était il y a au moins... Je sais pas, des semaines. C'est Roman qui a écrit ça ?

– Il n'a pas signé, mais je pense que oui.

Bendjema reposa le papier et poursuivit prudemment :

– Nous avions fait un marché, monsieur Crozat, même si vous ne vous en souvenez pas.

George se jeta sur lui.

– Je te dois rien, moi, je te connais pas, c'est des conneries ! Je suis flic, je casse pas la gueule aux gens, je suis boxeur ! Boxeur, t'entends ?

– Vous me faites mal. Calmez-vous, je vous en prie.

George lâcha prise.

– Vous êtes qui ? Pourquoi Roman voulait vous avoir ? Pourquoi j'ai été... j'ai été vous rencontrer ?

– Vous deviez m'aider, George. En échange d'un service.

Crozat s'ébroua, ouvrit la bouche pour hurler, se bâillonna d'une main et son cri se changea en sifflement entre ses doigts. Sa tête explosait et le sang recommença à couler de son nez. Il bafouilla :

– Amnésie ? Amnésie de quoi ? J'avais rien à oublier, j'avais rien à cacher, j'étais… j'étais moi, Crozat.

Bendjema posa une main sur son épaule.

– La mémoire va vous revenir. Je peux vous en dire plus, mais il n'est pas prudent de rester ici.

– Vous aider ? Vous aider à quoi ?

– Ce que nous avions convenu, rentrer en Algérie.

Il frotta son imperméable froissé, fixa les yeux avachis du boxeur dans lesquels dansait une kermesse de questions.

– Écoutez, je comprends ce qui vous arrive. Votre ami vous l'a expliqué et je n'ai rien inventé. Vous vous êtes réveillé à l'hôpital et vous avez oublié pourquoi. Je suis le seul qui peut vous aider à comprendre ce qui s'est passé. Prenez le temps nécessaire pour retrouver vos esprits, mais pas ici.

Son sac de sport à l'épaule, debout dans la cuisine, George s'accrochait aux objets. La seule chose claire, la dernière qu'il avait en tête, c'était son match contre le Noir, Gabin, et d'avoir gagné. Qu'est-ce qu'il avait foutu après ?

Il avala un autre cachet du vieux, tourna les talons quand il avisa son répondeur.

– Le répondeur.

Bendjema s'impatientait.

– Oui, qu'y a-t-il avec le répondeur ?

– Des messages. Qu'est-ce que je fais ?

– Vous êtes chez vous, écoutez-les. Mais faites vite.

– J'y arrive pas.

Bendjema s'approcha et appuya sur la touche « lecture » de l'appareil.

« Le Mur, c'est Marco. Je sais pas ce que t'as foutu avec

Toni, ça me regarde pas, mais si t'avais pas fini dans cet état, j'aurais dit que c'était un sacré numéro de salope. Appelle-moi quand tu seras sorti. Putain, soigne-toi bien, le Mur. Tu nous as foutu la trouille. »

« Salut Crozat. Beau match. Crois pas que ça va s'arrêter là. Quand tu seras sur pied, si tu parles à quelqu'un, t'es mort. »

« Doudou ? Doudou, c'est ta Mi'eille. Y a des tas de p'oblèmes, doudou, un policier qui te che'chait est venu à l'hôtel. Il a cassé la figu'e à 'Omollo et il a pas été gentil avec moi. Il voulait savoi' ce que tu m'avais 'aconté. J'ai 'ien dit doudou, mais je suis dans la me'de avec cette histoi'e. J'ai 'ien dit, je te p'omets que j'ai 'ien dit, mais faut pas que tu 'eviennes ici. »

George avait tressailli en entendant la voix de Roman. Puis ouvert des yeux de baleine en écoutant le message de Mireille.

– Je connais pas cette fille. Je sais pas qui c'est !

– Il semble que vous ayez oublié des choses plus agréables que ce policier.

– Putain, barrons-nous d'ici.

***

La petite Opel de location filait sur l'A6. Bien qu'il ne soit jamais allé à Marseille, George examinait le paysage, dans le doute, avec la curiosité d'un homme revisitant ses souvenirs. Ce trou dans sa mémoire le plongeait dans un état de réminiscence forcé. L'effet était d'autant plus fort, assis à côté de ce vieux qui disait le connaître.

Les cachets le maintenaient éveillé, dans un état de légère tension, tandis qu'un matelas chimique amortissait la douleur générale de son corps. Les messages du répondeur. Avait-il jamais adressé la parole à Roman ? Bendjema prétendait qu'il était en affaire avec lui. Pour de l'argent ? Il s'était réveillé à l'hôpital en se souvenant d'une victoire. On lui expliquait que sa carrière était terminée et qu'il était devenu un salopard. Pour cette fille, Mireille ?

George amoureux ? Le mot résonnait, absurde. L'explication lui plut un instant même si elle ne changeait rien, puis il laissa tomber. Cette Mireille devait être une pute comme les autres – celles dont il se souvenait –, et à sa façon de répéter qu'elle n'avait rien dit, elle l'avait certainement balancé.

Et la boxe ?

La sortie. Paolo disait qu'il l'avait fait exprès. L'histoire la plus dingue qu'il ait jamais entendue. Si ça n'avait pas été le Portugais, jamais il n'aurait cru un truc pareil.

Bendjema somnolait. Il avait envie de le réveiller.

Personne n'avait dit qu'ils étaient amis, c'était pourtant ce que le vieux laissait entendre.

Associés peut-être, si Bendjema n'avait pas menti. Bon Dieu, sans ma mémoire, comment je vais reconnaître la vérité ?

Il valait mieux se méfier du vieux, et écouter ce qu'il avait à dire. Foutu mal de crâne, j'arrive plus à penser.

George ralentit, obliqua vers une rampe de sortie et se gara devant la boutique de la station-service. Bendjema ouvrit les yeux et sortit brutalement de sa léthargie.

– Où sommes-nous ?

– On arrive vers Auxerre, je crois. Faut que je mange quelque chose.

– J'ai peur que nous ne soyons pas très discrets. Il faudrait que je me trouve des vêtements en meilleur état. Pour vous…

– Quoi ?

– Je ne sais pas comment nous pourrions vous rendre plus discret.

George inspecta son survêtement, n'y trouva rien à redire.

– Je peux enlever la minerve.

– Ce serait un début. Au moins en public. Vous avez mal ?

– J'ai l'habitude.

– Vous n'avez pas tout oublié.

– J'ai rien oublié. À part ce que vous racontez.

L'Algérien posa la main sur la poignée, George la sienne sur la poitrine du vieux.

– Le type que vous avez rencontré, moi… si vous m'avez raconté des bobards, si vous vous foutez de ma gueule, vous allez le revoir, et plus vite que vous pensez.

Bendjema sourit, et sa vieille main sèche tapota gentiment l'avant-bras du boxeur.

Le vieux acheta un tee-shirt, un pull en coton bleu marine et une veste grise sans manche, à poches multiples ; George, lui, se procura une casquette flanquée du sigle du conseil régional de Bourgogne.

Pendant que son coéquipier nettoyait son pantalon taché dans les toilettes, il prit le temps d'examiner les sandwichs, le nez collé aux emballages et aux listes d'ingrédients. Il se décida pour une salade composée et deux pommes emballées sous vide, accompagnées d'un café allongé sans sucre.

Le vieux fit un commentaire sur ce repas frugal.

– Je dois surveiller mon poids. Vous, vous devriez vous envoyer un peu de graisse. Vous devez pas peser plus de soixante-trois kilos. Avec votre taille, c'est à peine assez pour tenir debout.

– Je tiens debout, ne vous en faites pas.

– Ouais, vous avez l'air coriace.

– C'est la première fois qu'on me compare à un boxeur. C'est amusant, à mon âge.

Il touilla son café et sourit au gobelet en plastique :

– Mais je suppose que vous avez raison. Je savais encaisser.

– Faut aussi donner. Faut que les comptes s'équilibrent.

Bendjema releva la tête et observa la tronche ravagée du pugiliste, se demandant sans doute si c'était là l'image d'une équation bien résolue.

George piqua du nez.

– Vous avez une bonne mémoire ? Je veux dire, à votre âge, vous vous souvenez de tout ?

– Je suis historien. La mémoire est mon métier.

– Qu'est-ce que vous allez faire en Algérie ? Vous planquer ?

– Si vous voulez. Je vais rentrer chez moi.

– Et le deal c'était ça ? Vous allez m'expliquer ce que j'ai fait en échange ?

– C'est exactement ça, George.

George croqua dans une pomme, garda le morceau dans sa bouche en oubliant de mâcher.

Dans la voiture Bendjema consulta l'atlas routier.

– Nous allons faire un petit détour. Je vous indiquerai la route.

– C'est quoi, cette histoire ? Je suis pas votre larbin. Vous conduirez, faut que je me repose.

– Je n'ai jamais appris à conduire. Si vous êtes fatigué je peux vous proposer un autre cachet. Ça vous aidera à tenir. Et puis, cela était convenu. Vous ne vous en souvenez pas, mais ce détour était prévu.

– Merde, il vous fallait juste un chauffeur, c'est ça ?

Pendant que George manœuvrait péniblement sur le parking, Bendjema avala lui aussi un cachet.

– Dites, c'est pas des conneries tout ça ? On a Roman aux fesses ?

– Le danger est réel, George, nous devons être très prudents.

– Putain. J'arrive pas à vous croire. C'est pas possible,

j'ai bossé avec cette… cette… Roman est un tueur avec des relations dont personne sait où elles finissent. C'est pas possible, merde! Si vous me demandiez maintenant de bosser avec ce mec, je partirais en courant! J'étais pas quelqu'un d'autre, y a deux semaines! Pourquoi j'ai accepté de faire ça?

– Je peux vous raconter ce que je sais, cela vous aidera peut-être à comprendre.

– Vous allez me raconter ma vie?

– Je suis historien.

– Ça doit pas être aussi compliqué que ça.

Le vieux sourit.

– Scheffer et Vasquez travaillaient sur un livre, dont le sujet est une vieille affaire remontant à la fin de la guerre d'Algérie, et aux derniers partisans de l'Algérie française. Alain Dulac, qui est aussi journaliste et historien, collaborait avec eux. Ainsi que Brieux. Des histoires anciennes, mais de nombreux protagonistes de l'époque sont toujours en vie, parfois en politique ou dans les affaires. Des vieillards qui voudraient mourir sans que l'on jette des cailloux sur leur cercueil. Des carrières qui trouvent leurs racines dans la guerre d'Algérie. Les archives s'ouvrent, les témoignages, avec le temps, se multiplient. Mes travaux en font partie. Je prépare un ouvrage dont Scheffer et Vasquez utilisent une partie des recherches, sur un lieu et une période déterminés. À vrai dire, je ne sais pas exactement qui est derrière Roman. Des personnes bien placées, une ou plusieurs, peut-être à la retraite mais possédant suffisamment de relations pour faire appel à un policier corrompu. Vous n'êtes que le dernier maillon. S'ils sont découverts, ils iront jusqu'au meurtre. Ils l'ont déjà fait. C'est un acharnement de vieillards, des luttes, leurs réputations et leurs secrets. Ils ont fini par croire à leur propre mythologie, et ils défendront becs et ongles leur version de la réalité. Surtout depuis qu'une nouvelle génération politique arrive au pouvoir. Des individus qui n'ont plus rien à voir avec cette époque de la colonisation. Les protections et les amnisties ne suffiront bientôt plus. Comme pour les autres, on vous a envoyé pour me faire taire. J'ignore pourquoi vous avez accepté ce travail. Quand vous m'avez trouvé, vous sembliez douter. J'ai réussi à vous convaincre, mais vous étiez prêt.

George accéléra sensiblement.

– Vous vous êtes foutu de moi. Vous pouvez rien contre Roman, vous savez rien non plus.

– Je connais à Marseille quelqu'un qui pourra vous aider, une personne très bien informée. Sinon, avec mon témoignage, en allant voir des policiers honnêtes, vous pouvez peut-être vous en sortir. Je suis capable d'identifier les hommes auxquels j'ai échappé.

– Pff, vous croyez que c'est aussi simple ? Si j'ai cassé la gueule à ces types, c'est moi qui vais prendre. La tête au panier, ça sera la mienne. Putain, qu'est-ce que je raconte ? ça me fait le même effet que si je parlais de moi à la troisième personne !

– Rien n'est simple. Pour l'instant au moins, vous n'avez tué personne.

Un écart sur la bande d'arrêt d'urgence.

– Putain, de quoi vous parlez ? C'est quoi ça ? J'en sais rien, putain, mais j'en sais rien si j'ai... j'ai pas tué quelqu'un ? Hein ? Vous êtes au courant de quelque chose ? Merde, dites-moi ce que vous savez !

– Calmez-vous, regardez la route, s'il vous plaît.

– Je l'emmerde, la route ! Y a eu un mort ? C'est ça ?

– Scheffer...

– Quoi Scheffer ?

– Les médecins sont plus qu'indécis. Il n'est toujours pas sorti du coma. On ne sait pas s'il va vivre, ou comment. Les journaux ont minimisé, mais il y a peu de chance qu'il se réveille.

George roulait à cent cinquante, déboîta au dernier moment derrière une caravane hollandaise qui se traînait vers la mer.

– Il va crever ? C'est ça ?

– Personne ne le sait, George. Mais vous n'avez plus beaucoup de choix. Si nous ne trouvons pas son commanditaire, il faudra au moins exposer Roman. Il y a des réponses à Marseille, pour nous deux.

La voiture atterrit sur une aire de repos, devant les sanitaires. George s'expulsa de l'Opel en laissant la portière ouverte, tituba jusqu'aux lavabos et vomit dans un vertige. Aux urinoirs, un môme de dix ans déguerpit en s'arrosant les pompes.

Il se rinça la bouche et le visage, son souffle lui déchirait les côtes, un tisonnier à blanc fouillait son front. Il lança sa tête contre le miroir pour calmer la douleur.

Bendjema entra dans les toilettes et lui demanda d'arrêter ça. Il ne l'entendit pas ; il matraquait le miroir à coups de poing, maculant le verre brisé de sang, insensible aux fractures de ses doigts. Le vieux tenta de l'arrêter, George le saisit au col et le plaqua contre une porte.

– Je vais te buter, sale bicot de merde, je vais te faire la peau ! Tout ça c'est de ta faute ! T'entends ? C'est ta putain de f...

Le canon du Taurus, enfoncé dans la chair de son menton, lui referma la bouche. George se traita de con. Le sac, la bagnole, son arme.

– Lâchez-moi, ou je vous fais sauter le crâne. Lâchez-moi immédiatement.

Le boxeur reposa Bendjema sur le sol. Le vieux tenait fermement le flingue et continuait à pousser vers le haut, le forçant à lever la tête.

Un coriace.

– Vous ne me touchez plus. Vous m'entendez, George, jamais plus vous ne portez la main sur moi.

George cligna des yeux. Pas une hésitation dans ceux du vieux.

– Reculez. Retrouvez-moi dehors quand vous serez calmé.

George souffla à fond puis inspira, se gava d'oxygène jusqu'à ce que ses mains arrêtent de trembler.

Des souvenirs, la colère avait déclenché une succession de flashs : il s'était vu devant la porte d'un appartement et dans une rue bordée de thuyas, puis accroupi dans un petit local sombre puant les poubelles, puis en train de courir dans une rue, du sang jusqu'aux poignets.

Tu tournes pas rond, t'es dans les vapes. Il est malade, ce vieux, tu sais plus ce que tu fais, tu sais plus ce que tu penses, gros. T'es à la masse, le cerveau en compote. Faut te reprendre, t'as des mecs aux fesses. Roman ou pas, tu le sais, tu le sais, putain, tu penses qu'à ça depuis que t'es réveillé. T'as même pas besoin de savoir, tu sais que tu dois courir. Tu le sais.

George jeta à la poubelle les éclats de miroir tombés dans le lavabo, fit couler de l'eau, se lava les mains et le visage.

Lorsqu'il sortit des chiottes, un attroupement de curieux se dispersa.

L'Algérien attendait dans la voiture. Il s'installa au volant et ils restèrent silencieux une minute.

– Où est mon arme ?

– Je la garde pour l'instant. Nous verrons plus tard. Démarrez.

George frotta son menton. Le canon avait arraché un morceau de peau.

– Dites, vous avez quel âge ?

– Soixante-dix-huit ans. Mais ne vous fiez pas aux apparences. Je suis plus fragile que j'en ai l'air.

George ébaucha un sourire, qui se figea au souvenir de Scheffer.

2

Ils quittèrent l'autoroute quelques kilomètres avant Lyon. Il était dix-neuf heures. Le vieux les orienta sur des routes de plus en plus petites et sinueuses pendant une cinquantaine de kilomètres. Le vert des regains reprenait sur les champs fauchés et jaunis. La route les éloignait des grands axes, en direction de la vallée de la Loire sous le soleil bientôt bas.

Ils n'avaient presque rien échangé depuis trois heures. George conduisait lentement, rattrapé par la fatigue, surveillant la poche de Bendjema déformée par le poids du Taurus. Le vieux était plus nerveux. Il consultait sans cesse un petit carnet écorné où couraient des pattes de mouches noires, et suivait du bout du doigt l'itinéraire sur la carte.

Dans un bled appelé Saint-Jodard ils s'arrêtèrent à une fourche. Un immense bâtiment de pierre jaune bordait la route. Un monastère. George aperçut derrière un portail en fer forgé une sœur portant un voile blanc, qui traversait la cour sans les voir.

– C'est à droite, George.

La route tourna plusieurs fois à angle droit, jusqu'à une autre intersection et une petite voie plongeant vers la Loire, au goudron envahi de touffes d'herbe. La route en pente ouvrait sur un immense panorama de montagnes érodées. Avant que la route ne se change en chemin de pierre, sur la gauche, une vieille maison couverte en tuiles romaines dominait le paysage, récoltant toute la lumière du soleil en déclin.

– Je pense que c'est ici.

George arrêta la voiture devant un portail en bois démonté et poncé, prêt à être repeint. Bendjema ouvrit sa portière.

– Attendez-moi.

– Hé !

– Oui ?

– Le flingue. Je suis toujours flic. Vous rentrez pas chez quelqu'un avec mon arme de service.

Brahim tira le pistolet de sa poche et vérifia la sûreté avant de le lui rendre. Puis il lissa sa veste, passa la main sur ses sourcils gris et entra dans le jardin.

Il avançait vers la maison restaurée, construite en trois ailes autour d'un grand patio dallé. Les enduits des façades n'étaient pas terminés. Près d'un puits, des pierres de taille attendaient à côté de fondations fraîchement creusées, délimitées par des cordeaux tendus. La maison semblait être depuis longtemps en travaux. Sur le point d'être terminée, jamais achevée par quelqu'un qui prenait son temps. La brise de la vallée remontait sur la colline, faisant bruisser un bosquet de bambous. George sortit de la voiture et s'étira, fit quelques pas et se détendit un peu.

Bendjema avait disparu dans la cour.

***

L'Arabe s'approcha d'une grande baie vitrée, qui avait vraisemblablement remplacé une ancienne porte de grange. À l'intérieur, un capharnaüm d'objets de récupération, un lit, un vieux Chesterfield, des meubles recouverts de draps poussiéreux, et des travaux d'aménagement en cours. Bendjema avança jusqu'à la façade principale.

Il écouta les bruits avant de frapper à la porte d'entrée. La maison était silencieuse. Il appuya une main sur le carreau et y colla le front. La première pièce était une cuisine : au milieu, une table de ferme où s'empilait du courrier ouvert. Appuyé au mur, à côté d'une chaise de brocante, un fusil de chasse. En face de lui et à droite, deux portes fermées. Brahim hésita, tourna la poignée. Une odeur de plat refroidi et de condiments. Au-dessus des plaques de cuisson, sur la hotte, une photo noir et blanc au brillant terni par la graisse : sur le pont d'un voilier, par un jour de soleil, un homme d'une quarantaine d'années fixait l'objectif sans aménité, le poing serré autour d'un hauban. Bendjema saisit doucement le fusil, vérifia le plus silencieusement possible qu'il était chargé, et poursuivit son inspection. Une casserole et une assiette qui trempaient dans l'évier, une étagère de livres de cuisine et partout des détails qui évoquaient la mer. Devant les flacons d'épices un petit câble tendu, pour les retenir en cas de roulis ? Une lampe-tempête au-dessus de la table, un flotteur en liège attaché à des clefs de voiture accrochées à un clou. Des dessins de nœuds marins encadrés ; en bas du dessin, une inscription au stylo : « Bon anniversaire Capitaine. » Signé « Jeannot ». Le bois craqua derrière la porte du fond. Brahim ressortit, recula lentement sans quitter la porte des yeux, braquant dessus les canons du fusil. Il atteignit la porte d'entrée, referma et remarqua une petite cloche de bronze accrochée au mur. Il tira sur la cordelette puis recula encore d'un pas, baissa l'arme en cachant le fusil derrière sa jambe.

Le reflet sur la vitre masquait la silhouette qui avançait vers lui. L'homme mit la main sur la poignée de la porte et ouvrit. Des cheveux gris aux racines sombres, pieds nus, il fouillait de ses doigts une barbe épaisse. Derrière la fente des paupières ridées, les yeux se cachaient de la lumière. L'homme mit sa main en visière :

– Ouais, c'est pour quoi ?

Le vieil Arabe attendait dans l'ombre de la maison, l'autre s'habituait lentement aux contrastes de l'extérieur.

– Bonjour.

Le barbu cligna des yeux. La partie imberbe de son visage changea de couleur. Il fronça les sourcils, recula dans la cuisine pour s'éloigner de l'Arabe, se cogna à la table et continua jusqu'à la chaise où sa main rencontra le vide, là où le fusil aurait dû se trouver.

Le barbu hésita un instant, serra les poings et décida de faire face. Il avança vers Bendjema et à mesure qu'il s'en approchait la colère déforma ses traits endormis. Bendjema ne bougea pas et leva l'arme vers la poitrine de l'homme. Les canons s'enfoncèrent dans sa poitrine mais il ne stoppa pas, forçant Bendjema à refluer.

– Barre-toi ! Casse-toi d'ici !

– J'aurais pu…

– Ta gueule !

Brahim appuya de toutes ses forces sur le fusil et réussit à stopper son adversaire.

– Calme-toi, sinon ça va mal finir.

Le barbu sursauta et se figea sur place.

George s'était glissé derrière lui et avait appuyé le Taurus sur sa nuque. Nerveux, le Mur regarda Bendjema pour savoir ce qu'il devait faire maintenant. Le barbu articula lentement, sans quitter l'Algérien des yeux :

– Dis au mec dans mon dos de poser son flingue. T'entends le Kabyle ? Dis-lui de laisser tomber.

– George, baissez votre arme.

– Qu'il aille se faire foutre. Police. À genoux, mains sur la tête.

– George, faites ce qu'il dit. Je m'en occupe.

Crozat hésita, relâcha lentement la pression sur la tête.

Bendjema abaissa les canons vers le sol et George s'écarta, sans cesser de viser l'hirsute.

– Qu'est-ce qu'on fait maintenant ?

– Rengainez votre arme. Nous allons parler.

– Toi et ton pote vous vous barrez d'ici, reprit le barbu.

– Juste parler. Cela ne prendra pas longtemps.

– T'es mort. Je t'ai tué. T'étais mort. Tu restes mort. Tire-toi.

Il dévisagea Bendjema, puis le grand type à la minerve.

– Barrez-vous ou j'appelle vraiment les flics.

Il rentra dans la maison et referma la porte ; sa silhouette se fondit dans les reflets de verre avant de disparaître. George baissa son bras et regarda le .38 qui tremblait dans sa main.

– Merde, c'est la première fois que je braque quelqu'un. Il a même pas réagi. (Il leva les yeux vers Bendjema :) C'est qui, ce mec ? Vous avez pas dit qu'on allait voir un de vos amis.

– C'était une façon de présenter les choses. Pour ne pas vous inquiéter.

George n'était pas plus surpris que ça. L'amitié avec Bendjema, ce n'était pas tout à fait ce qu'on imaginait au départ.

– Qu'est-ce qu'on fait, alors ? On se tire ?

– Je m'en occupe.

Le vieux tira une chaise en teck grisée par le soleil et la pluie. Il s'installa en face de la porte d'entrée, cassa le fusil et le posa sur ses genoux.

George tenta de formuler une question et renonça. Il s'éloigna vers le jardin, s'assit sur le tas de pierres qui attendait le maçon, et pensa sans le vouloir que les fondations creusées avaient juste la taille d'un homme. Peut-être pas pour lui, mais Bendjema aurait pu s'y allonger confortablement. Il releva la visière de sa casquette et fixa la façade de la maison, le .38 toujours dans la main.

Le vieil Arabe immobile contemplait la porte. Est-ce que l'autre vieux était assis dans la cuisine, en face de lui ?

Au bout d'un quart d'heure, les pierres sous ses fesses refroidirent et il se leva pour marcher. À hauteur des bambous, il se retourna. Bendjema n'avait pas bougé d'un cil. La nuit approchait et le ciel au-dessus de la maison virait au rose. Les fûts jaunes des bambous étaient veinés de vert sur toute leur longueur. Les petites feuilles pointues frémissaient alors qu'il ne sentait même pas le vent sur son visage. Il n'imaginait pas que ces trucs poussaient en France, seulement sous les tropiques. George écouta le bruissement des feuilles, se retourna vers la maison et glissa son revolver dans sa poche.

La chaise était vide.

Le vieux était entré dans la maison.

Il attendit, anxieux, qu'une détonation ou des cris éclatent dans la baraque, suffisamment pour être sûr que les deux vieux n'étaient pas en train de s'étriper, puis s'allongea dans l'herbe et contempla le ciel qui arrosait le paysage de rouge et d'orange.

Le trou dans sa mémoire lui faisait du bien, un vide autour duquel il pouvait tourner sans inquiétude, à condition qu'il ne mette pas les pieds dedans. Aussi bien, il pouvait le remplir de ce qu'il voulait, en attendant. Avec un paysage, ou les odeurs des champs. Au-dessus de sa tête la minuscule forêt de bambous accrochait le couchant. Il s'endormit.

Il se réveilla dans le noir, pris de panique, et roula sur le côté, poings levés pour protéger sa tête d'un direct d'André Gabin.

Mais il n'y avait rien que le noir et les premières étoiles. Il se releva, attendit que sa tête arrête de cogner et de tourner avant de s'orienter vers la lumière de la cuisine, où il colla son nez cassé au carreau.

Chacun d'un côté de la table vide, les deux vieux se faisaient face, la tête basse. Le fusil était posé à côté de Bendjema, qui parlait pendant que l'autre écoutait. George frappa à la porte. Le barbu ne réagit pas, Bendjema se retourna et lui fit signe d'entrer.

Le Mur resta planté sur le seuil. Le barbu se leva, déboucha une bouteille de rouge entamée et se remplit un verre qu'il siffla d'un trait.

L'Algérien se leva à son tour, emporta le fusil et tira George pas le bras.

– Nous nous installons à côté.

George se réveilla à l'aube, trempé de sueur, allongé sur le Chesterfield au rembourrage douteux et roulé dans une couverture SNCF. Le soleil tombait droit sur lui depuis la baie vitrée de la grange. Des objets des années soixante encombraient la pièce et prenaient la poussière au milieu des prises et des interrupteurs qui pendaient des murs. Le lit de Bendjema, plus digne de son âge que le sofa, était vide et fait. La douleur dans son crâne arrêta net ses premières pensées. Sa jambe et son bras droits étaient ankylosés. Il attendit quelques minutes de retrouver des sensations, et sortit de la grange en traînant la patte, faible, nauséeux, sale et mal en point.

Les deux vieux étaient à leur place à la table de la cuisine. Pas de fusil. Devant le barbu, un cendrier débordait de mégots de brunes. Ils avaient dormi ou quoi ?

– Bonjour.

Bendjema tourna la tête.

– Vous n'avez pas l'air très en forme, George. Comment vous sentez-vous ?

– J'voudrais bien me rincer la figure, si c'est pas trop demander.

Le barbu montra la porte de droite.

La salle de bains était à l'étage. Il fit une toilette rapide et lava sa minerve. L'intérieur en était marron de sueur et de crasse. Il l'essora du mieux qu'il put et la remit en place. La fraîcheur de la mousse humide était agréable.

Dans la cuisine, l'Arabe était seul. Il poussa vers le boxeur un bol de café.

– Y a rien de plus solide ?

– Je ne sais pas.

– Dites, je vis pas en suçant des souvenirs, moi. On a rien bouffé depuis hier midi et je sors quasi du coma.

– Vous vous inquiétiez pour votre ligne… Regardez dans le frigidaire si vous voulez.

– Il est d'accord, l'autre ?

Bendjema sourit et baissa la tête.

– Servez-vous. Les choses sont en train de s'arranger.

– Ah ouais ? Et qu'est-ce qu'y fout, lui, avec son bidon d'essence ?

Au milieu du jardin, le barbu aspergeait un tas de papiers. Il fit sauter le capot d'un Zippo, frotta la pierre et balança le briquet sur le tas. C'était du fioul, pensa George, car les flammes montaient doucement. De l'essence lui aurait pété à la gueule.

Il ouvrit le frigo et plongea la tête dedans. Bendjema sortit de la maison.

Le boxeur rejoignit les deux vieux en mâchant une tartine de fromage, une main serrée sur la crosse du Taurus dans la poche de son jogging.

Les flammes dévoraient plusieurs gros paquets de pages dactylographiées ; au sommet, trônait un petit livret jauni, où une photo agrafée à la couverture commençait à se boursoufler ; le portrait du même type que dans la cuisine, sur le bateau, mais beaucoup plus jeune. Était-ce l'amnésie, qui lui faisait contempler avec autant de curiosité un tas de vieilles paperasses en train de brûler, dont il n'avait que foutre ?

Le vent poussa les flammes dans leur direction, les trois

hommes reculèrent, le barbu alluma une cigarette puis regarda Bendjema.

– Maintenant que tu m'as raconté ton histoire, qu'est-ce que tu vas faire ?

– Je rentre en Algérie. (Bendjema hésita :) Tu veux m'accompagner ?

Le barbu avala sa fumée de travers et partit dans une quinte de toux sans fin.

– T'es malade, Rachid. Tu crois que j'ai envie de remettre les pieds là-bas ?

– Hein ? Comment y vous a appelé ?

Le barbu parut remarquer pour la première fois le poids lourd, mais s'il le regardait, il s'adressait à l'Algérien.

– Et lui, il va aussi en Algérie ?

– Monsieur Crozat m'aide jusqu'à Marseille. C'est ce que je voulais te proposer, à toi aussi.

– Comment il a dit que vous vous appelez ? Rachid ? C'est pas…

– Comment tu as fait pour l'embarquer dans ton histoire, celui-là ?

– Oh ! C'est quoi, cette histoire ? C'est quoi votre vrai nom ?

Le vieux marin ramassa son bidon de pétrole et repartit vers la maison. Il pénétra dans l'aile gauche, un atelier clair aux grandes baies vitrées.

– C'est quoi votre vrai nom ?

– Rachid Amokrane.

– OK, vous vous êtes encore foutu de moi. Et lui ?

– Verini. Pascal Verini. Nous nous sommes connus en Algérie.

– Si vous m'expliquez pas tout de suite, je me barre ; j'appelle Roman et je vous balance pour régler mes dettes. Filez-moi un cachet, j'ai la tête qui explose.

Dans l'atelier, le barbu avait attrapé un maillet et un

ciseau. Il tapait dans un gros morceau de bois écorcé, posé sur un établi.

– C'est quoi qu'est en train de brûler ?

– Des souvenirs, je suppose. De la guerre. Rentrons préparer à manger, vous êtes pâle.

Crozat écouta l'histoire de Rachid et Pascal, pendant que le vieux Kabyle faisait revenir à l'huile d'olive des petits cubes de légumes. Le cachet avait calmé la douleur, mais à force d'écouter, c'était à nouveau le bordel dans sa tête. Les DOP, il ne savait même pas que ça existait.

– Les tortures, tout le monde sait plus ou moins. Mais son organisation systématique n'est pas dans les manuels des lycées. Les spécialistes français de la guerre anti-insurrectionnelle ont fait carrière par la suite. Certains ont été embauchés par les Américains, pour former les Bérets verts qu'on a plus tard envoyés au Vietnam. Également par des juntes militaires d'Amérique du Sud, comme le général Aussaresses qui a travaillé au Brésil après Fort Bragg, pour instruire des agents des polices secrètes de tout le continent. Historiquement, cette ordure est quasiment l'inventeur des méthodes que la France a exportées.

– Et vous, comment vous en êtes sorti, après que l'autre, là, Verini, il vous a cassé la tête avec son fusil ?

– Qu'est-ce que vous croyez, George ? Je suis vivant. Au bout de quelques semaines j'ai trahi, j'ai travaillé pour l'autre camp. Et même si cela ne change pas grand-chose, quelques semaines de résistance étaient déjà un effort de ma part, à la villa Sésini.

– La villa quoi ?

– Un centre de torture des parachutistes de Massu, à Alger.

– Et après la guerre ?

– J'ai fait partie des traîtres qui ont pu quitter l'Algérie. J'ai même réussi à obtenir de nouveaux papiers.

Dans l'atelier les coups de marteau alternaient avec le

vrombissement d'une tronçonneuse électrique et le bruit strident de la chaîne mordant le bois.

– Et lui, qu'est-ce qu'il a fait après la guerre ?

– Il ne m'a rien dit.

– Ouais, l'a l'air aussi coriace que vous, celui-là. Et sa femme, elle est où ?

Bendjema arrêta de touiller les légumes.

– Il a une femme ?

– Et les produits de beauté, le maquillage et tout ça dans la salle de bains ? Y a une chambre en haut, avec des photos de famille.

Rachid baissa la tête.

– Je ne savais pas. Il n'a rien dit.

– Et Roman ? Tout ça c'est à cause de votre histoire d'y a cinquante ans ?

Le vieux Kabyle n'entendait plus, inutile d'insister, il était barré loin d'ici.

George sortit prendre l'air. Dans son atelier, le barbu, Verini, tapait comme un damné sur son bout de bois, la sueur lui coulait du front jusque dans la barbe. George s'approcha de la fenêtre, puis entra. Pas de réaction. Il resta là, fasciné par l'avancée du ciseau qui pénétrait dans le bois, suivait le fil du chêne avant de faire sauter un éclat. Ça paraissait vain, lent et sans fin étant donnée la taille du tronc, mais la forme apparaissait, sans détails mais déjà présente. Une tête aux contours grossiers, une épaule. Verini s'arrêta, et leva la tête sur le gros mec dans son jogging, sa tête pleine de pansements sales et sa minerve, hypnotisé par l'ébauche.

– Qu'est-ce que vous voulez ?

– Euh, rien. Je venais voir, c'est tout.

– Faites attention à Rachid. Il ment.

– Quoi ? Ah, Bendjema ! Ouais, je sais. Il est pas clair.

George sourit, content sans savoir pourquoi de l'espèce de complicité qu'il avait sentie entre lui et le vieux marin.

Mais Verini reprit son travail au maillet, avant de se balancer un coup sur le pouce. Il souffla sur son doigt et secoua sa main.

– Vous êtes flic, c'est vrai ?

– Ouais. À Paris, dans le 14e. Vous connaissez ?

– J'ai habité le quartier un moment, j'aime bien.

– Ouais, c'est pas mal.

– Mais j'aime pas les flics.

Le boxeur remballa son sourire, enfonça sa casquette et sortit. Il changea d'avis sur le seuil et se retourna.

– Votre pote, Rachid, Bendjema ou ce que vous voulez, il va crever s'il arrive pas à Marseille. Après votre histoire, là-bas en Algérie, ça vous dérange pas ?

– Il a dit qu'on était amis ? C'est des conneries. Je lui dois rien. Et si vous êtes assez con pour le suivre, ça me regarde pas non plus.

George ouvrit la bouche, écrasa la casquette sur son front et sortit. Verini sursauta.

– Hé ! Comment vous avez dit ? Bendjema ? Brahim Bendjema ?

Le gros flic était trop loin. Verini saisit son ciseau, se remit à cogner et s'envoya un nouveau coup sur le pouce. L'ongle s'ouvrit en deux et le sang se mit à couler.

Quand Verini entra dans la cuisine, la main poisseuse de sang, George piochait dans la fricassée vaguement orientale, voûté sur son assiette comme un môme à la cantine. Bendjema, raide comme un pieu, picorait du bout de la fourchette.

– Tu prends un bateau et tu disparais ?

L'Algérien acquiesça.

– On te pose à Marseille, tu embarques et j'entends plus parler de toi ?

Nouvel acquiescement silencieux. Le flic essuya sa bouche sur le revers de sa manche.

– Et Roman ? Qu'est-ce qu'on fait pour Roman ?

– Qu'est-ce qu'il dit ?

Rachid se racla la gorge.

– Il est possible que nous soyons filés par un policier.

– Quoi ?

– Un tueur, ouais, ajouta le Mur.

– George ne se souvient pas. Il a eu un accident lors d'un match de boxe.

Verini vacilla.

– C'est quoi, cette histoire ? Tu débarques chez moi, tu viens me raconter ta vie et pleurer sur ta culpabilité, tu viens remuer les souvenirs, et tout ça pour quoi ? Parce que t'es dans la merde ! Si ça suffisait pas tu ramènes un flic chez moi !

– Tu me dois ce service, Pascal.

– Va te faire foutre !

Rachid sourit, porta la main à sa tête et sous les cheveux trouva la cicatrice.

– J'ai encore la marque, tu sais. Du coup de fusil que tu m'as mis. Juste dessous, il y a une tumeur. Moi aussi je vais oublier, mais juste un peu avant de mourir. Au début, j'ai trouvé ça drôle, peut-être ironique, que la tumeur soit à cet endroit, sous la cicatrice. J'ai eu envie de te revoir. Je ne parle pas d'amitié. Je parle de terminer quelque chose que nous avons commencé il y a cinquante ans.

George avait arrêté de mâcher et, bouffé d'angoisse, fixait le vieux Bendjema.

– Vous faites pas avoir. Rachid a embobiné plus de gens que vous pensez. Quand je l'ai connu, il bossait pour un seul camp et c'était déjà un tordu. Depuis que t'as bossé pour les Français, dit-il en se tournant vers Rachid, ça n'a pas dû s'arranger.

George intervint :

– Mais c'est vrai, il prend des cachets pour la tête !

– Et alors ? Tout ça c'est des conneries, il est pas plus malade que moi.

Rachid s'empourpra.

– Ma tête est toujours mise à prix en Algérie. Je rentre pour mourir, de toute façon. Je t'interdis de…

– Descends de ton cheval, Rachid. J'ai pas changé d'avis. Je veux être sûr que tu prendras ce bateau. Si ton histoire est vraie, c'est encore mieux. Une balle ou une tumeur, pour moi c'est aussi bien. On va te trouver les horaires avant de partir, j'ai pas envie d'attendre là-bas. Il faut quatre heures pour arriver à Marseille, une heure pour que tu embarques. Si je traîne pas, je serai rentré cette nuit. Si vous avez un mec aux fesses, si cette histoire est pas plus bidon que le reste, je veux pas vous voir ici plus longtemps. À Marseille, vous vous démerdez, ça me regarde plus.

Pascal poussa la porte et entra dans une grande pièce désordonnée, qui servait de bureau et de bibliothèque, où un lit était installé. Une large baie vitrée ouvrait sur les champs et la colline qui descendait jusqu'à la Loire. En bas, on apercevait les cimes vertes d'une coulée de peupliers.

Rachid reçut un choc en découvrant la vue. La maison de Verini reproduisait à peu de chose près la situation de la Ferme du DOP : isolée au milieu des cultures, cour carrée, grange, vue plongeante vers un fleuve, même orientation.

Pascal avait décroché le téléphone. Rachid annonça à George qu'il allait se laver.

À l'étage, le Kabyle entra d'abord dans la chambre dont Crozat avait parlé. Il examina une par une les photos de la famille : deux enfants et plusieurs petits-enfants. Sur une image, Verini, un poupon dans les bras, rayonnait de joie.

C'était la chambre de sa femme, à en juger par les vêtements dans la penderie et la décoration. Une chambre à part.

Rachid se déshabilla devant le miroir, sans accorder un

regard à son vieux corps strié de cicatrices, et entra sous la douche. Il fit couler l'eau et massa lentement son crâne, à l'endroit où la tumeur, introuvable au toucher, avait déjà atteint des proportions irréversibles.

⁂

Le coup de rasoir lui avait fait du bien, il avait l'air en meilleure forme. Malgré la chaleur il avait gardé le pull pour cacher ses bras. Il entra dans le bureau. La baie vitrée était ouverte et Pascal s'appuyait au montant, contemplant la vue en fumant une Gauloise. La chaleur de midi, en s'engouffrant, gonflait comme un ballon dans la fraîcheur de la pièce. À l'arrière, le jardin clôturé était une simple pelouse entretenue ; au milieu, un trou de quelques mètres de diamètre formait une sorte de mare, où poussaient des roseaux.

– Le prochain bateau part demain matin à onze heures. Il restait une place en cabine et j'ai fait une réservation à ton nom, et une avance par carte bancaire. Tu me dois deux cents euros.

– Mon nom ?

Pascal avança jusqu'à sa bibliothèque encombrée, en tira un livre grand format et le jeta sur le bureau. Sur la photo de couverture, un douar aux maisons ravagées par le feu du napalm. Un titre en rouge, *L'Oubli et la Reconstruction*. Une vieille édition des années soixante-dix. Au-dessus du titre, le nom de Bendjema.

Rachid fit tourner le livre entre ses doigts.

– C'est mon premier livre.

– J'ai lu les autres.

– Je croyais que tu ne voulais pas te souvenir…

Pascal se dirigea vers la cuisine.

– Qu'est-ce que tu croyais, Rachid ? Qu'on allait reprendre

la conversation là où on l'avait laissée, cinquante ans après ? Comme si le temps…

– N'avait pas passé ? Il n'a pas passé pour moi.

– J'ai fait ma reconstruction. Tu peux garder tes complexes de traître pour toi et on va pas devenir un club d'anciens combattants à nous deux.

– Qu'est-ce que tu as brûlé ce matin ?

– Des essais de manuscrits. Je gardais ça depuis des années, je me suis dit que c'était le moment de m'en débarrasser. Et puis mon livret militaire. C'est la seule chose que j'avais gard… Merde, je veux pas parler avec toi, Rachid. Et recommence pas avec ton histoire de trahison. Si les paras t'ont retourné, c'est pas parce que tu connaissais un gentil Français. C'est parce que tu voulais sauver ta peau.

– Tu penses que je n'avais pas le courage de mourir ? Que tu le crois ou non, j'avais l'espoir d'une paix dans laquelle nous aurions pu être amis.

Pascal ouvrit la bouteille de vin et se servit un verre.

– Toujours les grands discours. Essaie pas de me mettre ça sur le dos. T'as fait ce que tu pouvais, ou ce que tu voulais, j'ai rien à voir là-dedans.

Rachid prit un autre verre dans l'égouttoir et le remplit. Pascal sourit derrière sa barbe.

– T'es pas musulman ?

– Non, socialiste.

Les sourcils broussailleux de Pascal se soulevèrent, il désigna la porte ouverte de son verre :

– Et lui, il est quoi ?

Crozat, allongé sous le soleil, les bras en croix dans l'herbe du jardin, avait enfoui sa tête dans le bosquet de bambous.

– Amnésique.

– Tout le monde a pas cette chance.

Rachid leva son verre au plafond.

– À l'amnésie.

Il but une gorgée et lécha ses lèvres gercées.

– Tu ne crois pas que nous étions amis ?

Pascal but à son tour.

– Je me souviens même pas de ce qu'on était.

Il se tourna vers Rachid.

– Jeunes ?

– Quand je suis rentré, j'ai bossé un an à l'usine de Nanterre où était mon vieux. Et puis j'ai décidé de me barrer. J'ai répondu à une annonce. Une compagnie maritime au Havre embauchait des matelots pour travailler sur des cargos. Je suis allé là-bas pour un entretien. Avant le rendez-vous, je suis allé chez un barbier. Quand il a déplié son coupe-choux, je suis sorti en hurlant sur le trottoir, avec du savon plein la gueule. J'ai pas eu le boulot. Je sais pas si c'est parce que j'étais pas rasé, mais je l'ai pas eu. Je suis rentré à Paris, mais j'ai pas remis les pieds à Nanterre. Mon vieux et ses potes de la cellule, ils parlaient de l'Algérie et des salauds qui torturaient ; ils en parlaient devant moi comme si j'étais pas là. Je sais pas si j'aurais répondu, mais ma famille m'a jamais posé une question. Je me suis barré de Nanterre et j'y suis jamais retourné. Ça fait cinquante ans que j'ai pas eu de nouvelles, et que j'en ai pas donné. Mes vieux doivent être morts, mais je sais même pas quand c'est arrivé. Je sais pas ce que mon frangin et ma frangine sont devenus. J'ai coupé les ponts et je regrette rien. On peut vivre sans famille. Les copains suffisent. Je louais des chambres d'hôtel et je vivais au bistrot, dans le quartier de Saint-Germain. Je faisais des petits boulots, quelques magouilles. En soixante-huit je m'étais improvisé photographe, je faisais des piges pour des canards. Mais j'ai vite posé mon appareil. Avec un pote de troquet, Mohamed, on s'est mis à écumer les manifs et casser du flic tant qu'on pouvait. Il était fils de harki et picolait comme un trou.

– Tu faisais la révolution ?

– La révolution ?

Pascal émit un rire sec.

– Non, on avait un flingue et on cherchait un mec pour le descendre.

– Qui ça ?

– Un CRS.

Rachid sourit.

– Vous en avez trouvé ?

– Pas celui qu'on voulait. À la fin des manifs, une copine m'a proposé un truc. Elle connaissait des types de la mouvance autonome, qui cherchaient des mecs prêts à tout, qui savaient se servir d'armes et d'explosifs. Un vieux qui traînait dans les bistrots que je fréquentais, qui m'avait à l'œil, m'a expliqué que c'était pas ça que je voulais, qu'en croyant me battre pour ma liberté j'allais la filer à quelqu'un d'autre et me faire avoir. Je l'ai écouté. J'ai failli le faire, mais je l'ai écouté. J'ai quitté Paris. Un pote à moi s'était barré chez une nana en Bretagne et je l'ai appelé. Là-bas j'ai renfloué un vieux gréement, dans le golfe du Morbihan. Un sinagot ponté, des bateaux de la région qui servaient aussi à la contrebande pendant la Seconde Guerre. Le sinagot passait bien sur les hauts-fonds du golfe. En tout cas, ç'a été mon premier bateau. Depuis, j'ai toujours navigué. Jusqu'à y a pas longtemps, quand ma santé a commencé à déconner. Je pouvais plus sortir en mer, alors je voulais plus la voir. On est venus s'installer ici.

– Avec ta femme ?

– J'ai fait des tas de boulots. Plongeur professionnel sur la Côte d'Azur, forgeron, pêcheur au large, j'ai retapé une bonne quinzaine de baraques, on a déménagé une vingtaine de fois. C'était pas compliqué de comprendre que je fuyais quelque chose. Mais j'aimais ça aussi, changer de vie, apprendre des trucs nouveaux.

Il but du vin, et en reposant le verre regarda Rachid dans les yeux :

– Mais les rêves, les cauchemars, ils me suivaient partout.

Pascal termina son verre, se resservit.

– Et puis ça s'est arrêté. Je me souviens pas quand où comment exactement. Y a peut-être quinze ans. La culpabilité aussi, cette saloperie que je voulais faire payer à la société, qui m'a presque foutu en l'air. C'est vrai, Rachid, avant que tu débarques ici, je pensais quasiment plus à l'Algérie. Si je t'ai pas foutu dehors tout de suite, c'est parce que plus rien peut me faire revenir en arrière. Même de me retrouver en face de toi. J'ai plus peur des fantômes. La colère, ça a remplacé ma liberté pendant longtemps, c'était comme ça que j'avançais, et ça m'a envoyé plusieurs fois en taule. Y avait des mots et des gueules qui me revenaient pas, des bistrots que j'avais envie de détruire dès que je mettais les pieds dedans. Peut-être que si j'avais pas cassé la tête à quelques mecs, j'aurais fini dans une banque avec un flingue à la main. Mais le vieux gaucho me l'avait dit, et je m'en suis souvenu : cette liberté-là, c'était de la connerie. J'étais mieux sur la mer. Ma femme, elle aussi elle m'a aidé. Et les gamins. J'ai fait de mon mieux pour pas ressembler à mon paternel. Je sais pas ce que ça veut dire vraiment, mais ça a marché parce que mes gosses me parlent encore. Quand j'ai eu mon premier petit-fils, j'ai senti que tout pouvait, je sais pas, être lavé. Que ce môme, même si on lui racontait que son grand-père avait fait la guerre d'Algérie, ça lui collerait pas à la peau. Et c'était un truc, après mes enfants, qui était sorti de moi. Et ça existait parce que j'étais resté vivant. Il m'a fallu longtemps pour admettre que ma vie… C'est con, mais au fond je croyais que ma vie était un rêve. Le rêve d'un cadavre resté là-bas, dans la poussière, la gorge tranchée au fond d'un ravin.

Pascal détourna le regard, et obligea ses yeux à rester secs.

– J'ai vécu de façon égoïste, je disais que la société et l'État avaient une dette envers moi. Depuis que j'ai abandonné cet argument, j'ai commencé à avancer. Ça doit être à ce moment que les cauchemars se sont arrêtés. Mais c'est pas un pardon.

Les mots s'assourdirent, sifflés entre ses dents serrées.

– Les salopards qui étaient volontaires pour la cave, et ceux qui donnaient les ordres, s'ils se réveillent encore la nuit, c'est le minimum que je leur souhaite. J'ai parlé de ça à personne, ni aux copains, ni à ma famille, personne sait. Personne chez moi a jamais entendu parler de toi et du DOP. C'était dans le bouquin que j'essayais d'écrire. Maintenant c'est un tas de cendre. Si ma femme avait été là hier, quand tu t'es pointé, j'aurais nié. J'aurais pas dit que je te connaissais. La colère, c'est devenu ma solitude de vieux, ma tranquillité. Et je la lâcherai pas avant la tombe. C'est pour ça que je veux être sûr que tu prendras ce bateau. Te fais pas d'illusions. Et quand ma femme rentrera, elle entendra pas parler de toi. Ni du bouledogue à casquette. Je porte plus les erreurs des autres, ni celles du mec que j'étais à vingt ans, qu'aurait peut-être dû prendre le maquis avec toi. Ces erreurs-là, et ben c'est ma jeunesse. À ton âge, tu sais ce que ça veut dire. À vingt ans, même avec ma famille de cocos, j'ai choisi de m'en sortir, basta. Comme toi. Pas pire ni mieux qu'un autre. La crasse des autres, c'est plus la mienne.

Rachid écoutait comme alors. Avec des pensées de joueur d'échecs maintenant toutes choses à distance. Pascal s'en foutait. Il parlait autant pour lui que pour les murs; Rachid, comme adversaire ou ami, n'avait aucune importance.

Le Kabyle croisa ses doigts sur la table et regarda George au jardin, qui restait obstinément étendu.

– Tu sais qu'Ahmed est mort peu de temps après ton départ ? Il a pris le maquis le jour où tu as quitté la Ferme. Une semaine plus tard, son corps a été retrouvé au bord de la piste, à cinq cents mètres du DOP, exécuté par le FLN.

– Pourquoi tu me racontes ça ?

– Je ne sais pas. Je me demande peut-être pourquoi nous avons eu plus de choix que lui ; comment nous avons pu nous en sortir.

– C'était pas les mêmes choix. Ahmed… Putain, le pauvre vieux. Je me souviens qu'il était vieux, mais il avait quoi, quarante-cinq, cinquante ans ? Ahmed, il n'avait rien à vendre comme toi, et nulle part où aller comme moi.

– Que devient-il alors ? Un traître de la guerre, ou un héros de l'humanité ?

– Tu m'emmerdes, Rachid. Ta dialectique pue le cadavre. J'ai dit ce que j'avais à dire, si ça te suffit pas tu peux t'asseoir dessus.

Pascal se leva, traversa la cour et disparut dans son atelier. Les coups de maillet reprirent.

3

George se redressa avec le soleil qui se couchait. Pendant toute sa sieste il avait boxé. Contre des hommes qui n'étaient pas des boxeurs. Vasquez, Scheffer et les autres. Ils ne se défendaient pas et George frappait. Ils ne tombaient jamais, le visage ensanglanté. Autour du ring la salle était vide.

Il tourna la tête vers la route, incapable de savoir s'il rêvait encore. Une colonne de femmes descendait la petite route et prenait le chemin vers le fleuve. Elles égrenaient des chapelets, suivies à distance par deux jeunes moines. Les robes grises et les voiles blancs rougissaient sous le couchant. Elles souriaient et marchaient d'un pas léger et rapide, emportées par la pente. L'une d'elles leva brièvement les yeux vers Crozat, détourna le regard et perdit le rythme de sa marche, butant dans les talons de la sœur qui la précédait. Il les suivit des yeux jusqu'à ce qu'elles disparaissent derrière la maison.

L'herbe crissa.

– Ce sont les novices, des sœurs contemplatives de Saint-Jean. Elles passent deux ans au monastère de Saint-Jodard. Ensuite elles partent en mission, souvent en Afrique. Vous vous sentez la vocation ?

– Quoi ?

– Elles sont jolies, non ? Y a aussi des frères.

– Ouais, la religion c'est pas mon truc.

Verini frotta sa poitrine et ses manches pour se débarrasser des copeaux de bois de sa sculpture, puis son visage couvert de sciure.

– Elles tiennent pas toutes le coup. Y en a qui font le mur, parfois elles reviennent pas.

George maîtrisa un vertige en se levant.

– Putain, j'arrête pas de dormir mais je récupère pas.

– Qu'est-ce qui vous est arrivé ?

– Un match. Un mec m'a envoyé dans le coma. Mais c'est pas ça qui s'est passé. Paraît que je l'ai laissé faire.

Pascal regarda Crozat.

– Vous avez laissé quelqu'un vous aligner ?

– Ouais, ça m'a fait le même effet quand on me l'a dit. Mais je me souviens pas.

– Rachid a fait à bouffer.

– J'arrive.

– Elles repasseront pas avant une heure.

– Quoi ?

La nuit était tombée, le repas avait été avalé en silence et George sortit de table en se tenant la tête.

– Je vais me coucher.

Les cachets de Bendjema ne faisaient plus effet.

– Prenez-en deux.

– Ces trucs m'empêchent de dormir, vaut mieux que je me repose.

Les deux vieux, restés seuls, étaient mal à l'aise. Verini avait forcé sur le vin.

– Moi aussi, j'y vais. Demain on décolle à cinq heures. Tu devrais en faire autant.

– Je ne dors plus beaucoup.

– Moi non plus, mais j'ai pas envie que tu déblatères encore sur la Ferme.

– Il n'y aura pas d'autre occasion. Tu ne veux pas...

– C'est toi qui veux parler. J'en ai pas besoin. T'as fait erreur, Rachid. On n'a jamais été amis et c'est pas maintenant que ça va changer. Mets-toi ça dans la tête.

– Ça n'a rien à voir. Mais si nous ne pouvons pas en parler, avec qui pourrons-nous le faire ?

– On a déjà trop parlé, si on continue, on va se mettre à croire à notre imagination. Bonne nuit.

– Pourquoi tu as lu mes livres ? Pourquoi tu as essayé d'en écrire un ?

Pascal referma la porte du bureau derrière lui.

Rachid attendit un instant, sourit pour lui-même et sortit sur la terrasse, où il s'installa à la table de jardin. Il y avait peu d'étoiles. La faute au vent de sud-ouest qui s'était levé, traînant des nuages derrière lui. Le vieux Kabyle passa la main sur la cicatrice de son crâne. Une chair toujours sensible qui le fit tressaillir, comme une décharge électrique. La fatigue lui avait mis les nerfs à fleur de peau.

Les murs autour de la cour, maquillés par la nuit, prirent vite l'apparence de ceux de la Ferme et Rachid se tourna vers le jardin, laissant les souvenirs se superposer aux images. La porte grillagée, la route en terre, puis le portail de la grande maison blanche, les cellules, l'autre cour, et l'entrée de la cave, là où un bosquet de bambous ondulait dans le vent. Là où Crozat l'amnésique avait dormi.

Le vieil Amokrane tremblait sous la force de la mémoire. Jamais sa vieille peau ne l'avait laissé oublier. Il fallait au moins une tumeur pour y parvenir, tuer le cerveau et le corps en même temps, couvert de cicatrices impossibles à effacer.

Une silhouette voûtée traversa le jardin en courant. Des cellules des prisonniers vers la maison blanche.

Une impression de jeu d'enfant. Un gosse qui essaye de se cacher. Rachid chercha ce qui faisait fuir la silhouette débusquée, suivant la logique de son imagination. Il scruta l'obscurité. Qui était cet homme ? Le lieutenant Perret ? Une sentinelle ou un gendarme ? Puis il se vit, assis à la table sous la petite lumière au-dessus de la porte d'entrée. Il n'y avait que lui. La silhouette jouait avec lui.

S'enfuyait à cause de lui.

Rachid se leva et tendit l'oreille, hésitant à sourire.

Le vent. Les insectes.

Et la peur le saisit, écrasant sa poitrine et brûlant ses oreilles sous la montée de l'adrénaline. Il recula jusqu'à la porte de la maison en faisant face au jardin. Adossé à la porte, paniqué, il commença à négocier avec sa raison. Peut-être qu'il avait rêvé, emporté dans les souvenirs de la Ferme. Il était chez Verini, en France, loin d'Orléansville et du djebel. Il perdait le contrôle, chacune des images qu'il voulait chasser prenait la place de ce qu'il voyait : la Ferme, et Rubio qui avait traversé le jardin de Verini en courant. Peut-être le début des hallucinations, de la folie ?

Il écouta le silence, négocia et renonça.

Il avait vu quelqu'un.

Il entra et éteignit la lumière extérieure, puis celle de la cuisine, s'éloigna de la porte et se posta derrière une fenêtre. La table en teck, la cour, les murs, les fenêtres de l'atelier et un reflet de lune.

Pas de mouvement.

Rachid entra dans le bureau de Verini, qui se dressa sur son lit.

– Qu'est-ce que tu fous ?

– Il y a quelqu'un dans ton jardin. Où est le fusil ?

– Quoi ? Qu'est-ce que tu racontes ?

Pascal avait la voix lente de l'alcool, il alluma une lampe de chevet.

– Éteins ! Éteins tout de suite !

Rachid se précipita et éteignit lui-même la lampe. Il chuchota :

– Il y a quelqu'un dans le jardin. Je l'ai vu.

– T'es parano.

– Tu n'attendais personne ?

– J'ai l'air d'attendre quelqu'un ?

– Où est ton fusil ?

– Arrête tes conneries. Y a des chats et des chiens qui traînent. Va te coucher, y se passe rien.

Le Kabyle s'approcha de la baie vitrée en rasant les murs, se pencha pour voir dehors. Pascal se leva en grognant et rejoignit la cuisine à tâtons. Il alluma et se retourna vers la fenêtre. Ça y est, Rachid lui avait refilé sa connerie. Il eut un doute, marcha jusqu'à la porte, ouvrit. Il sortit pieds nus sur la terrasse et attendit. Rien. Il rentra et tira d'un casier une bouteille de vin. Le choc contre la porte le fit sursauter. George, en tee-shirt, entra en se frottant le visage.

– Chié, me suis pris les pieds dans le paillasson.

– Prévenez avant d'entrer, merde.

Pascal sourit et montra la bouteille. Le Mur déclina l'offre.

– Mal à la tête, peux pas dormir. Fait trop chaud.

Il avisa Bendjema, dans le bureau, qui espionnait la nuit à travers la baie vitrée.

– Qu'est-ce qui se passe ?

– Il croit qu'y a quelqu'un dans le jardin.

George se figea.

– Vous allez pas vous y mettre aussi, non ? Y a personne, il est parano.

Verini se ravisa en voyant la gueule du molosse tordue par la concentration :

– Oh ! Vous arrêtez vos conneries, ouais ?
– Vous connaissez pas Roman.
– Vous non plus, vous vous en souvenez pas !
– Je sais encore qui c'est. Si quelqu'un l'a mis sur notre piste, il lui faut pas plus de temps qu'à nous pour débarquer ici.
D'une main George arracha sa minerve et porta l'autre à sa hanche.
– Vous cherchez votre flingue ? rigola Pascal.
– Merde, il est dans ma veste, dans la grange.
Verini fit mine d'armer la bouteille de vin.
– Allez-y, je vous couvre.
Rachid cria :
– Coupez la lumière !
Pascal pouffa.
– Vous êtes timbrés.
Crozat éteignit, Rachid les avait rejoints et on entendait son souffle nerveux dans la pénombre.
– Je vais chercher mon arme, restez pas devant les vitres.
Le verre de Pascal claqua contre la table.
– Bon, faites chier. Allez chercher le flingue si ça vous amuse. On va tout allumer, y a des éclairages extérieurs. Comme ça vous irez vous recoucher et vous arrêterez vos conneries.
Une longue bouffée d'air et George sortit en vitesse. Pascal se prit les pieds dans des bouquins et renversa des bibelots avant d'atteindre le bureau. Rachid l'entendit ouvrir un placard, revenir ; il décrocha la lampe-tempête, la posa sur le sol et craqua une allumette. Une petite lueur chaude et mobile éclaira un mètre carré de tommette. Pascal cassa le fusil et vérifia que les deux cartouches étaient toujours engagées.
George revint presque aussitôt et referma derrière lui, inspirant un grand coup.

– Ça y est !

Il s'accroupit à son tour et vérifia son barillet.

Rachid se posta à l'abri du bureau, Verini à côté de la porte d'entrée et George à la baie vitrée.

– OK, à trois vous appuyez sur l'interrupteur de gauche, le gros.

Pascal ricana :

– C'est pas ce que j'ai voulu dire, le gros interrupteur. OK ? Putain, on va être frais demain matin, à jouer aux cow-boys toute la nuit.

Il compta jusqu'à trois et ils appuyèrent sur les interrupteurs.

Le jardin et le patio s'illuminèrent en même temps.

Pascal, goguenard, cligna des yeux.

Rachid tourna la tête à toute vitesse, d'un côté à l'autre de la maison, et se jeta au sol.

Dans la cour, un type plié en deux s'était arrêté à la hauteur de la table, comme figé par le flash d'un appareil photo.

De l'autre côté, au milieu de la pelouse, un autre homme s'était aussi arrêté un pied en l'air, à deux mètres de George debout derrière la vitre.

Les deux hommes, armés chacun d'un revolver, firent feu en même temps. Le double vitrage de la baie fut transpercé et la balle se ficha dans un meuble à vaisselle, tandis qu'un carreau de la porte d'entrée volait en éclats. George, stupidement, chercha à ouvrir avant de tirer. Mais le type détalait déjà. De l'autre côté, le tireur avait renversé la table de jardin et s'était accroupi à l'abri du bois exotique. Verini tomba à genoux, passa les canons par la vitre cassée et vida le fusil dans le ciel, remplissant la cuisine de fumée. La double détonation entre les quatre murs l'assomma à moitié.

Le type se replia et disparut hors de portée des éclairages. George avait passé le bras dehors à l'aveuglette et tira deux coups. Un fanon de roseau tomba doucement, se pliant jusqu'à l'eau de la mare.

Les assaillants avaient disparu. À l'intérieur, le trio ne bougea pas avant d'entendre au loin une voiture démarrer en trombe.

– C'était qui ?

Pascal, assis à la table de la cuisine, le fusil posé devant lui, essayait d'interrompre le tremblement de ses mains.

Rachid était blême.

– Les deux hommes qui m'ont suivi à Paris. Ce sont eux.

George aussi en avait reconnu un.

– Le mec que j'ai vu, c'est le chauffeur de Roman. L'autre, ouais, c'est sûr que c'était Roman.

Verini déglutit à sec.

– Comment ils sont arrivés ici ?

George remit sa minerve, sa nuque était raide et douloureuse.

– Paolo savait que vous étiez chez moi, dit-il en s'adressant à Bendjema, mais pas qu'on venait ici. Qui est-ce qui savait ?

– Dulac. C'est lui qui m'a aidé à trouver l'adresse de Verini.

– Roman l'a interrogé, ça peut être que ça.

Verini résistait à l'envie de s'envoyer un autre verre.

– Qu'est-ce qu'on fait ?

– Roman ne sait pas que je vais à Marseille. Il faut continuer.

George rugit.

– Qu'est-ce que vous croyez, qu'y sont rentrés chez eux ? Ils s'attendaient pas à être reçus comme ça, mais c'est pas fini. Ils vont nous tomber dessus si on remonte au village.

– Le chemin, dit Verini, le chemin qui descend à la

Loire, on peut récupérer la route au pont. C'est sec en ce moment, ça passe.

– La bagnole !

– Quoi la bagnole ?

– Ils ont vu la bagnole, le modèle et l'immatriculation. C'est des flics, putain, et on leur a tiré dessus. Ils peuvent demander des barrages jusqu'en Belgique s'ils veulent !

Verini grimaça en se levant, et massa ses genoux.

– J'ai un terrain en bas, avec un fourgon.

George fonça à la grange réunir ses affaires, Pascal jeta quelques vêtements et une trousse de toilette dans un sac. Il ôta son tee-shirt trempé de sueur et se figea, une main sur sa poitrine. Il attrapa sur sa table de nuit un petit pulvérisateur et inhala deux fois de suite. Il s'assit sur son lit et attendit que la douleur reflue.

Sur le pas de la porte, Rachid fixait la longue cicatrice rose le long de son sternum.

Pascal échangea un regard avec le vieux Kabyle.

– Le palpitant. J'ai été ponté y a dix ans.

Rachid baissa les yeux.

– Tu viens quand même avec nous, après ce qui vient d'arriver ?

– Si j'avais des hésitations, j'en ai plus. Je vais pas rester ici en attendant que ces malades reviennent. Je vous pose à Marseille et je prends des vacances.

Il enfila une chemise propre. Rachid lui sourit, comme pour s'excuser, ou parce qu'il était content de lui.

– Le CRS que tu cherchais en soixante-huit, je sais qui c'est. Mais tu ne l'aurais pas trouvé. Il n'était plus à Paris à cette époque, il avait été muté à Tours.

– Quoi ? Qu'est-ce que tu racontes ?

– Rubio n'est pas mort. Il vit à Marseille.

Verini tomba sur le lit et Rachid eut peur qu'il ne claque à l'instant, tellement il était pâle.

– Enfoiré ! c'est pour ça que t'es venu me cherc...

George entra en trombe.

– Ils ont percé les pneus de la bagnole, on était à pied de toute façon. Qu'est-ce qui se passe ?

⁂

Crozat ouvrait la marche avec la lampe et Rachid suivait dans son ombre, essayant de ne pas se tordre une cheville dans les cailloux. La pente était de plus en plus forte, ils entendaient le souffle du fleuve et l'air était plus frais. Une odeur de vase se glissait entre les troncs, couvrant celle du bois. Pascal éclaira le chemin de droite lorsqu'ils arrivèrent à une fourche.

– C'est par là, encore deux cents mètres. Ralentissez un peu, je suis plus.

Ils longèrent des grillages rouillés qui montaient à deux mètres de haut, passèrent plusieurs portails cadenassés et des boxes de garage qu'ils devinaient à peine, n'osant pas éclairer plus loin que leurs pieds. Enfin ils s'arrêtèrent devant une grille que Pascal déverrouilla. Le box était fermé et le fourgon, un Trafic plus tout jeune, était garé au milieu des herbes hautes ; deux lignes de terre glabre, là où les roues passaient, conduisaient jusqu'au camping-car.

Verini enfonça une clef dans une serrure entourée de rouille et ouvrit la portière conducteur. Le plafonnier éclaira un tableau de bord couvert de poussière, de coquillages, de plumes d'oiseaux et de vieilles cartes routières. Il se glissa sur le siège passager et ouvrit l'autre portière.

– Le jeune, c'est toi qui t'y colles.

Sur la banquette passager, les deux vieux se tassèrent et George s'installa au volant.

– C'est un Diesel. Le pousse pas quand il est froid, il a quatre cent mille bornes.

Il attendit un long moment que le voyant du préchauffage s'éteigne, puis tourna la clef de contact. Le Trafic démarra au quart de tour.

– Tu pars à droite en sortant, jusqu'au pont, et tu traverses la Loire. On est à quinze bornes de la nationale par les petites routes. Ensuite il faut cinq minutes pour rejoindre l'autoroute, direction Saint-Étienne.

– Quatre heures pour Marseille, c'est ça que vous avez dit ?

– Peut-être cinq avec le fourgon, ou six. Mais vu l'heure qu'il est, on a largement le temps.

George sortit du chemin et emprunta le pont.

Vingt-cinq minutes plus tard, ils arrivaient à l'autoroute avec la certitude que personne ne s'endormirait au volant. Le moteur aurait été sur leurs genoux que le bruit n'aurait pas été plus fort.

– Bon, tu sais conduire. Je vais me coucher.

Pascal passa à l'arrière du camion et souleva le dossier d'une banquette, qu'il accrocha avec deux sangles au plafond. Un pied sur la table, il se hissa sur la couchette bricolée. Le fourgon était aménagé comme un carré de bateau.

Rachid proposa des cachets au conducteur, qui en avala deux à la salive.

– Je vais me reposer aussi, George, si vous n'y voyez pas d'inconvénient.

– Ouais. Dites, faut pas croire qu'on est tirés d'affaire. Si Roman a le nom de votre pote, il aura aussi l'immatriculation du camion.

La voix de Verini parvint jusqu'à eux :

– Il est au nom de ma femme.

– Ça lui prendra pas beaucoup plus longtemps !

– On est pas mariés.

Rachid passa à l'arrière et George se concentra sur l'asphalte noir, cala sa roue droite sur la bande d'arrêt d'urgence et l'aiguille du compteur à cent dix. Cela semblait plus que raisonnable.

Rachid installa la deuxième couchette et grimpa comme il put.

– Y a des couvertures, dans le coffre au-dessus de ta tête.

Le Kabyle déroula un duvet sur ses jambes et pendant quelques minutes le bruit du moteur fit office de silence. Rachid parla à peine assez fort pour se faire entendre.

– Quoi ?

– Ta femme, elle habite encore avec toi ?

– On a une bicoque au bord de la mer, sur l'Atlantique. Elle passe pas mal de temps là-bas.

– Et c'est toi qui vis dans les terres ?

– Si je peux plus naviguer, je préfère pas avoir la mer sous le nez.

– Pascal, je ne prendrai pas ce bateau avant d'avoir vu Rubio.

Verini se planqua un moment derrière le bruit du moteur.

– C'était ça ton plan, depuis le début. T'es toujours aussi tordu, Rachid. Mais tu fais ce que tu veux, je serai là pour l'embarquement. C'est tout.

– Je n'ai pas menti, je n'en ai plus pour longtemps. La tumeur est inopérable.

– Et alors, ça te donne le droit d'aller buter un autre croulant ? La reconstruction et l'oubli ! Tu vaux pas mieux que les mecs que tu dénonces.

– Tu me fatigues, Verini. Ne me dis pas que tu te fous de savoir ce qu'est devenu Rubio.

Pascal attendit un moment avant de répondre.

– Cette ordure… Je me rappelle la voix de cet enculé.

Il reprit son souffle.

– Elle était tout le temps dans mes cauchemars. Je veux pas le revoir.

– Moi aussi je fais des cauchemars. Je rêve de ce qui m'est arrivé. Et ça ne s'est jamais arrêté.

Pascal réfléchit un moment.

– Je vais pas finir en taule à cause de ce fumier. Pas question que tu me foutes dedans avec ta vengeance. C'est la tienne, plus la mienne.

Rachid ricana.

– Arrête de me faire croire que tu as dépassé tout ça. Je te connais, Verini. Tu me fais doucement rire avec tes photos de famille et ta maison jamais terminée. Tu n'as rien dépassé, tu te caches toujours et rien n'a changé. Tu n'as pas fini ton livre, personne ne connaît ton histoire sauf moi, tes enfants n'ont pas la moindre idée de qui tu es, et ta façon de te réjouir d'avoir des petits-enfants est pathétique. Si tu crois que tes secrets vont disparaître avec toi, tu es encore plus naïf qu'à vingt ans. Tu traîneras ça jusqu'à ta mort, comme nous tous.

Pascal tourna le dos à Rachid et remonta la couverture sur ses épaules.

– Arrête ton numéro, ça prend plus. Si elle est pas parfaite, au moins j'en ai une, de famille. Et des potes. J'ai pas besoin de recruter chez des anciens combattants. Ceux que t'as voulu égorger.

– Je n'ai pas d'enfants parce que les paras m'ont écrasé les couilles entre deux planches.

George, qui avait ralenti pour entendre la conversation, entendit la dernière phrase et renfonça aussitôt l'accélérateur.

Les cachets de Bendjema lui collaient les paupières aux sourcils, il roula trois heures sans cligner des yeux et sans savoir combien de temps s'était écoulé.

Alors que l'horizon s'enflammait, il poussa un juron et sortit de l'autoroute. Il gara le camion, dans un crissement de freins, sur une aire plantée d'arbres et de tables de pique-nique.

Rachid écrasait comme une souche, mais Verini, sans doute un réflexe de marin, remua aussitôt le fourgon à l'arrêt.

– Ça chauffe, toutes les lumières du tableau de bord sont allumées.

– Merde, t'as roulé trop vite.

– Pardon ?

L'air était neuf, nettoyé au chalumeau par un soleil rouge et gonflé. C'était la bascule multicolore du jour, qui se levait sur une végétation sèche et des eucalyptus aux feuilles brillantes. George posa ses mains sur ses hanches et prit une douche de lumière au milieu du parking.

– Ça va, tu veux un transat ?

– Hein ?

Verini l'avait arrêté au milieu d'une pensée qui prenait forme. L'impression, depuis qu'il ne se souvenait pas de tout, que le temps était une succession de lever et de coucher de soleil, sans rien entre les deux.

Penché sous le moteur, le vieux marin se redressa en s'accrochant au pare-chocs.

– Merde, y a une fuite de liquide, on a dû péter une durite.

Il souleva le capot. Le caoutchouc craquelé d'une durite de radiateur avait éclaté sur vingt centimètres. George contempla le moteur dans toute sa complexité, une main sur son front.

– Vous avez des outils ?

– Sans durite, ça va pas nous servir à grand-chose.

Un peu plus loin sur l'aire déserte était garé un autre fourgon, un Mercedes. C'était le seul véhicule en vue et sa carrosserie était couverte de graffitis. George contempla la déco d'un œil méfiant.

– Peut-être qu'il y a quelqu'un là-dedans ?

Il y avait un nom sur le camion, au milieu des dessins peints à la main. Institut Bancal. Verini frappa sur la tôle de la porte latérale. Ils entendirent des bruits à l'intérieur, et c'est la porte arrière qui s'ouvrit. Un jeune type à moustache, les yeux collés, se racla la gorge avant de demander ce qui se passait.

– On est en panne, on a percé une durite.

Par la porte entrebâillée Pascal aperçut un amoncellement d'objets bigarrés, dont une belle collection d'animaux empaillés avec sur la tête des chapeaux à paillettes. Sans doute une troupe de spectacles de rue. Il fallut un moment au type pour reprendre ses esprits. Derrière lui, sur le matelas envahi par des éléments de décor, une autre forme se mit en mouvement et la voix d'une fille s'inquiéta de ce qui se passait.

Le moustachu, relevant une mèche de cheveux, referma la porte et après quelques bruits confus rouvrit. Il s'était habillé et déplia sa grande carcasse dont on ne comprenait pas comment elle pouvait loger dans ce merdier.

– Vous avez quoi comme problème ?

– On a crevé une durite.

Un coup d'œil au Trafic, capot levé, puis au vieux barbu et au grand type rafistolé, engoncé dans sa minerve.

– Ah ? On doit avoir des morceaux, ouais, je pense qu'on en a. Mais je sais pas où c'est dans… (Il montra vaguement son camion :) Là-dedans.

– C'est une durite de radiateur, une grosse.

– OK, je vais regarder.

– Si vous avez un morceau plus petit, je pourrais peut-être bricoler un raccord.

Ils repartirent vers le Trafic, Rachid en sortait en s'étirant.

– Qu'est-ce qui se passe ?

Verini s'empara d'une caisse à outils enfouie dans un

coffre du fourgon et entreprit de démonter la durite endommagée. Rachid s'installa à une table de pique-nique avec Crozat, et ils s'intéressèrent à ce qui se passait du côté du Mercedes. Le moustachu avait ouvert la porte coulissante, et une pyramide de boîtes de conserve, sans étiquette, lui était tombée dessus, se répandant sur le parking dans un grondement de fer-blanc. Il n'avait pas l'air plus contrarié que ça et continua à extirper du camion des objets étranges, puis des outils, puis des caisses militaires en bois, puis il s'accroupit, basculant d'avant en arrière sur les talons de pompes en croco taille mille et une nuits. Il jetait derrière lui des pièces mécaniques apparemment sans intérêt.

L'ex-marin, du cambouis plein les mains, le rejoignit avec la durite démontée.

Crozat et Bendjema les observaient en train de fouiller, comparer, chercher, au milieu des morceaux de décor : fusils en bois, bêtes empaillées, cibles de ball-trap, pigeons d'argile et animaux sauvages peints sur des panneaux de contreplaqué, les ventres dégoulinant de viscères rouges en tissu et en laine. Au milieu du massacre, une fille enroulée dans un boa fuchsia apparut, les yeux boursouflés de sommeil. Enfin, un autre jeune mec sortit du fourgon, plus maigre et plus grand que le moustachu, bataillant lui aussi avec une longue frange blonde.

Un monospace chargé de vélos et de mômes passa sur le parking, ralentit et continua sa route jusqu'à la prochaine aire de repos. Sur l'autoroute, le bruit de la circulation augmentait, l'ombre des arbres s'était raccourcie et il recommença à faire chaud.

Pendant que Pascal et le moustachu se penchaient sur le moteur, la fille et le grand escogriffe avaient sorti un réchaud à gaz, des bols sales et de quoi préparer un petit déjeuner.

George observait de loin, Rachid discutait avec les membres de la troupe.

– Un spectacle de marionnettes modernes.

– Ah ?

– Mélangé avec d'autres trucs. On fait aussi de la musique. Et vous, vous allez où ?

– À Marseille.

Les allumés de la troupe regardaient les deux vieux et George avec presque autant de curiosité.

– Qu'est-ce que vous allez faire là-bas ?

Rachid hésita.

– Je vais prendre un bateau, ils m'accompagnent.

La durite était changée. Verini remplit un bidon à un robinet d'eau non potable et refit le niveau du radiateur.

– Ça devrait tenir. Vous voulez un coup de main pour recharger votre bahut ?

– Merci, mais on va en profiter pour faire du rangement. On est partis au milieu de la nuit, on joue ce soir à Valence.

– Valence ? Merde.

– Un problème ?

– Je croyais qu'on avait roulé plus longtemps. On a pris trop de retard.

Ils s'attablèrent pour manger un morceau. À mesure que les jeunes se réveillaient, les trois autres accusaient la fatigue. Mais Rachid semblait heureux. Il n'arrêtait pas de poser des questions.

– Comment s'appelle votre spectacle ?

– Le ball-trap est un sport convivial. C'est un spectacle sur la guerre. C'est raconté par des animaux qui sont morts écrasés sur la route. Ça se passe dans un hôpital. Lucio joue un vieux en convalescence, Mélanie une infirmière et moi le légionnaire.

– C'est vous qui avez écrit le spectacle ?

Gaël, le moustachu, acquiesça. Il observait les deux

vieux. Le barbu commençait à faire la gueule, le vieil Arabe souriait timidement.

– Pourquoi avoir choisi le thème de la guerre ?

Gaël se planqua un moment derrière sa mèche, qu'il rejeta en arrière d'un geste rapide.

– Mon père a fait l'Algérie. Il en a jamais parlé, mais j'ai voulu essayer d'en faire quelque chose. Il veut pas voir notre spectacle. D'ailleurs, y a pas grand monde qui vient nous voir.

Verini se leva, quitta la table et s'enferma dans le Trafic. George, qui n'avait pas ouvert la bouche, en profita pour s'éloigner et s'allonger sur l'herbe sèche au pied d'un arbre.

Rachid eut un regard aimable pour excuser leur disparition.

– Nous aussi nous avons fait la guerre. Pascal et moi. Le sujet ne lui plaît pas beaucoup.

– Je m'en doutais.

– Vraiment ?

– À cause de votre âge, et puis… C'est surtout les yeux. Comme mon père.

– Que voulez-vous dire ?

– Je sais pas. Comme si tout ce que vous attendiez, c'était quelque chose qui vous fasse sourire, et que le reste était trop douloureux. Mon père sourit comme ça, quand ça lui arrive. Ça l'illumine, parce qu'il a l'air d'arriver d'un endroit où le rire n'existe pas. Vous allez prendre un bateau pour l'Algérie ?

Rachid sourit.

– Oui.

– C'est qui eux ?

– Pascal, qui se cache dans le camion, était gardien dans un centre de torture où j'ai été prisonnier. George est un… un ancien boxeur, qui a reçu un mauvais coup et oublié des choses qu'il préférerait ne pas avoir faites.

Il souffre de ne pas pouvoir s'expliquer pourquoi, parce que ça aussi il l'a oublié.

⁂

Quand ils reprirent la route, les acteurs de l'Institut Bancal n'avaient pas encore commencé à ranger leur camion. Ils s'étaient tous les trois allongés dans l'herbe pour regarder passer les nuages remontant la vallée du Rhône. Quelques mètres plus loin les entrailles du Mercedes, grand ouvert, étaient répandues au milieu des voitures qui avaient envahi le parking.

Il était treize heures et la vitesse à laquelle ils roulaient vers Marseille n'avait plus d'importance.

Rachid était calme. Sans doute parce qu'il avait tenu tête à la tumeur qui allait bouffer sa mémoire, en racontant pendant des heures son histoire aux jeunes gens. Il s'était toujours nourri de mots, et Pascal voyait bien que le vieux Kabyle, remonté, faisait des plans.

– T'es content de toi ? Tu leur as servi quoi, comme version ? Rachid le héros de la guerre révolutionnaire, le vieux sage qui a pardonné ? Tu crois qu'ils vont en faire un spectacle et que tu vivras éternellement ?

– Qui a dit que j'avais pardonné ?

– Alors tu leur as dit que tu allais buter un mec, avant de prendre ton bateau ?

Crozat se retourna :

– Quoi ?

– Surveillez la route, George.

– C'est quoi encore, cette histoire ?

– Arrête de jouer au plus fin, Rachid. Tu l'as embarqué dans ton histoire, tu ferais mieux de lui dire avant qu'on arrive.

George commençait à paniquer, et sa gueule s'écrasa sous le coup de la colère.

– Ouais, jouez pas au con avec moi. Qu'est-ce qui se passe ? Putain, me dites pas que j'ai encore oublié un truc. Qui vous voulez descendre ? Ça faisait pas partie du plan, ça !

Rachid prit son temps et Pascal sourit en le voyant chercher ses mots.

– Je pense savoir qui est le commanditaire de Roman. Il habite Marseille.

Crozat avala immédiatement l'hameçon, et la canne à pêche.

– Qui c'est ?

Verini eut beau faire semblant, il ne pouvait qu'entendre.

– Un ancien CRS, devenu un des responsables du service d'ordre du Front national. Vous êtes policier George, vous avez certainement entendu parler du DPS. Le Département protection sécurité est, du moins était, beaucoup plus que cela à la grande époque du FN. Pour partie, c'était un véritable groupe paramilitaire, une organisation de plus d'un millier d'hommes. Parmi eux, une section spéciale, que certains appellent les « fantômes », a pratiqué pendant des années des missions d'infiltration dans les milieux militants et associatifs, ou attisé la colère dans les banlieues de villes qui ne leur étaient pas assez acquises. Ces hommes, au sein du DPS, étaient presque toujours d'anciens militaires ou policiers. Courcelle, le directeur du DPS jusqu'en 1999, était lui-même un ancien des services de renseignements de l'armée, un camarade de Bruno Gollnisch, qui faisait aussi partie de ces services. Courcelle, quand il travaillait pour l'armée, était en charge de la surveillance des groupes mercenaires en France, et du trafic d'armes. Il a eu des postes étranges ; après l'armée et avant de travailler pour le Front national, Courcelle a été responsable de la sécurité du musée d'Orsay. Sous sa direction, on retrouve la trace de mercenaires du DPS jusqu'au Congo-Brazzaville, mouillés dans les combines de la Françafrique. Cette structure avait peut-être des buts politiques, mais le mercenariat était surtout un moyen de faire de l'argent. Comme les trafics d'armes dont Courcelle a été soupçonné pendant cette période. Une commission d'enquête parlementaire, en 1999, avait commencé à faire le jour sur ce service action du DPS. L'enquête n'a jamais abouti, le FN a limogé Courcelle et nié en bloc. Courcelle est alors devenu le directeur de la garde présidentielle du président Sassou Nguesso, au Congo-Brazzaville, puis responsable de la sécurité des investissements pétroliers de la France dans cette région. Tout cela nous éloigne de notre voyage, mais en fait aussi partie. C'est l'histoire d'une génération politique à laquelle Verini et moi appartenons.

» Des anciens d'Algérie avaient naturellement trouvé leur place dans ce milieu. L'homme pour qui travaille Roman, si c'est bien Rubio, est un maillon de cette histoire. Pascal et moi le connaissons depuis longtemps. Un boxeur comme vous, qui a débuté sa carrière pour la France dans une ferme à quelques kilomètres d'Orléansville. Dans le DOP dont je vous ai parlé. Rubio y était l'interprète et le plus acharné des tortionnaires. Il a pris sa retraite du FN en 2000. Pendant trente ans, il a fait partie d'une tradition mal éteinte de barbouzes d'extrême droite, qui prend ses racines dans les guerres d'Indochine et d'Algérie. J'imagine que l'expérience d'un homme comme lui a dû plaire dès le début à un Le Pen, qui a fait son temps volontaire en Algérie chez les parachutistes, en partie à la villa Sésini. Rubio a quatre-vingts ans. Il passe ses vieux jours près de Marseille. Mon dernier livre, que j'ai presque fini d'écrire, retrace le parcours de quelques personnalités de l'Algérie française, connues ou représentatives. Mais en fait, c'est surtout l'histoire de Rubio que je raconte. (Rachid fit une pause, visage tendu.) Si je veux rentrer en Algérie, c'est pour ne pas être enterré dans la même terre que Rubio. J'aime l'idée de pouvoir rentrer chez moi, et que lui soit enterré ici, en terre d'exil. Avant de prendre mon bateau, je voudrais lui rendre visite.

Crozat était hypnotisé ; les poils blonds de ses bras s'étaient dressés en l'air.

– Et Roman, il sera là-bas ?

– Si Rubio est son commanditaire, il est certain qu'il y sera.

– Comment vous savez ça ?

– Parce que j'ai laissé un message chez Rubio, pour lui dire que je viendrais bientôt le voir. J'ai aussi annoncé ta visite, Pascal.

Verini bondit sur son siège et saisit Rachid au col. George enclencha les feux de détresse, se rangea sur la bande d'arrêt d'urgence et sépara les deux vieux.

4

Paupières basses, bras engourdis, le Mur tombait de fatigue. Depuis la bagarre, les deux anciens n'avaient pas ouvert la bouche. Verini roupillait, ou faisait semblant, sur la couchette à l'arrière, et Bendjema ne desserrait pas les dents à l'avant. George se secoua et se concentra sur le paysage, incapable de savoir ce qu'il avait fait pendant les quatre dernières heures. Il avait conduit, mais où étaient passées les bornes et la route parcourue ? Il s'inquiéta de savoir à quoi il avait pensé pendant cette absence. Un de ces clignements d'yeux dans lesquels disparaissaient des morceaux de sa vie, en attendant le prochain coucher de soleil. La lumière du Sud, au long de ses nerfs optiques, véhiculait une douleur lancinante.

– Où on va ?

D'ouvrir la bouche lui arracha une grimace. La fracture du maxillaire se réveillait en même temps que lui.

Bendjema, son petit carnet à la main, lui indiqua la route à suivre. Ils quittèrent l'autoroute A7 en direction d'Aix-en-Provence.

– Faudrait qu'on s'arrête. Je suis fatigué. Il vous reste des cachets ?

Rachid tira de sa poche la plaquette de médicaments.

Elle était presque terminée. Il donna un cachet à Crozat et en garda un pour lui.

George arracha un pansement qui pendait de son arcade et jeta un œil dans le rétroviseur : son visage avait dégonflé, mais si la surface semblait s'arranger, il se sentait complètement ruiné à l'intérieur. La mise en garde de Paolo lui trottait dans la tête : « Si tu reprends un coup tu peux y rester. » Roman était un lourd qui cognait dur. Il essaya de se souvenir. Roman au Ring 14, en train de s'entraîner, sa façon de bouger… Il se sentait comme à la veille d'un match, en se demandant bien qui avait pu l'organiser. Le Mur se tourna vers Bendjema, qui consultait les pages de son petit carnet.

Verini émergea et s'appuya au dossier de la banquette passager. Les deux vieux s'ignorèrent ; l'espace du camion était soudain beaucoup trop petit pour la trouille et la rancœur des trois hommes.

– Où on va ?

Rachid ne leva pas les yeux de ses notes.

– À côté de Cassis, au bord des calanques. C'est une presqu'île. Nous allons nous arrêter et attendre la nuit. Qu'est-ce que tu comptes faire ?

Il s'était adressé à Pascal.

Verini ne répondit pas et disparut à l'arrière. L'odeur et la fumée d'une Gauloise envahirent l'habitacle, George baissa sa vitre. Rachid sourit entre ses dents :

– Il viendra avec nous.

Le vieux Kabyle était en route pour un massacre. Sur un ring, un type avec un regard comme ça, c'était la pire des choses qui pouvait t'arriver. Pascal partit dans une de ses quintes de toux. Quand il s'arrêta enfin, Rachid se tourna vers lui :

– Ça va ?

Verini ne dit rien. Rachid se cala sur son siège et regarda la route.

– Quand Rubio menait les interrogatoires, il avait toujours un poignard à la main. Il le passait devant mes yeux pendant que j'étais attaché et qu'il posait ses questions. Il appuyait avec la pointe de la lame sur mon ventre ou ma gorge, comme s'il me touchait du bout du doigt. De temps en temps il tranchait, en passant à côté de moi, sans prévenir. Des petites incisions pour me tenir éveillé.

– Pourquoi vous me racontez ça ?

– Pour vous donner du cœur à l'ouvrage. Vous savez, Verini aussi, à une époque, cherchait Rubio pour le tuer. Ne croyez pas qu'il n'en a plus envie, seulement il a peur de finir en prison. C'est tout ce qui l'arrête.

À dix-huit heures, le Trafic s'engagea sur une petite route de terre poussiéreuse, qui montait dans la garrigue au-dessus de la presqu'île de Port-Miou. Le ciel était de la même couleur que la mer et la ligne blanche des rochers de la côte se prolongeait à perte de vue. Le mistral soufflait et le camping-car était secoué par les rafales de vent. George coupa le moteur quand Bendjema lui fit signe de s'arrêter. La route dominait une longue anse bleue dans laquelle des bateaux à moteur entraient et sortaient. De l'autre côté du bras de mer, sur la langue de terre large d'à peine un kilomètre, une route circulaire desservait des villas neuves et cossues, entourées d'arbres et de murs crépis, avec des jardins équipés de piscine. Le mistral rendait la chaleur supportable. Rachid descendit du camion et s'étira lentement, les yeux rivés sur la pointe de la presqu'île et les dernières maisons construites au-dessus des rochers de la grève.

George sortit à son tour et regarda dans la même direction que le vieux.

– C'est là ?

– Une des dernières maisons, je ne sais pas exactement laquelle.

Verini ouvrit la porte latérale du camion et les rejoignit, une paire de jumelles à la main, qu'il porta à ses yeux.

Dans les jardins, autour des bassins bleus, il vit des enfants, des familles en train de jouer ou de prendre l'apéritif. Il repéra une villa dont la piscine était recouverte d'une bâche et le jardin vide de toute activité. Était-ce celle de Rubio ? Il passa les jumelles à Rachid en pointant du doigt dans la direction de la villa. S'il ne se passait rien dans le jardin, les volets de la maison étaient ouverts.

– Peut-être. Il faudra attendre la nuit en surveillant les alentours. L'adresse est au numéro 3 de la rue. On ne peut pas voir d'ici. Il faudra faire un passage pour être certain.

– J'irai pas. Si George veut te suivre c'est son affaire. Mais je ne viendrai pas avec vous. Prenez le camion si vous voulez.

Verini s'installa à l'abri du vent et du soleil, dans le fourgon, où il déballa les quelques courses faites dans une station-service. Il déplia son Opinel et se prépara un sandwich. Crozat le rejoignit et ils cassèrent la graine en silence.

Rachid s'était accroupi. Les fesses sur les talons, immobile, le vieil Arabe ne quittait plus la maison des yeux.

À dix-neuf heures, une petite voiture se gara devant la villa. Une femme en jupe en descendit, une mallette noire à la main, appuya sur un interphone ou composa un code, et le portail s'ouvrit devant elle. Elle traversa le jardin, utilisa un jeu de clefs qu'elle avait tiré de sa poche et disparut dans la maison.

Pascal ruminait en silence, George ôta sa minerve pour mieux respirer et avaler.

– Pourquoi vous voulez pas y aller avec lui ?

– Quoi ?

– Vous allez le laisser entrer là-dedans tout seul ?

– J'ai plus de raisons de pas y aller que toi d'y aller. Si ça se trouve, cette histoire avec le flic est bidon. Roman et Rubio n'ont sans doute rien à voir ensemble. C'est seulement que Rachid a besoin d'un gros bras. Si tu te défiles, tu vas voir ce qui va arriver. Rachid sait que tu as pété la gueule à ces journalistes. Si tu le lâches, il te balancera aux flics. T'es tombé dans le panneau. Rachid est un putain de renard. Il veut sa vengeance et il l'aura, c'est tout ce qui l'intéresse. Te fais pas d'illusions.

– C'est possible. Mais c'est aussi des conneries ce que vous dites. Vous avez plus de raisons que moi d'y aller.

Verini décapsula une canette de bière, avala une rasade et s'essuya la barbe.

– Dis donc, ça a l'air de se remettre en route, côté ciboulot. Mais j'ai pas vécu la même chose que lui. C'est son ego, rien d'autre. Il est venu me chercher parce qu'il veut avoir le dernier mot. C'est ça, Rachid. On sort pas vivant de ce qu'il a vécu et on retourne pas aussi souvent sa veste sans être un sacré coriace. Mais il m'aura pas. Je ne marche pas dans sa combine. Quand il aura réglé son compte à Rubio, toi, t'auras juste une saloperie de plus sur les bras et lui il sera parti se planquer en Algérie. Tu vas porter le chapeau.

– Il va crever là-bas.

– Et moi, je crèverai chez moi.

Pascal but encore et secoua la tête de dépit, observant le flic assis en face de lui.

– Pour quelqu'un qui casse la gueule à des pauvres mecs que tu ne connais pas, tu t'inquiètes beaucoup pour ce vieux. Tu ne lui dois rien.

Le Mur martela son crâne du plat de la main, les mâchoires serrées, jusqu'à ce que les fractures de son visage lui fassent trop mal.

– J'ai pas le choix. Y a un type justement, Scheffer, qui est en train de crever dans un hôpital. Je m'en souviens pas, mais c'est moi qui l'ai envoyé là-bas. Faut que j'aille au bout de cette histoire. J'ai pas le choix.

Verini sortit dans le vent, la canette à la main, et observa Rachid immobile comme un lézard sous le soleil du djebel, les jumelles sur les yeux.

– Ouais. Peut-être. Scheffer, tu dis ?

À vingt heures Rachid se redressa. La femme à la mallette ressortait de la maison. Il aperçut un sigle rouge sur le pare-brise de son véhicule. Peut-être une toubib ou une infirmière.

Avec le mistral et la fraîcheur de la soirée qui approchait, les jardins se vidaient. Quelques gosses jouaient encore dans les piscines, et Rachid s'attarda un instant sur ce spectacle. À Port-Miou les bateaux rentraient les uns après les autres et les familles débarquaient, chargeant des voitures qui quittaient les parkings.

Bientôt, les maisons de Cassis s'illuminèrent et le soleil descendit sur les calanques. Il était de plus en plus convaincu qu'il s'agissait de la bonne villa. Celle d'un vieillard bien installé qui ne sortait pas de chez lui, sans famille pour jouer dans son jardin.

Verini s'approcha du Kabyle.

– Sa femme, elle vit avec lui ?

– Elle est morte il y a quelques années. Il est seul.

– Tu vas rien trouver là-bas. Rien qu'un vieux à moitié sénile, comme nous.

– Il nous attend.

– Il doit même pas se rappeler de toi. Tu nages en plein délire, Rachid. Tu devrais te barrer en Algérie tant qu'il te reste un peu de cervelle pour en profiter.

Rachid tira un flingue de sa poche. Ce n'était pas celui du flic, mais un MAS 50, le modèle que Pascal portait en Algérie.

– Qu'est-ce que tu fous avec ce truc ?

– Un souvenir. Je n'avais pas de livret militaire, moi.

– Rachid, tu fais une connerie. Qu'est-ce que ça change d'aller le tuer maintenant ? Tu savais depuis longtemps où il était, pourquoi tu l'as pas fait avant ? Tu dis que j'ai pas le courage d'y aller, mais tu as attendu d'être mourant pour te décider. C'est une vengeance de môme, tu…

Rachid braqua le 9 mm sur sa poitrine.

– Justement. Avant de crever, que je fasse quelque chose qui ait un sens.

– Baisse ton arme.

– De quoi tu as peur, que je te fasse un trou dans le cœur ? Il est déjà foutu. Et tu vas crever sans avoir rien fait, à croupir dans tes souvenirs.

– Baisse ça, ça ne sert à rien. Tu as écrit tes bouquins, ça vaut plus que la mort d'un vieux salopard. Finis ton livre sur Rubio et laisse tomber. C'est ce que tu as de mieux à faire.

Rachid fourra l'automatique dans sa poche.

– Si tu ne veux pas m'aider, reste en dehors. Où est George ?

– Parti se promener, y a une heure.

– Merde, il faut y aller, qu'est-ce qu'il fout, ce crétin ?

Verini regarda Rachid, écœuré :

– T'es qu'une enflure.

Mais Rachid n'écoutait plus. Il avait relevé les jumelles, et poussa un juron. Dans la lumière du couchant, longeant les murs d'enceinte des villas, George avançait dans la rue de chez Rubio.

– Mais qu'est-ce qu'il fait ?

Déformé par le grossissement, sa gueule plus ratatinée qu'au naturel, George pivota du côté de la colline. Il traversa la chaussée et passa devant le portail sans s'arrêter. Vingt mètres plus loin, il se tourna à nouveau vers la colline et leva le pouce. Il continua sa marche et Rachid le perdit de vue sous les frondaisons des parcs.

– Il va se faire repérer, avec sa tête et sa minerve. Ce type est aussi con qu'il en a l'air.

– Cette histoire de flic, c'est bidon ? T'as monté ce truc pour que Crozat te suive. Est-ce qu'il a fait ce que tu dis ou bien tu as tout inventé ?

– Il a démoli quatre personnes, et on l'avait payé pour moi aussi. Son accident de boxe l'a abruti, mais c'est un homme dangereux, qui travaillait pour des salauds dans le genre de Rubio. Des types que tu détestes, ceux que tu as fui toute ta vie et qui t'ont envoyé en Algérie. Méfie-toi de Crozat.

Pascal n'écoutait plus.

Essoufflé par la montée, le boxeur rejoignit le promontoire où attendaient les deux vieux.

– Y a son nom sur la boîte aux lettres. C'est la bonne baraque et y a de la lumière à l'intérieur. J'ai repéré personne qui surveillait.

Rachid se tut. Sa colère avait disparu aussitôt l'adresse de Rubio confirmée.

En le voyant vérifier nerveusement son MAS, George se tourna vers Verini. Le vieux marin acquiesça du regard.

– Vous êtes sûr de ce que vous faites ? Un meurtre, c'est ça que vous voulez ? Si Roman est pas là, et il en a pas l'air, je veux pas tremper dans un assassinat. Personne ne sait si Rubio est en cheville avec Roman. J'ai pas intérêt à…

Verini baissa les yeux sur ses chaussures. Rachid ouvrait déjà la portière passager.

– Si vous me lâchez maintenant, George, je vous dénonce à vos collègues. Mais pensez surtout à Scheffer.

– Je sais, votre pote m'a prévenu que vous alliez dire ça. Je m'en tape. J'ai aussi suivi son conseil, j'ai acheté un journal au village. Il avait suivi les infos, lui. Je suis peut-être un peu lent, mais quand on me parle j'écoute.

Il tira un *Libé* roulé de sa poche de jogging. En page 5,

il montra un article à Bendjema. Vasquez et Scheffer avaient donné une conférence de presse la veille, annonçant que la sortie de leur livre ne serait pas retardée par les agressions dont ils avaient été victimes. Scheffer, tiré d'affaire, était sorti de l'hosto depuis plusieurs jours.

– Vous vous êtes foutu de moi. Je vous avais dit de ne pas faire ça. Croyez pas que c'est votre flingue qui m'empêche de vous casser la gueule. C'est juste que je sais pas comment taper sur un vieux comme vous sans le tuer. Alors voilà : Roman, je le trouverai sans vous, parce que c'est certain qu'il est pas en bas à m'attendre au bord de la piscine…

Il toucha la visière de sa casquette, comme pour saluer :

– Dans les nouveaux souvenirs que je me fais depuis l'hôpital, vous serez le premier que je vais oublier.

Rachid ne desserra pas les dents redescendit du Trafic. Il vérifia son arme, regarda les deux hommes un instant et s'éloigna.

Verini et Crozat suivirent des yeux le vieil Amokrane, qui dévalait la colline dans le noir, son pistolet à la main.

Une demi-heure avait passé, les deux hommes tournaient en rond, revenant sans cesse à la villa. George était livide, et la tension dans son corps réveillait toutes les douleurs, de ses côtes à son crâne. Il poursuivait un monologue de dément, où il s'intimait l'ordre de se souvenir, se traitait de con et répétait pourquoi, pourquoi, pourquoi ? Plus il s'énervait, plus des flashs trouaient son imagination. Les gueules de Dulac et Brieux, le réveil à l'hôpital, le grand trou noir et les enveloppes blanches. Il n'arrêtait pas de les ouvrir et le souvenir s'arrêtait là. Il essayait d'ouvrir des enveloppes blanches, persuadé qu'il était planqué dedans avec la solution à ce merdier.

De son côté, Verini ne lâchait pas les jumelles, et le

stress lui montait à la poitrine. La douleur dans son bras gauche revenait, comme chez lui, quand Rachid avait parlé de Rubio la première fois. Cet enfoiré de Rubio planqué derrière les murs de la baraque qu'il n'arrivait pas à lâcher des yeux. Il maudissait Rachid, l'insultait, et la tronche de Rubio sur le seuil de la grande maison blanche lui revenait. Rubio au bordel, Rubio appuyé au mur de la grange et les flammes qui dansaient sur son visage.

Te retourne pas, Verini.

Pascal se gavait de bière pour arrêter le tremblement de ses mains.

La folie du vieux Rachid, ses souvenirs et son cerveau pourri, avait contaminé les deux autres.

George poussa un brame d'aliéné.

– On peut pas le laisser faire ça !

Verini vacillait.

– On devrait surtout se barrer d'ici. Je vais pas finir ma vie en taule pour cette connerie.

George balança des coups de pied dans la terre.

– Je suis flic, encore, putain, je suis toujours un flic ! Je peux pas le laisser tuer quelqu'un. Et merde, vous non plus !

– C'est pas quelqu'un, c'est Rubio.

– Alors maintenant ça vous arrange, que Bendjema le fasse à votre place ?

Crozat regarda en bas, la route éclairée de la presqu'île, les villas illuminées, la pointe et les dernières habitations avant les rochers. Il arracha sa minerve.

– Ça se trouve c'est déjà trop tard. Et merde. Je prends le camion.

Verini balança sa canette de bière dans la garrigue.

– Attends.

Le vieux marin, furibard, sortit un jerrican d'eau du camion.

Il arrosa la plaque avant du Trafic, puis jeta dessus des poignées de terre. La boue rendit les numéros et les lettres invisibles.

– Putain ! cria George, magnez-vous !

Verini maquilla la deuxième plaque, balança le jerrican et sauta à l'arrière du camion. Il attrapa sa trousse de toilette, en tira l'inhalateur cardiaque et s'envoya trois giclées dans les poumons. Pendant que George lançait le Trafic sur le chemin, il souleva une banquette et tira le fusil de chasse du coffre. Les canons de l'arme lui semblèrent étrangement chauds. C'était sa main qui était froide.

Ils croisèrent deux jeunes gens en scooter qui filaient vers Cassis et les bars, et roulèrent au pas entre les grandes maisons éclairées, dissimulées derrière les murs blancs. Verini regrettait de ne plus les voir depuis l'abri de la colline, à un kilomètre de distance. L'ancien appelé, serrant le fusil sur ses genoux, piquait une suée alors que remontait la peur qu'il ressentait, là-bas, sur la piste. Concentré, Crozat gara le camion à cinquante mètres de la villa.

– Qu'est-ce qu'on fait une fois là-bas ?

Pascal n'en avait pas la moindre idée. George insista, contenant son inquiétude.

– Qu'est-ce qu'on fait si Bendjema l'a déjà tué ?

– On se tire, qu'est-ce que tu veux qu'on fasse d'autre ?

– Et si c'est pas fait ?

Pascal, son vieux corps parcouru d'un frisson, haussa la voix sans le vouloir.

– J'en sais rien ! Rien du tout ! On essaiera d'arrêter Rachid ?

Le Mur grimaça de doute, vérifia inutilement son Taurus. Verini fouilla dans le vide-poches de sa portière et enfila une paire de gants de jardinage en cuir.

– Qu'est-ce que vous faites ?

– J'ai été en taule. Je veux pas laisser des empreintes dans cette baraque.

George considéra ses mains nues.

– Et moi ? Mes empreintes sont dans mon dossier de flic.

Pascal dégota une paire de gants en laine dont la moitié des doigts étaient troués. Crozat les enfila et Verini les rafistola avec un rouleau de scotch d'électricien trouvé dans sa caisse à outils.

Le vieux marin glissa la crosse du fusil sous sa vareuse et laissa les canons pendre le long de sa jambe. Ils progressèrent en suivant le trottoir, marchant sur un tapis d'aiguilles de pin qui amortissait le bruit de leurs pas. Le mistral soufflait moins fort depuis la nuit, et portait des fragrances marines qui dilatèrent les narines de Pascal. En route pour sauver la peau de Rubio.

La pensée le rendit fou. Arrivés à la villa il attrapa George par le bras.

– Une minute, faut que je reprenne mon souffle.

Ils se plaquèrent au mur, scrutant les deux côtés de la route et les portails alentour.

– Faut y aller maintenant, votre pote est là-dedans depuis trop longtemps, nom de Dieu !

Verini piqua un fard et le bouscula pour passer devant, dégageant le fusil de sous son vêtement.

– J'ai pas de pote dans cette maison.

À la vitesse à laquelle Verini entra dans le jardin, Crozat se demanda ce que le vieux avait l'intention de faire. Si Verini, avec son fusil braqué devant lui, n'allait pas se mettre à tirer dans le tas.

Crozat lui colla au train.

Un hall d'entrée, un portemanteau vide, un miroir et dessous un téléphone à cadran sur un tabouret haut.

Verini s'arrêta net au seuil de la porte du salon.

Il s'était pourtant écarté. Suffisamment pour éviter les grains de riz. Le perron de l'église plein. Une épaule sortant du cadre à gauche de la photo, dans des fringues civiles froissées, le pistolet-mitrailleur sur le ventre, Pascal Verini regarde dans la direction du couple qui lui tourne le dos, comme le reste de la noce. Rubio et sa femme. Orléansville, 1958. En bas des marches, Casta doit attendre dans la traction et fixer, la même hargne au visage, l'interprète Rubio, le plus beau jour de sa vie.

Le banquet.

Le petit paquet de tissu blanc.

Les cris dans la cave.

Le deuxième classe Verini, à vingt ans, sur le mur du salon de Rubio, le plus beau jour de sa vie.

Crozat le rattrapa avant qu'il ne s'écroule sur le carrelage. Le vieux était gris et ses lèvres tremblaient sous la barbe.

Un salon large et profond, des baies vitrées donnant sur le jardin, la bâche de la piscine couverte d'aiguilles de pin. L'éclairage était trop blanc, la maison étrangement vide, beaucoup moins meublée que ne laissait imaginer la construction. Des napperons, des bibelots, un ensemble canapé fauteuils à fleurs, un plateau en cuivre repoussé posé sur une table basse, et dessus, autour d'une théière, des petits verres peints. Le carrelage brillait sous les ampoules sans abat-jour, qui se reflétaient sur les objets vernis.

George porta Verini jusqu'au canapé, l'aida à s'asseoir et fit le tour de la pièce, son arme à la main.

– Y se passe rien. Y a pas de bruits.

Verini tremblait comme une feuille.

Toutes les images de ses cauchemars.

Tout ce qu'il voulait oublier, Rubio le collectionnait dans sa maison vide.

George se rapprocha de lui. Sous la lumière crue des ampoules basse consommation, les marques du match contre Esperanza prenaient des teintes de cadavre.

– Y a personne, qu'est-ce qu'on fait ?

– Va voir à l'étage.

– On est arrivé trop tard. Bendjema s'est tiré.

– Va voir.

George redescendit deux minutes plus tard : il n'avait trouvé personne. Il fit coulisser une baie vitrée et fouilla rapidement le jardin autour de la piscine désaffectée.

– Ils sont pas là. Y a personne, putain !

Pascal se servit du fusil comme d'une canne pour se relever.

– Ils sont forcément là, c'est pas possible.

Il fit le tour des pièces en évitant de s'attarder sur les autres photos qui tapissaient les murs. Rubio, un Pataugas sur le marchepied de la grande Traction. Cartes postales d'Orléansville dans les années cinquante. Le pont de la Ferme sur le Chélif. La gare. La place de la grande église. Rubio dans une plantation de vignes, entouré par des ouvriers arabes en djellaba. Rubio en costume, déjà vieux, serrant la main d'un Le Pen aux dents étincelantes.

Et les objets.

Un poignard de l'armée sur une étagère.

À côté d'un béret noir qu'il n'avait jamais eu le droit de porter.

Une outre décorative en peau de chèvre.

Rien que la nostalgie.

Foutre le feu à la maison.

Au rez-de-chaussée, une chambre vide à la moquette sale, la trace d'un lit qui n'était plus là. La cuisine, et derrière une buanderie. À côté d'une machine à laver, une porte semblait repartir dans la direction du salon et le centre de la maison. George la poussa. Un escalier en béton descendait vers un sous-sol éclairé. Il descendit la première marche.

– Y a une cave. On y... Qu'est-ce que vous foutez ? Y sont en bas, venez, y peuvent être qu'en bas !

Pascal avait fait un pas en arrière, il agrippa une manche du jogging de Crozat.

– Ça va pas ?

Le barbu fit non de la tête.

– Me lâche pas. J'ai les guiboles qui flanchent.

Rachid était assis sur une chaise à côté de casiers à bouteilles, les mains dans le dos. Il faisait chaud dans la pièce basse et sans ouverture. Le long des murs en béton brut, on avait empilé des cartons et de vieux meubles en bois plaqué, pour faire de la place au lit. Bouteille d'oxygène, perfusion, plateau à roulettes sur lequel traînaient un pot de yaourt entamé et des épluchures d'orange. Odeur de désinfectant, de pisse et de transpiration aigre, de vin vieilli et de poussière.

Le tuyau d'oxygène dans le nez, Rubio ouvrit les yeux quand il les entendit entrer. Ses yeux toujours aussi noirs éclataient au milieu de son visage creusé, presque aussi blanc que ses cheveux. Le MAS 50 de Rachid était posé sur le lit, au bout des pieds de l'interprète. Le Kabyle leva les yeux vers Verini. Son menton tremblait et ses yeux rougis avaient pleuré. Pascal regarda ce qu'il restait de Rubio, qui le fixait. Ne tenant plus debout, il s'assit sur une pile de caisses de vin en se tournant vers Rachid :

– Il parle ?

– Il dit qu'il ne se souvient pas de moi. Je lui ai raconté, mais il fait semblant de ne pas entendre. Il est caché dans sa cave parce qu'il croit que des gens veulent le tuer. Il ne me reconnaît pas.

George s'approcha du plumard, puis recula en grimaçant.

– La vache, il s'est chié dessus.

La voix de Rubio, éraillée mais toujours pointue, siffla entre ses lèvres sèches.

– C'est toi, Verini ?

Pascal s'appuya au fusil pour se redresser et s'approcha sans répondre.

– C'est toi, je te reconnais.

Rubio leva une main décharnée, aux veines saillantes et noires.

– L'Arabe, il me veut du mal. Aide-moi, Verini.

Te retourne pas, Verini.

– Le bicot est venu me faire du mal. Verini ?

Te retourne pas, Verini.

Les paupières de Rubio retombaient d'épuisement.

Te souviens pas, Verini.

Oublie ce que tu as vu, Verini.

Rentre chez toi, Verini.

Te retourne pas, Verini.

Il regarda Rubio dans les yeux, qui tressaillit. Pascal avait posé les canons entre les jambes du vieillard, sur ses couilles.

– J'ai pas oublié, vieille ordure. Je vais brûler ta baraque. Tu seras plus là pour nous empêcher de chier sur ta tombe. Je vais faire ce que j'aurais dû faire là-bas, si j'avais pas eu la trouille. Si j'avais su que t'allais pourrir le reste de ma vie. Je vais t'achever, comme tu les achevais, et je vais traîner ton cadavre sur le trottoir, devant ta belle maison, pour que tes voisins sachent qui tu étais.

L'expression de Rubio ne changea pas, il tourna la tête sur le côté pour chasser Verini de son champ de vision.

Le Mur se glissa derrière Verini, et le supplia :

– On est pas venus pour ça. Il est pas mort, on repart avec Bendjema. On va tous au bateau. Laissez-le se décomposer. Il sera mort bientôt. Vous m'entendez ?

Verini releva le fusil et l'appuya au montant du lit. Il

tira son Opinel de sa poche, en déplia la lame et tourna la virole de sécurité. La lame effleura la gorge flétrie de Rubio, qui regardait toujours ailleurs. George voulut l'arrêter, Rachid lui posa la main sur l'épaule.

– Laissez-le faire. S'il vous plaît, George. Laissez-le faire.

Un cou de poulet déplumé, des croûtes de peau morte dans les plis des rides, le pouls erratique des veines. La lame s'enlisait dans la chair molle. Le vieillard ne bougeait pas. Il appuya plus fort. Le vieux déglutit, sa pomme d'Adam frotta sur le fil, arracha la peau mais le sang ne coula pas.

Le couteau recula, la main tremblait.

Verini cracha au visage de Rubio.

Rachid reprit son arme et la glissa dans sa poche. Verini emporta son fusil. George les poussa dans l'escalier, se retourna vers le vieillard et fit demi-tour.

Il se pencha en essayant de ne pas respirer par le nez.

– Où est Roman ? Roman travaille pour vous ? C'est de ta faute tout ça, vieille carne ?

Il saisit le vieux par sa veste de pyjama en flanelle et le secoua.

De la bave filait de ses lèvres, ses yeux s'accrochaient au béton. George le laissa retomber sur le lit, remonta l'escalier, s'arrêta en haut des marches. Il appuya sur l'interrupteur, la cave et la cage d'escalier disparurent dans le noir. Il écouta quelques secondes les gémissements de peur de l'interprète, puis referma la porte.

Il fit un pas dans le salon, sentit un sang froid gonfler ses tempes.

Sur le carrelage, mains sur la tête, ses deux vieux à genoux.

– Lâche ton flingue, Crozat.

Le chauffeur de Roman braquait Verini et Rachid avec un Mini Uzi.

George sentit un canon s'enfoncer dans sa nuque douloureuse. Il laissa son Taurus tomber au sol et la masse énorme de Roman, pivotant pour lui faire face, le fit frissonner. Des gants de chirurgien aux mains, le flic du Grand Banditisme pointait le canon d'un Sig sur son front. En découvrant la tronche amochée du brigadier Crozat, il sourit.

– T'aurais dû rester à l'hôpital. C'était pas con, ton histoire de te faire péter la gueule sur le ring. Ça m'a bien fait marrer. C'est vrai que t'es plus bon à rien maintenant. Mais t'aurais dû rester à l'hosto, comme Paki. Tu y as pas été de main morte avec ce connard.

George suait à grosses gouttes.

– Ça va pas, Crozat ? T'as pas l'air bien.

– Je sais pas de quoi tu parles. Je me souviens de rien.

Roman éclata de rire. Rachid releva la tête.

– Il a reçu un coup à la tête, il est amnésique. Il ne se souvient pas de vous, ni de ce qu'il a fait. Laissez-le.

Roman observa le vieil Arabe, puis Crozat, un demi-sourire aux lèvres.

– C'est vrai ça ?

George serra les dents.

– Je te connais pas, j'ai rien à voir dans tes combines. Rubio est toujours vivant, ils ont rien fait et tu peux rien contre moi, sinon tu tombes aussi. Je me souviens pas, mais je sais ce qui s'est passé. Tu peux rien contre moi, laisse-nous partir.

Le chauffeur étouffa un ricanement. Roman tira une paire de menottes de sa poche.

– Ouais, ça va pas être aussi simple. Toi, le gros, mains dans le dos.

George rejoignit les deux vieux sur le carrelage. Roman

donna un ordre au chauffeur. Le type quitta le salon et ils l'entendirent descendre l'escalier de la cave.

– On vous a pourtant laissé le temps. On vous surveille depuis que vous êtes arrivés sur la colline. Une heure qu'on attend que vous sortiez de la cave ! Y en a pas un qu'a été capable de le dessouder, le vieux Rubio ? Merde, après tout le mal que le bicot s'est donné pour vous amener ici !

Il s'accroupit devant le boxeur, à distance d'un coup de tête.

– Qu'est-ce qui t'a pris, Crozat ? Ça t'allait pas, notre marché ? La thune, ta pute ? C'est lui qui t'a monté le bourrichon ? L'Arabe ?

– Je sais pas pourquoi j'ai bossé pour toi, enculé, je devais être sacrément con.

Roman lui claqua doucement la joue, comme un bon bourrin.

– Fais gaffe à ce que tu dis. Je pourrais m'amuser un peu avant de te buter.

George écarta la main de Roman d'un coup de tête, claquant des dents ; ses cervicales couinèrent, mais il ne sentait plus rien. Le chauffeur remontait de la cave et avait lui aussi enfilé des gants en latex.

– C'est fait.

Rachid et Verini échangèrent un étrange regard de surprise. Roman éclata de rire.

– Ben quoi, on le fait à votre place et vous n'êtes pas contents ? Rubio a des amis qui ont pensé qu'à son âge, et dans son état, il pouvait encore rendre service. Les choses se sont un peu compliquées à cause de toi et ton pote le bougnoule, Crozat. Ces messieurs ont décidé de faire le ménage.

Roman se tourna vers les deux vieux en s'allumant une Marlboro.

– Ça vous amuse pas ?

Pascal cracha sur Roman, qui lui retourna une mandale, l'envoyant au sol. Rachid se jeta dans les jambes du flic, qui l'envoya voler contre un fauteuil.

– La vache, sont teigneux les vieux. Bon, on va pas y passer la nuit. Règlement de comptes entre croulants. Pas de survivants.

Il sortit le MAS de Rachid de sa poche, le pointa sur le ventre de George et tira. Le Mur, à genoux, recula sous le choc et se redressa, avant de s'effondrer face en avant. Sa tête rebondit sur le carrelage brillant.

Le chauffeur avait posé le Mini Uzi sur la table en cuivre et déverrouilla le Taurus de George.

Roman se tourna vers Verini qui rampait toujours au sol.

– Pour toi, ça sera les petits poissons. T'avais rien à foutre là, t'iras couler en mer, le marin.

Rachid sauta sur ses vieilles jambes et se planqua derrière le fauteuil. Une balle du Taurus se ficha dans le dossier. Pascal balança un coup de pied dans le plateau en cuivre astiqué, la théière et le service de verres giclèrent à la figure du chauffeur. Roman se pencha pour l'assommer, mais ses quatre-vingt-dix kilos furent arrachés du sol. George, la tête enfoncée dans le dos du flic, le propulsa à travers la baie vitrée avant de glisser sur le sol. Le chauffeur n'eut pas le temps de l'achever. Rachid enfonça les détentes du fusil, la chevrotine arracha l'oreille du sbire, propulsé sur la terrasse, passant par la baie vitrée que Roman avait emportée avec lui. Le chauffeur se releva, une main sur son oreille qui pissait le sang, le Taurus dans l'autre.

Roman se traînait vers la piscine, il roula sur le dos et serra sa gorge à deux mains. Du sang giclait entre ses doigts, qu'il serrait sur son cou à se blanchir le visage. Le chauffeur hésita. Verini, bras tremblants, le braquait avec le MAS, Rachid avec le fusil déchargé, incapable d'abaisser l'arme. Le type se pencha lentement en avant sans les quitter des yeux, posa le Taurus sur le dallage et recula d'un pas, puis de deux. Les vieux, incrédules, le suivirent du regard jusqu'à ce qu'il disparaisse dans le parc et saute par-dessus le mur d'enceinte.

Verini aida George à s'asseoir. Le sang dégorgeait de son jogging en Nylon.

– Ça va ?

– J'en sais rien. Roman ?

Pascal se tourna vers la terrasse. Le grand flic gisait les bras en croix.

– Putain, il est mort.

– Les menottes, enlevez-moi les menottes.

Pascal ôta sa vareuse.

– Rachid, appuie sur son ventre.

Le Kabyle, sorti d'une brume cauchemardesque, laissa tomber le fusil comme s'il avait tenu un serpent dans ses mains. Il bouchonna la veste de marin et fit pression sur la blessure de Crozat.

Pascal se pencha sur le corps de Roman. Le verre avait entaillé la gorge sur dix centimètres, tranchant la jugulaire. Pendant quelques secondes il observa la plaie, la tête de Roman basculée en arrière dans un angle étrange. Le sang ne coulait plus. Verini ferma les yeux, s'accroupit et fouilla les poches du flic en retenant son souffle. Un sursaut du cadavre le fit bondir en arrière, il tomba sur le dos, serrant dans sa main la clef des menottes.

Rachid ramassa les armes, les deux vieux aidèrent péniblement Crozat à traverser la maison et le jardin, jusqu'au camion garé dans la rue. Ils ouvrirent la porte latérale et chargèrent le poids lourd en râlant. Verini fit hurler le vieux Diesel en fonçant direction Cassis. Il leur fallut quarante minutes pour atteindre le premier hôpital, en périphérie de Marseille.

Rachid descendit du fourgon avant d'arriver aux urgences. Verini déboula dans le service en criant qu'il avait ramassé un blessé sur le bord de la route. Dès que Crozat fut transporté à l'intérieur, il s'enfuit sans donner son nom, ramassa Rachid au passage et tous les deux disparurent dans la nuit.

5

Les deux vieux dormirent quelques heures sur les couchettes et se réveillèrent à l'aube. Le soleil sortait, blanc, d'une Méditerranée au ciel vide. Verini fit quelques pas, toussa et cracha devant la mer. Il se souvenait d'avoir navigué dans ces eaux, avant de remonter le *Flomela* jusqu'à l'Atlantique par le canal du Midi. La chanson de Nina Simone, qui avait donné son nom au bateau, lui trottait dans la tête. Et le retour à La Rochelle, quand le voyage avec sa femme et les gosses avait mal tourné. Les rêves de tour du monde qui s'envolaient, surtout celui de ne plus remettre les pieds en France. Les problèmes d'argent, sa femme qui vivait dans la terreur de perdre un môme par-dessus bord, et l'inquiétude d'en faire comme lui des sauvages incapables de vivre à terre. Deux ans à naviguer de port en port, les Baléares et la décision de rentrer.

Il avait essayé.

La Méditerranée est une mer trompeuse. La beauté de ses côtes fait douter des tempêtes que l'on peut y rencontrer.

Il se souvenait d'une tempête.

Depuis il y en avait eu d'autres.

Le visage de Provost et le bureau technique d'Aluvac,

qu'il croyait avoir oubliés, lui apparurent. Et Gerbault, et la bibliothèque de l'usine. Et la pensée lancinante, qui le poursuivait depuis tellement longtemps, revint brouiller ses certitudes. Sans cette guerre, aurait-il eu la force de quitter Nanterre, de prendre la mer, d'être celui qu'il était devenu ?

Lui, l'homme libre, qu'est-ce qu'il devait à cette guerre ?

Sa colère.

Et sa liberté ?

Il s'aspergea le visage avec une bouteille d'eau et s'assit sur un rocher. Il était heureux que le *Flomela* navigue toujours. Ce bateau qu'il avait construit tirait encore des bords quelque part en mer.

Rachid le rejoignit et s'assit, perclus de rhumatismes et de courbatures.

Le long des criques, à leurs pieds, des barques de pêche naviguaient au moteur. L'écho des diesels montait jusqu'à eux.

– Où sommes-nous ?

– J'ai pris l'autoroute vers Toulon. Quelque part entre la Seyne-sur-Mer et Bandol. J'ai suivi un chemin jusqu'à la côte.

– Qu'est-ce qui va se passer maintenant ?

Verini alluma une Gauloise et tendit le paquet à Rachid. Le Kabyle en prit une et toussa à la première bouffée.

– Tu vas prendre un ferry. C'était ton plan, non ?

Rachid contempla la cigarette qui se consumait entre ses doigts secs.

– Et toi ?

Verini cracha un brin de tabac.

– Qu'est-ce que tu crois ? Je vais me planquer et attendre de voir ce qui se passe.

Rachid retourna au camion et revint avec les armes. Il attendit qu'une barque s'éloigne et les jeta dans la mer en bas des rochers.

– Le type que nous avons laissé partir, il était peut-être policier. Qu'est-ce qu'il va faire ?

– J'en sais rien.

Le Kabyle se rassit.

– Il a tué Rubio. Il ne peut rien nous faire. Nous n'avons tué personne.

– Quelqu'un s'en est occupé pour toi. C'est ce que tu voulais, non ?

– Pas de cette façon.

– Qu'est-ce que ça change ? Rubio est mort.

Le vieil Amokrane croisa les mains sur ses genoux. Verini secoua la tête.

– Quoi ? Ça compte pas parce que tu ne l'as pas fait toi-même ? T'es tordu, Rachid. T'as pas pu le faire. Tu devrais plutôt être content.

– Vraiment ? Et toi, pourquoi tu ne l'as pas fait ?

Pascal se leva et marcha le long des rochers à pic. Il observa l'horizon, revint sur ses pas et se tint derrière Rachid.

– Je ne l'ai pas tué là-bas. Je ne l'ai pas trouvé en soixante-huit quand je le cherchais. C'est tout ce qui restera de cette histoire. Le tuer aujourd'hui, ça n'aurait rien changé. Rien d'autre qu'un meurtre. Et à soixante-douze ans, j'ai encore envie de m'en tirer. Comme il y a cinquante ans. De sauver ma peau.

Le Kabyle baissa la tête.

– Je ne sais pas pourquoi je n'ai pas tiré.

– Parce qu'il ne se souvenait pas de toi.

– Il a menti. Il savait qui j'étais.

– Peut-être. Et ça ne change rien non plus. Tu voulais qu'il ait peur de toi, mais il avait juste peur de crever. Il t'a torturé, et d'autres mecs à Sésini. Qu'est-ce que ça change d'en achever un seul ?

– Il faut que les comptes s'équilibrent. On ne peut pas gagner autrement.

– Gagner ? Tu ferais mieux de t'occuper de ta mort, si tu veux gagner quelque chose. Parce qu'elle arrive et que t'es pas prêt. Mettre une balle dans la tête de Rubio, ça ne t'aurait pas avancé à grand-chose. Tu vas crever. Mets-toi au boulot, Rachid. Tu t'en es bien sorti, c'est pas le cas pour tout le monde. T'as pensé à Crozat ? On aurait pu tous y passer avec tes conneries.

– Tu as suivi. Tu as failli le faire aussi.

– Arrête de croire qu'on se ressemble. Ça aussi tu devrais t'y habituer avant de rendre les clefs.

– Je rentre chez moi pour mourir. Cela fait longtemps que je m'y prépare. J'avais seulement deux choses à faire avant. Deux personnes à voir.

Verini éclata de rire.

– Quoi ? Rubio et moi ?

– C'était de te revoir qui me faisait le plus peur. Parce que je crois que nous étions amis. Malgré les circonstances. C'est le seul souvenir que je voudrais garder de la guerre.

– Et ton complot pour nous...

– C'était la guerre.

– Je l'emmerde, la guerre ! Colona m'a sorti la même connerie quand t'es parti pour Alger. C'est pas les hommes, Verini, c'est la guerre ! Putain, et qui est-ce qui la fait ? Hein ? Les comptes s'équilibrent jamais. C'est pour ça que t'es resté sur ta chaise sans pouvoir achever Rubio. Moi, ce que je me suis dit, c'est que quand je serai dans son état, j'aimerais bien qu'un ami vienne m'achever. La seule chose que je pouvais faire, c'était de le laisser vivre encore un peu. On n'est pas amis, Rachid, c'est pas moi qui te tiendrai la main au moment de partir. Et Rubio non plus. Qu'est-ce que t'as cru, qu'il allait se mettre à pleurer en te demandant pardon ?

Amokrane ramassa une poignée de graviers qu'il jeta un par un dans le vide.

– Il y a aussi des hommes comme toi qui font la guerre.

– Arrête tes conneries. Le coup du héros anonyme, l'humanité dans l'horreur ! À ce compte, tout le monde peut sortir des héros de son camp, et la guerre devient un miracle de courage et d'humanité ! C'est un ramassis de ce qu'on fait de pire et de dégueulasse. Mon exemple, je veux même pas qu'on s'en souvienne.

Rachid regardait la mer, Pascal le dos du vieux Kabyle, ses épaules étriquées et ses cheveux gris.

– Oublie, Rachid, avant de crever toi aussi. Débarrasse-toi de cette saloperie. Tu ne sais même pas à quoi tu ressemblerais sans.

– Toi non plus. Tu sais que c'est impossible.

⁂

Le ferry blanc attendait à quai, moteurs ronflants. Brahim Bendjema, son passeport et son billet pour la traversée à la main, rejoignit Verini dans le hall d'embarquement. Une foule de touristes algériens et de familles passaient les portillons, traînant des bagages surchargés jusqu'aux passerelles.

– Ils ont échangé ma réservation et j'ai obtenu une cabine.

Verini n'osait pas le regarder en face.

– Je ne sais pas qui a raison, Rachid. Toi avec ta mémoire de malade, ou moi qui essaie de tout effacer. Nos vies pouvaient pas se ressembler. On a essayé, c'est ce qui compte… Pour le reste, j'en sais rien.

Il leva les yeux sur le Kabyle :

– Qu'est-ce que tu vas faire là-bas ?

– Je veux retourner à la Ferme, ensuite je verrai.

Rachid réfléchit un instant, un sourire passa sur son visage de fantôme.

– Le DOP a été transféré quelques mois après ton

départ. Quand la Ferme a été évacuée, l'ALN a lancé un raid sur les bâtiments vides. Ils ont entièrement rasé l'endroit et brûlé les orangeraies. C'était un bel endroit. Je commencerai là-bas. Et toi ?

– Je vais attendre d'avoir des nouvelles de Crozat, et de la villa, ensuite je rentrerai chez moi, ou à ma baraque sur la côte.

Pascal sourit, il allait ajouter quelque chose et se ravisa. Rachid l'encouragea du regard.

– Qu'est-ce que tu allais dire ?

– Tu sais, le livre que j'ai essayé d'écrire, c'était une sorte de roman d'aventures, qui se passait pendant la guerre. Mais je n'ai jamais réussi à lui donner la forme que je voulais. Je supportais pas d'en faire une fiction, et je suis pas non plus historien. Mais surtout, je ne voulais pas devenir un témoin. Un témoin est impuissant et on peut toujours douter de lui. Quand j'ai essayé d'écrire, j'ai compris que c'était comme ça que je me sentais là-bas.

Verini reprit son souffle et tenta de maîtriser ses émotions. Il regardait le ferry à quai, les passagers qui montaient le long des passerelles.

– Je voulais rester après la guerre, vivre avec cette fille du bordel d'Orléansville. Rester pour faire partie de ce pays, de la ville et de la Ferme. Parce que j'allais y rester de toute façon, je le savais déjà.

– Tu as bien fait de rentrer. Tu as fait de bonnes choses ici.

– J'ai fui.

– Pas toi-même. Peu l'ont fait.

Pascal secoua la tête, chassant cette absurdité d'un sourire.

– Les grands mots. Je ne me souviens même pas du nom de la fille.

– Adila.

– Adila… Merde, tu t'en rappelles ?

– Tu parlais beaucoup d'elle, tu voulais devenir chauffeur de taxi.

– Ouais. Tu imagines ! Je pensais que je pouvais vivre là-bas, avec elle, quand vous auriez gagné la guerre, et qu'on aurait été en paix. J'y croyais à ta révolution.

Pascal rigola, un rire gêné qui ferma ses paupières.

– Sur la piste de la Ferme, en dessous du défilé, en descendant vers la vallée, il y avait un gros rocher rond. Si le fleuve ne l'a pas emportée depuis le temps, sous le rocher, doit y avoir une caisse de l'armée. Je devais la récupérer après ma libération. J'y pense souvent à cette caisse. Mais je suis pas revenu à Orléansville après Alger. Je suis content qu'elle soit restée là-bas.

Rachid tendit la main à Verini.

Pascal la serra dans la sienne.

– Tu n'as pas trouvé le dernier mot, Rachid ?

– J'attends le dernier moment.

– Ça va plus être très long.

Rachid présenta son billet à une hôtesse et passa le portillon. Il se retourna avant d'être hors de portée de voix.

– J'étais sur le quai quand tu es parti. Je t'ai regardé fumer une cigarette à l'arrière du *Kairouan*.

Pascal leva la main pour le saluer. Rachid se mêla à la foule des voyageurs.

Verini regarda le ferry manœuvrer en surveillant les coursives.

Rachid apparut à la poupe et Pascal alluma une cigarette. Ils ne distinguaient pas leurs traits, mais ne se lâchaient pas des yeux. Puis Rachid baissa la tête et s'éloigna sur le pont sans un geste d'adieu. Verini quitta le port avant que le ferry n'ait doublé la jetée.

⁂

À quelques kilomètres au sud-est de Cassis, le camping

des Oliviers, au bord de l'eau et des calanques, était calme malgré les enfants et les ados. Verini remonta de la plage et traversa les emplacements à l'herbe jaunie, jusqu'à son campement. Il laissa le soleil le sécher, essuya seulement sa poitrine parce que le sel tirait sur sa cicatrice. Il croqua dans une tomate et sortit le paquet de feuilles sur sa petite table, à l'ombre du camping-car et d'un pin maritime. Il relut le manuscrit et s'attela à la suite, essayant de se souvenir plus précisément des bâtiments. Les cellules des prisonniers, étaient-elles à droite ou à gauche, dans la cour de la maison ? Il lui semblait qu'elles étaient à droite en entrant, à gauche ce devait être le hangar, avec le matériel agricole et la traction garée à l'abri de la neige. Il faisait un froid de canard ce jour-là.

Casta buvait de plus en plus, avec Philippe nous faisions attention à ce que le Corse ne s'attire pas trop d'ennuis. Sa quille approchait et Sylvain était à bout de nerfs. Nous nous serrions les coudes parce que l'idée de ne plus être ensemble nous faisait peur. Quand Perret nous a désignés, le Corse et moi, pour conduire l'argent à Orléansville, Philippe s'est porté volontaire.

Les autres nous ont charriés, en nous souhaitant bonnes vacances. Mais si nous étions un peu excités, nous étions surtout morts de peur à l'idée d'une attaque.

Sur la piste verglacée, j'essayais de rouler le plus vite possible. Nous nous sommes mis à plaisanter nous aussi. À rêver à tout ce que nous pourrions faire avec cet argent. Chapel ou Casta, je ne sais plus, a poussé un cri quand nous avons attaqué la section du défilé. Je pense que nous avons percuté un caillou. Une roue avant a explosé et j'ai perdu le contrôle de la Citroën, qui s'est arrêtée net contre la paroi rocheuse.

Après le choc, une fois vérifié que tout le monde était entier, le silence nous est tombé dessus et la trouille nous a rattrapés. Nous étions au pire endroit. À mi-chemin de la Ferme et de la ville, au passage le plus dangereux, et sans radio. La suite, je ne me souviens pas vraiment comment nous l'avons décidée, mais je crois que nous avons très peu parlé. Descendus de la voiture, nous avons ouvert le coffre et tiré la caisse dehors. Nous avons échangé des regards, et presque aussitôt réfléchi à un plan.

Une fois la décision prise, tout a été très vite. Nous avons tiré sur la voiture au PM, puis en l'air dans toutes les directions, j'ai lancé une grenade vers le haut des rochers, puis nous en avons dégoupillé encore deux autres avant de nous jeter dans le ravin. Chapel est descendu comme un fou jusqu'à un gros rocher avec la caisse, et nous avons attendu avec Casta en surveillant la piste. C'est à ce moment qu'il a imaginé la suite.

– Ils ne vont pas tomber dans le panneau. Il faut qu'ils y croient.

Et il a ajouté qu'il faudrait au moins un blessé.

– Je m'en fous. J'en peux plus, faut que je me tire d'ici, je tiendrai pas jusqu'à la quille.

Chapel à bout de souffle nous a rejoints et Sylvain a expliqué son plan. Nous avons essayé de le dissuader, mais il ne voulait rien entendre. Il voulait le faire, autant pour l'argent que pour se tirer d'ici. Nous avons répété le plus vite possible la version des événements que nous allions présenter. L'excitation était intense, la peur aussi, et le plaisir, tout à coup, de nous battre contre notre propre armée.

Pendant que Philippe faisait le guet, Casta a sorti son MAS, tandis qu'à genoux, à côté de lui, j'essayais encore de le dissuader. Il s'est tiré une balle dans le bras, a lâché son arme et tourné de l'œil quelques minutes. Quand il s'est réveillé, le convoi arrivait.

J'étais le dernier à quitter le DOP. Avant ma démobilisation, je devais récupérer l'argent et rentrer avec en France, où nous aurions fait le partage.

Nous ne l'avions pas fait pour l'argent, plutôt pour prendre une revanche. Et une fois le plan exécuté, la caisse n'avait plus vraiment d'importance. Quand je suis parti, je pensais revenir à Orléansville pour retrouver Adila et récupérer notre trésor. À Alger j'ai compris que je ne retournerai jamais là-bas.

Sortir tous les trois vivants du DOP, c'était tout ce que nous voulions. Une fois en sûreté et nos services terminés, rien d'autre ne comptait.

J'ai revu Casta et Chapel à Paris, après mon retour. Nous avons mangé ensemble dans le restaurant du père de Philippe. Le million, nous en avons à peine parlé. Malgré l'aventure que cela représentait, cette caisse d'argent, c'était l'Algérie. Et ce jour-là, à ce repas, nous ne pouvions déjà plus en parler.

La seule chose que je leur ai racontée, c'est Colona. Le vieux caporal-chef, malgré sa trogne d'alcoolo, avait deviné. J'en étais certain. Nous avons rigolé en pensant à lui. Le seul vrai rire du repas.

Nous ne nous sommes jamais revus.

La caisse, si elle n'a pas été emportée par le fleuve ou trouvée par un berger, est peut-être encore là-bas, sous le rocher.

Pascal écrivit jusqu'en milieu d'après-midi puis, fatigué par la chaleur et le travail, entra dans le fourgon et se hissa sur sa couchette.

Il se réveilla vers dix-huit heures. Une serviette sur l'épaule, sa trousse de toilette à la main, il se dirigea vers les douches. Après s'être lavé il s'installa devant le miroir d'un lavabo et étala la mousse sur ses joues, son menton et son cou. Les premiers jours il s'était coupé, mais l'habitude de se raser revenait. Il avait gardé sa moustache et coupé ses cheveux plus courts. La transformation le rajeunissait. Chaque jour il était surpris de découvrir son nouveau visage, bronzé par le soleil, et les rides tombantes au coin de sa bouche, qu'il redressait en se souriant, vérifiant que personne ne le regardait.

Il s'habilla, décrocha sa chemise qui avait séché sur une branche basse du pin et quitta le camping, laissant derrière lui sa table et sa chaise.

Une infirmière le salua alors qu'il passait devant l'accueil. Monsieur Crozat avait quitté les soins intensifs, elle lui indiqua le numéro et l'étage de sa nouvelle chambre.

George regardait un match de foot sur une chaîne sportive, et tourna la tête quand il entra.

– Salut.

– Alors ? T'es sorti de chez les cas perdus ?

– Ouais.

Pascal posa un paquet de gâteaux sur la table de chevet. Il sourit au boxeur.

– Et la mémoire ?

George vérifia par-dessus l'épaule de Verini que la porte était bien fermée.

– Toujours rien, impossible de me souvenir comment je suis arrivé ici !

Les deux hommes sourirent.

– Qu'est-ce que disent les toubibs ?

– Encore deux semaines. Ils ont reçu mon dossier de l'hôpital de Fontenay. J'ai même plus besoin de faire semblant, ils savent que j'ai pris un coup sur la tête.

– Et le reste, avant le voyage, le match ?

George appuya sur la télécommande et éteignit la télévision.

– Toujours rien, cette fois c'est pas des conneries.

Le Mur baissa d'un ton :

– Et le reste ?

Verini tira une chaise jusqu'au lit et murmura.

– Rien depuis que le journal du coin a publié la nécro de Rubio, mort de sa belle mort. Je ne sais pas qui a été à son enterrement, pas trop de monde, j'espère. Le nom de Roman n'est nulle part. Personne ne nous cherche, ou alors on en sait rien et tout se passe en souterrain.

George se détendit et ôta sa minerve.

– Saloperie, je me suis refait une entorse sur la première. Le toubib d'ici dit que j'ai le crâne le plus solide qu'il a jamais vu. En tout cas, avec ce qu'ils me filent, j'ai plus mal à la tête. Pour la balle, ça cicatrise comme ils veulent.

George se redressa sur ses oreillers :

– Les flics d'ici sont venus. J'ai tenu le coup sur l'amnésie. Ils comprennent pas, mais des mecs qui se font tirer dessus, y en a tous les jours. J'ai dit que je me souvenais d'être parti en vacances après mon accident à Paris, pour me remettre. Que je devais avoir une voiture de location et des affaires, et que j'ai plus rien. Ils pensent à un braquage. Votre pote, vous êtes sûr qu'il s'est occupé de la tire ?

– Certain. Elle est au fond de la Loire.

– Ouais, jusqu'ici ça tient la route. Personne a entendu parler de vous et Bendjema. Ma version arrange tout le monde. Vous écrivez toujours votre bouquin ?

– Je vais essayer de finir cette fois.

George souleva son drap et descendit du lit. Il fit quelques pas prudents jusqu'à la fenêtre.

– Vous croyez qu'on va s'en sortir comme ça ?

Pascal ouvrit le paquet de gâteaux et croqua dans un biscuit.

– Possible.

– Pas moyen d'avoir de ses nouvelles ?

– Je ne suis pas sûr d'en vouloir. Mais de toute façon y a pas moyen.

Le silence s'installa dans la chambre d'hôpital. Verini finit par se lever.

– Je repasserai demain ou après-demain.

– Vous emmerdez pas à venir.

– J'attends que tu sois sur pied. Je te remonterai au moins jusqu'à Lyon. Le camping est tranquille, je suis pas pressé.

Verini posa la main sur la poignée de la porte. George se racla la gorge et les mots se précipitèrent dans sa bouche.

– C'est bien qu'on se soit rencontrés.

Verini tourna la tête et sourit. Crozat piqua un fard. Verini sortit dans le couloir et son sourire disparut.

⁂

L'autocar s'arrêta au bord de la route goudronnée de neuf, à cinq kilomètres de Chlef. Le trajet n'avait pas duré plus de dix minutes et le bus s'était déjà arrêté deux fois. Bendjema avait parlé avec un autre vieil homme dans le bus, qui n'avait pas semblé remarquer son arabe un peu rouillé. Le vieux se souvenait de l'époque où la route n'était qu'une piste, du défilé maintenant élargi à la dynamite. Mais il ne parla que de la route, pas de l'époque où les véhicules de l'armée française la parcouraient. Il se contenta de dire que des mines avaient été retrouvées pendant les travaux de voirie, et que la vallée le long de la route en était pleine. Il parla de ce qui restait de la guerre, pas de ce qui s'était passé. Le chauffeur du bus s'arrêta lorsque Rachid lui fit signe.

Le vieil Amokrane enfonça son chapeau en toile sur sa tête et suivit la route en mâchant des dattes qu'il tirait de sa poche. Quand une voiture approchait dans son dos il s'arrêtait, faisait un pas sur l'accotement et la regardait arriver, avant de se remettre en marche. Il était cinq heures de l'après-midi sous un soleil brûlant, mais le relief cassait déjà les premiers rayons. Rachid porta la main à son chapeau et observa la vallée. Le Chélif était d'un marron clair, doré, les cultures sur les berges d'un vert sombre et riche. Presque à contre-jour, il découvrit la forme ronde d'un énorme rocher, à mi-pente de la route et du fleuve, à peine un kilomètre devant lui. Il quitta la route et suivit un chemin de chèvres entre les roches, parallèle à l'asphalte, une vingtaine de mètres en contrebas. Le sentier poussiéreux menait droit au rocher.

Il fit une pause avant de l'atteindre, s'assit sur une pierre et tira de sa poche une petite bouteille d'eau minérale. Il avala un analgésique, ce qu'il avait pu trouver de plus fort, sans ordonnance, dans une pharmacie d'Alger. Il massa sa cicatrice, comme si cette surépaisseur de peau était reliée à la tumeur et pouvait calmer la douleur. Il avait plusieurs fois perdu l'équilibre. Des moments de sa journée, des minutes par-ci par-là, disparaissaient comme dans une sieste sans qu'il se soit endormi. Il doutait d'être en état de repérer une surveillance. Il doutait surtout qu'on le cherchât. Qui pouvait bien se donner la peine de gâcher une balle pour un vieillard dans son état ? Sous son nom de Bendjema, il était un historien que le pouvoir en Algérie ne reniait ni n'approuvait. On le laisserait sans doute crever sans le déranger.

Il reprit son chemin. Le sentier s'écartait du rocher avant d'y arriver, et il dut escalader le chaos à quatre pattes durant cinq bonnes minutes. Il arriva au pied de la masse énorme, trois ou quatre mètres de haut, qui n'était ronde que de profil. Lorsqu'il la contourna, elle lui apparut plutôt comme une tranche de ballon de la taille d'une maison. Il s'arrêta pour souffler et calmer ses vertiges.

Il tourna autour en posant ses mains sur la pierre chaude de soleil, repérant les failles et les interstices. Il rampa dans la poussière d'une boue sèche et fine, déposée par les crues du Chélif. Il se faufila dans tous les trous et galeries, disparut jusqu'aux chevilles sous les tonnes de roche.

Derrière un amas de branches polies et intriquées par les eaux, dans la faible lumière d'un trou où seuls un vieillard maigre ou un gamin pouvait se faufiler, il aperçut un objet métallique. Une poignée rouillée. Les angles d'une caisse en métal oxydé. Il dégagea la végétation jusqu'à ce que la caisse fût accessible, puis entreprit de la sortir de sa gangue de terre. Lorsqu'il tira sur la poignée, la caisse rongée par la rouille s'ouvrit à moitié. Il la traîna hors du trou, se releva pour voir si un berger ou des gamins ne traînaient pas sur le chemin. Une voiture passa sur la route, plus haut.

Il s'accroupit et observa la caisse, fermée par un cadenas hors d'usage. La ferraille était tellement corrodée qu'il en écarta facilement les plaques.

Une couche de boue séchée, qu'il gratta avec la délicatesse d'un archéologue. Ses doigts rencontrèrent une matière plus friable et légère. Il souffla sur la poussière et découvrit ce qu'il crut être la tranche d'un livre, et des pages collées les unes aux autres. Il y plongea les doigts. Le papier se décomposa aussitôt. Il en dégagea plusieurs couches, jusqu'à atteindre un papier en meilleur état. Il décolla le premier, illisible, et en découvrit un autre en dessous, tout délavé, portant l'effigie d'un homme barbu, et trois chiffres à côté.

Un billet de cinq cents francs, les gros billets qui circulaient à l'époque, avec le portrait de Victor Hugo.

Il poursuivit son travail minutieux, éliminant les couches, et reconnut les billets de mille francs, la moustache et le bouc de Richelieu.

Il sourit et s'assit à côté de la caisse éventrée. Le soleil descendait sur la vallée. Il pensait au livre que Verini avait voulu écrire.

Inquiet d'être surpris par la nuit, il se leva, et secoua les restes de la caisse dans le vent. Comme d'une urne funéraire, la poussière de boue et de billets se répandit en nuage. Des bouts de papier s'envolaient avant de se décomposer dans l'air.

Rachid repoussa la caisse vide sous le rocher et rejoignit le sentier. Il le suivit durant une heure, avant de repérer au-dessus de la route la piste qui montait vers la Ferme. Il sortit du ravin, traversa l'asphalte et grimpa sur la colline, faisant de nombreuses haltes. Les terrains avaient été replantés. Des orangers nouveaux. Mais aucun bâtiment n'occupait la place de la Ferme.

Sur la terre sèche et caillouteuse où la végétation était rare, il retrouva sans mal le dessin de la Ferme. Des lignes de pierres pointant du sol suivaient le tracé des murs. À l'endroit de la maison, des tas plus gros. En face, moins nombreuses, quelques pierres des granges écroulées. Le reste avait dû être emporté à dos d'âne, pour construire d'autres maisons.

Il traversa la cour. Pas de trace des cellules.

Dans l'espace de la maison, il se tint au bord d'un effondrement, une sorte de vieux cratère de bombe aux formes arrondies. Entre les herbes sèches, sous des crottes de chèvres, au fond de cette paume ouverte, des pierres de taille désordonnées.

Dans le creux, Rachid descendit et s'accroupit sur la voûte affaissée. Le plafond de la cave.

Et quand le soleil se coucha, il s'allongea dans l'abri qu'offrait l'effondrement, chauffé toute la journée et à l'abri du vent.

Il regretta de ne pas avoir une arme pour en finir plus vite. Puis il se dit qu'il aurait sans doute le temps de voir un ou deux levers de soleil et un ou deux couchants avant de mourir. Il pouvait essayer d'en profiter, et surveiller son esprit, ce cerveau qui sautait comme un disque rayé. Parce qu'il ne voulait pas rater sa dernière pensée, la seule qui comptait. Celle qui ouvre ou ferme la porte. La pensée qu'il gardait depuis si longtemps, celle avec laquelle il voulait s'éteindre.

Sa bouche était terriblement sèche.

La nuit était noire. Et sans qu'il se souvienne de leur apparition, les étoiles étaient là.

Un bruit de caillou le fit se redresser.

Une silhouette passa en courant dans la cour de la maison.

Il ne tenta pas de négocier avec sa raison et reprit sa position allongée.

Surveiller sa dernière pensée. Être là quand elle arriverait. Il n'avait plus que ça à faire.

6

George enfonça les touches du cadran de la cabine téléphonique, et attendit en comptant les sonneries.

À la quatrième on décrocha.

– C'est moi.

– Ça va ?

– Ouais, un peu nerveux.

– Tu appelles encore d'une cabine ? Depuis le temps, tu peux arrêter de prendre ces précautions.

– Je préfère.

– Tu es prêt ?

– Ouais…

George gratta de l'ongle le verre de la cabine.

– Ça m'aurait fait plaisir que vous soyez là.

– Les enfants sont à la maison. Et ma femme aussi.

– Ouais.

– Bonne chance.

George parla vite, avant que Verini ne raccroche.

– Et votre bouquin ?

– J'ai presque fini. Je me demande si je dois garder tous les noms.

George eut un petit éclat de rire nerveux.

– OK. Je vous tiendrai au courant. Après.

– D'accord.

Verini hésita :

– Fais attention à toi.

– Bonjour chez vous.

Crozat raccrocha et laissa sa main quelques secondes sur le combiné.

Il traversa la rue, d'abord en marchant, puis en petites foulées.

Le Portugais faisait les cent pas devant la porte.

– Ça y est ? On peut y aller, ouais ?

Le hall polyvalent était à moitié vide et puait les moules frites, pas encore débarrassé des odeurs de la veille.

Des mi-lourds à bout finissaient leur match, impossible de savoir lequel des deux allait tomber d'épuisement le premier.

Ils filèrent au vestiaire, une pièce de rangement avec deux chaises et une table. Marco les attendait et avait préparé le matériel. Short, chaussures, coquille, peignoir, vaseline, protège-dents et bandage.

Ils équipèrent le Mur, qui commença à s'échauffer. Le type du club du coin qui servait de référent à la commission inspecta les bandages sans trop savoir ce qu'il devait faire ou dire, et repartit.

Marco parlait à l'oreille de George qui boxait à vide. Il suait déjà comme une douche. Paolo lui balança des coups de poing dans le ventre et les épaules, lui réchauffa le visage à coups de gifles.

– Putain, j'ose même pas te mettre une beigne. T'es sûr, George ? Tout le monde a les foies.

Le Mur n'écoutait plus.

Le public clairsemé siffla et gueula à leur entrée. Dans la salle, la moitié des mecs avait assisté au match Crozat-Esperanza de l'année dernière. Et tous savaient que le Mur avait failli y passer. Qu'il y passerait peut-être pour de bon ce soir.

Six mois pour trouver un toubib qui lui fasse un certificat médical bidon.

Six mois d'entraînement, à apprendre à protéger son ventre et sa tête. Les deux à la fois, c'était impossible. Mais il avait la forme, et appris à gérer. À équilibrer les coups entre son cerveau amoché et son estomac percé.

Il monta sur le ring et la salle se tut. La peur et l'excitation. Dans le coin de Toni, tout le monde regardait le Mur avec appréhension. Les négociations avaient été longues pour les décider.

L'arbitre fit un speech écourté parce qu'il ne devait pas connaître le règlement en entier. George et Toni s'avancèrent au centre du ring et cognèrent leurs gants. George se pencha à l'oreille de son adversaire.

– Je m'excuse pour le match à Fontenay. Cette fois y aura pas d'embrouille. À la régulière.

Esperanza lui fit un signe de tête pour dire qu'il avait entendu, mais sa gueule disait qu'il n'était pas en confiance.

George retourna dans son coin en trottant et boxant à vide. Ça lui faisait bizarre, de s'excuser pour une chose oubliée.

Quand il aperçut le type à l'oreille arrachée, assis au premier rang, son sang se figea dans ses veines.

À chaque fois qu'il le voyait, cela lui faisait le même effet. Au Ring 14, au commissariat de l'avenue du Maine quand il était passé la première fois, prétendument pour consulter un dossier. Il s'appelait Guyot, un jeune sergent du Grand Banditisme. À chaque fois qu'ils se croisaient, Guyot avait le même regard, pour dire qu'il venait seulement vérifier. Que l'un et l'autre n'avaient pas bougé. Que le secret restait enfoui. Guyot leva prudemment la main vers Crozat, qui lui rendit son salut d'un coup de menton.

Paolo et Marco étaient tendus comme des arcs. Ils n'arrêtaient pas de le bassiner avec leurs stratégies fumeuses.

– C'est ta sortie, George, ton dernier match. Tu fais pas

le con, t'es là pour boxer, pas pour crever. Protège ta tête, nom de Dieu.

– Marco, si le Portugais veut jeter l'éponge, tu lui colles un pain de ma part.

– Pauvre con.

George regardait son adversaire de l'autre côté de la diagonale, en s'interdisant de penser déjà à la fille qu'il allait se payer cette nuit.

– Ça va aller, George ? Oh ! Le gros, tu m'écoutes ?

– Vous en faites pas.

La cloche résonna doucement à ses oreilles. Le flic à l'oreille arrachée applaudit avec le public. George avança sur le ring mal éclairé, monta ses gants en garde mixte et fonça tête baissée sur Toni Esperanza.

À Pascal Varenne, mon père, dont le témoignage et les confidences ont de peu précédé la mort.

Ce livre est à lui, son triste trésor de mémoire rognée, sa caisse de vieux billets.

Il a été heureux que je me lance dans ce projet, heureux d'en lire le premier chapitre, évocation de London et de ces personnages aventuriers ou boxeurs qu'il aimait tant.

En espérant bien qu'il se retourne dans sa tombe, je n'ai pas respecté sa volonté. Mon père avait oublié la plupart des noms, sinon ceux de Rachid et de Colona. Un autre aussi, qu'il ne prononçait que les dents serrées et ne voulait pas voir apparaître.

À ce jour, vivant ou mort, Rubio n'a jamais su que Mohamed et Pascal le cherchaient, une arme dans la poche.

Merci à Laurence Biberfeld et Renaud de Rochebrune, à Viviane et les siens.

CET OUVRAGE
A ÉTÉ ACHEVÉ D'IMPRIMER
SUR ROTO-PAGE
PAR L'IMPRIMERIE FLOCH
À MAYENNE EN MARS 2011

N° d'éd. 239. N° d'impr. 78763
D.L. mars 2011
(Imprimé en France)